Edna O'Brien

IM WALD

Roman

Aus dem Englischen
von Kathrin Razum

Hoffmann und Campe

Die Originalausgabe erschien 2002 unter dem Titel
»In the Forest« bei Weidenfeld & Nicholson, London

Die Übersetzung wurde gefördert von
ILE (Translation Fund) Dublin, Irland.

1. Auflage 2003

www.hoffmann-und-campe.de
Schutzumschlaggestaltung: Büro Hamburg/
Susanne Schwarz
Umschlagfoto: Keith Carter
Satz: Dörlemann Satz, Lemförde
Druck und Bindung: Clausen & Bosse, Leck
Printed in Germany
ISBN 3-455-05727-6

HOFFMANN
UND CAMPE

Ein Unternehmen der
GANSKE VERLAGSGRUPPE

FÜR IMELDA RINEY,
LIAM RINEY,
FATHER JOE WALSHE
IN MEMORIAM

Turn back, turn back, thou Bonnie Bride,
Nor in this house of death abide

(Volkslied)

CLOOSH WOOD

Waldland, das sich über zwei Grafschaften und diverse Gemeinden erstreckt, ein verschlafenes dichtes Grün, nur hier und da von einer einsam emporragenden Kiefer durchbrochen, dürr, missgestalt, die vereinzelt abstehenden Zweige zu Kreuzen verästelt. Im Waldesinnern rauscht der gefangene Wind wie ein fernes Meer, und die hohen, schlanken Stämme der Fichten stehen so dicht beieinander, dass ihre Rinde zobelbraun erscheint, das Licht immer dunkler, je tiefer es in die Kammer der Lichtlosigkeit geht. Am hintersten Zugang, beherrscht von einem dräuenden Berg, steht eine Holzhütte, von Brombeeren und Dornenranken überwuchert, wo während jener verzweifelten, zeitenthobenen, gramvollen Tage eine tote Ziege stinkend verweste. Dies war die Zeit, da der Wald in den Herzen der Menschen seinen alten Namen und seine alte Unschuld verlor.

Ellen, die Witwe, beteiligte sich nicht an der Suche, als die Männer und Frauen, sich an die letzte Hoffnung klammernd, mit ihren Hunden und Stöcken loszogen. Und doch träumt sie davon, träumt, sie wäre in Cloosh Wood, würde hin und her laufen und rufen, nach den Suchtrupps rufen, die sie nicht erreichen kann, die hohen Bäume nicht mehr fest am Platz, sondern in Bewegung wie Riesen, Riesen auf bizarren, wirren Wurzeln, die nadeliggrünen Pranken ausgestreckt, um sie zu kratzen, und sie wacht schweißgebadet auf, außerstande, den Schrei zu schreien, der in ihr angewachsen ist. Dann steht sie auf und geht in die Küche, um sich etwas Milch heiß zu machen. Sie blickt ins schimmernde Dunkel jenseits ihres Panoramafensters hinaus, die Pflanzen, Geranien und Kakteen, schläfrig matt, schaut auf ihr großes neues Messingschloss, das blitzt wie ein Schmuckkästchen, und dann, so erzählt sie es immer wieder, wacht sie ganz auf, und Eily, die tote Frau mit den langen Haaren, kommt auf sie zu und fragt: »Warum, warum hast du mir nicht geholfen?« – »Der Kinderschreck«, antwortet sie, »der Kinderschreck«, und versucht mit erhobenem Arm, den Blick der Frau abzuwehren, das Licht ihrer Augen ein gebrochenes Gold, wie flackernd erlöschende Kerzen.

KINDERSCHRECK

Der Kinderschreck. So nannte ihn der Deutsche, dem er das Gewehr gestohlen hatte. Davor war er Michen, nach einem Heiligen, und dann Mich, der Liebling seiner Mutter, und dann Junge, als er in die Einrichtung kam, und dann Kind, als Father Damien ihn in der Sakristei mit den Blumen und den Messkännchen helfen ließ, und dann K, für O'Kane, als seine Rowdyzeit begann.

Er war ein Kind von zehn, elf, zwölf Jahren gewesen, und dann war er kein Kind mehr, denn er hatte die Grausamkeiten erlernt, die man ihm in den Häusern mit den Heiligennamen beibrachte.

Er war zehn, als er das Gewehr nahm. Er nahm es, damit er sich nicht fürchten musste. Man sperrte ihn dafür ein. Es war das erste Mal, dass er ein Gewehr in der Hand hatte, dass er einen Anflug von Macht verspürte. Es war schwer. Wenn er stand, überragte es ihn. Er wusste nicht, ob er den Mumm haben würde, es abzufeuern. Seine Hände zitterten, als er es lud, und doch lud er es aus einem Wissen heraus, von dem er nicht wusste, dass er es besaß. Dann drückte er das Gewehr an sich und gab ihm einen Namen, er nannte es Rod. *Ich wollte nicht töten, nur einem Mann Angst einjagen.* Das wollte er eigentlich sagen, doch er sagte es nicht, denn sie schlugen ihn und schrien ihn an und schleiften ihn fort. Der Polizist war dabei, der Sergeant, sein Vater und Joe Mangan, der böse Mann, der die Schaufel nach ihm geworfen und ihn beschuldigt hatte, mit dem Fahrrad über seinen nassen Zement gefahren zu sein und ihn dadurch ruiniert zu haben. Dabei war er das gar nicht gewesen, sondern Joe Mangans eigener Sohn, Paud, doch man beschuldigte ihn. Wenn irgendetwas angestellt wurde, egal was, beschuldigte man immer ihn, und es gab niemanden, der ihn verteidigte, denn seine Mutter war tot. Zumindest hieß es, sie sei tot, aber das stimmte nicht, die hatten sie lebendig begraben, hatten sie erstickt. Man hatte ihn mehrere steinerne Treppen hinauf in einen kalten Raum geführt, wo sie auf einem Tisch lag, ohne Farbe in den Wangen und ohne zu atmen. Draußen schneite es. Es war der Schnee, der sie weiß machte und der die Welt weiß machte. Sie war nicht tot. Das erzählten die ihm bloß, um ihn reinzulegen, weil er ihr Liebling war. Sie waren neidisch, so war das nämlich. Sie legten sie in einen Sarg und begruben sie. Eines Nachts stahl er sich hinaus, ging zu ihr und redete mit ihr, und sie antwortete. Er war durchs Fenster rausgekrochen und über die Felder zu ihrem Grab am See gerannt. Er war Crosscountry-Läufer, hatte schon eine Medaille gewonnen. Er kratzte die Erde weg und grub ein Loch, durch das er mit seiner Mutter sprechen konnte und durch das sie ihn hörte. Sie versprach ihm, zurückzukommen und ihn zu retten, wenn sie nicht mehr so müde war. Sein Plan war, wegzulaufen und im Wald zu leben, bis es soweit war, er würde sich von Nüssen und Beeren ernähren, und im Winter würde er von Haus zu Haus gehen und um Essen betteln. Er würde sich einen Geheimnamen zulegen, Caoilte, den Namen des Waldes.

Als er das erste Mal fast eine ganze Nacht dort verbrachte, starb er fast vor Angst und Aufregung. Er hatte Pünktchen vor den Augen und ein vielfarbiges Schimmern. Er ließ sich auf alle viere nieder, zerbrach kleine Äste und baute damit einen Satz um die Totemwörter – »Gott hasst mich, Vater hasst mich, ich werde gehasst.« Im Wald sah er in dieser Nacht Dinge, die niemand anders sah, Joe Mangans Söhne nicht und auch nicht die Söhne von sonst jemandem, nur er. Er kletterte auf einen Baum und versteckte sich. Ein Fuchs, ein weiblicher Fuchs, stieß einen Laut aus, der ihn ängstigte. Es klang wie eine Frau, der die Kehle aufgeschlitzt wird, nur schlimmer. Die Füchsin rief nach ihrem Gefährten, nach ihrem Mann. Sie war außer sich, genau wie die Fasanen, die glucksende Laute von sich gaben, um einander zu warnen. Er hörte einen Dachs grunzen und duckte sich tief ins Geäst, denn er kannte einen Mann, der mal von einem Dachs gebissen worden war, und der hatte gesagt, das sei schlimmer gewesen als jeder Hundebiss. Und dann schwor er, dass er im Wald leben würde, er würde sich ein Baumhaus bauen mit einem richtigen Fußboden und Stühlen und einer Strickleiter, die nach oben führte. Er und seine Mutter würden dort wohnen, weit weg von seinem Vater und allen anderen. Während er das dachte, schwebte eine Prinzessin vorüber, schwanengleich. Sie trug einen langen weißen Mantel und hatte ganz lange Haare, bis zu den Knöcheln. Sie hatte Tanzschuhe in der Hand. Seine Mutter war noch zu Hause, sein Vater war mit dem Feuerhaken auf sie losgegangen. Sie hatte ihm zugerufen, er solle weglaufen, in den Wald, und sie war zurückgeblieben, um die Schläge entgegenzunehmen. Er hatte auch einen Schlag abbekommen. Seitlich am Mund hatte er Blut, das ihm vom Ohr heruntergelaufen war, und er presste ein Büschel Kiefernadeln aufs Ohr, um das Blut zu stillen. Er musste wach bleiben, das war das Allerwichtigste. Es gab Geräusche, und es gab

Stille. Je lauter die Stille, desto Furcht erregender die Geräusche, die folgten. Ein Fasanenhahn warnte all die anderen Fasane vor einem Angriff. Er wartete darauf, dass seine Mutter kam, doch er befürchtete, dass sie tot sein könnte.

Der Mond war voll, und er spazierte über den Himmel, und an einer Stelle fiel das Licht direkt auf den Boden, da, wo keine Bäume standen. Einen Kahlschlag nannte man das. Das wusste er aus der Schule.

Als seine Mutter kam, schlief er fest. Mich Mich Mich. Er wollte sich nicht anmerken lassen, dass er sie gehört hatte, wollte sich nicht anmerken lassen, dass er aufgewacht war. Sie hob ihn herunter, zwickte ihn in die Nase und sagte »Schlafmütze, Schlafmütze«. Einer ihrer Schneidezähne fehlte, und sie sah lang nicht mehr so hübsch aus. Er steckte den Finger in das Loch, spürte das feuchte Blut und schmeckte es, es war warm. Seine Mutter und er waren nicht zwei Menschen, sondern einer.

»Ich habe eine wunderschöne Frau gesehen.«

»Erzähl.«

»Sie war auf dem Weg zu ihrer Hochzeit.«

»Woher weißt du das?«

»Sie hatte silberne Tanzschuhe.«

Seine Mutter trug ihn zurück zum Glebe House, durchs Gestrüpp, und der Mond war eine Lampe und beleuchtete ihren Weg. Sie sagte, er sei ein tapferer Junge, weil er ganz allein im Wald geblieben sei und nicht geschrien habe wie diese dumme Füchsin. Sie sagte, er sei ein wahrer Sohn des Waldes. Am nächsten Tag in der Schule schrieb er es vorne in sein Schreibheft – *Ich bin ein wahrer Sohn des Waldes*. Die anderen verhöhnten ihn, nannten ihn einen Lügner, einen Bluffer, sagten, er würde doch vor seinem eigenen Schatten weglaufen, schließlich musste seine Mammy ihn zur Schule bringen, und dann musste sie draußen in der Garderobe auf ihn warten und manchmal sogar hinten im Klassenzimmer sitzen, weil er so heulte. Ein Muttersöhnchen, ein Hätschelkind, ein Waschlappen, ein Weichling. Wenig später mussten sie Glebe House verlassen und zogen in ein Cottage, fern vom Wald.

Sein Vater und der Polizist und der Sergeant und seine Schwester Aileen und Joe Mangan und Mrs. Joe Mangan sind alle im Gerichtssaal, und der Richter sitzt etwas höher an einem großen braunen Schreibtisch. Der Sergeant erzählt dem Richter gerade, was er Schlimmes getan hat. Auf der anderen Seite sitzt der Deutsche und nickt dazu. Seine Schwester Aileen sitzt neben ihm und hält seine Hand. Rotz und Wasser rinnen ihm übers Gesicht, und er hat kein Taschentuch. Der Sergeant schildert, wie er ein Fahrrad aus dem Schuppen des Arztes gestohlen hat und damit absichtlich über den nassen Zement gefahren ist, den Joe Mangan gerade verstrichen hatte, und wie er danach für seine Schwester einkaufen gefahren ist und die Lebensmittel aufs Fensterbrett gestellt hat und dann weggerannt ist und nach einem Haus Ausschau gehalten hat, wo er vielleicht ein Gewehr finden würde. Der Sergeant regte sich furchtbar auf, als er bei dem Einbruch in das Haus des Deutschen anlangte, wo er das Gewehr und den Patronengürtel gefunden hatte, und beschrieb, wie er sich nach Hause zurückgeschlichen, in einem Graben am Ende des Gartens versteckt und dort auf eine Gelegenheit gewartet habe zu schießen. Der Sergeant berichtete, dass er selbst und der Vater des Jungen hinter genau der

Tür gestanden hätten, auf die geschossen worden sei, und dass sie sich glücklich schätzen könnten, noch am Leben zu sein. Dann kam mehr, und noch mehr, über sein schon seit frühester Kindheit aggressives Verhalten, vom unschuldigen Äpfelstehlen bis zur gar nicht mehr unschuldigen, bösen Tat, der bewusst bösen Tat eines Gewehrdiebstahls. Er hörte das alles mit an, aber er durfte selbst nichts sagen. Er war nicht mit dem Fahrrad über den nassen Zement gefahren, das war ein anderer Junge gewesen, Joe Mangans Sohn Paud, aber ihn hatten sie beschuldigt, hatten ihn beschimpft und ihm gesagt, was sie alles mit ihm machen würden. Zum Shannon würden sie ihn bringen und ihn ertränken, und man würde ihn niemals finden. Er rannte nach Hause, um es seiner Schwester zu erzählen, aber die wollte ihn nicht reinlassen, weil sie eine Freundin zu Besuch hatte und sich seiner schämte. Als er um ein Glas Orangensaft bat, goss sie ihm eins ein, stellte es draußen aufs Fensterbrett und sagte, er solle es dort trinken. Da lief er weg, weil keiner ihn wollte und keiner ihm glaubte und er keine Freunde hatte.

Als der Richter das Urteil verkündete, verstand er es nicht. Erziehungsanstalt. Was bedeutete das? Der Richter sprach sehr leise, aber sein Gesicht war sehr rot. Der Sergeant dankte dem Richter, und alle gingen hinaus. Seine Schwester sagte ihm draußen vor dem Gericht, er werde nach St. Malachi kommen und er habe Glück, dass dort noch ein Platz frei sei, denn es sei sehr schön dort. Er weinte und schrie und rannte die Straße hinunter, aber auf einem Parkplatz erwischten sie ihn und schleiften ihn wieder zurück.

»Solltest du jemals versuchen abzuhauen, dann werde ich dich hetzen wie ein Jagdhund – so lange, bis ich dich habe«, sagte Sergeant Wiley zu ihm, und seine Augen waren voller Hass und seine Spucke auch. Seine Schwester sagte, es sei nur für eine Weile, und es sei schön dort, es gebe einen Swimmingpool, so wie im Ferienlager. An Weihnachten dürfe er nach Hause kommen, und er dürfe auch Briefe schreiben, er brauche also nicht zu weinen. *»Ich wollte nicht töten, nur einem Mann Angst einjagen.«* Sie sagte ihm, er solle still sein, sonst würden sie ihn noch umbringen wegen solcher Gedanken, und außerdem müssten sie jetzt schleunigst nach Hause, seine Kleider waschen und bügeln und dann packen. Sie lieh einen Koffer von Mrs. Joe Mangan aus.

Als sie dort ankamen, wollte er nicht aus dem Auto aussteigen, er klammerte sich an die Knie seiner Großmutter. Sie war am nettesten zu ihm, neben seiner Mutter und seiner Schwester. Das Auto fuhr an mehreren eisernen Toren vorbei in einen Hof mit dicken, hohen Mauern. Der Sergeant saß vorne und er hinten, und er weigerte sich auszusteigen, weil das kein Ferienlager war, sondern ein großes, dunkles, unheimliches Schloss. Seine Granny sagte immer wieder, er solle brav sein und tun, was man von ihm verlange, und hineingehen wie ein Mann. Der Sergeant zerrte ihn schließlich am Ohr heraus und führte ihn an einer ganzen Menge Jungs vorbei, Jungs in seinem Alter und jüngere und ältere, die ihn alle angafften und verspotteten. Der Sergeant übergab ihn Bruder Finbar, und Bruder Finbar nahm ihn mit hinein und machte die Tür zu und verriegelte sie. Bruder Finbar hatte eine lange braune Kutte an mit zwei Rosenkränzen, die hin und her baumelten. Sie gingen zügig, und Bruder Finbar sagte, hier würde man ihm Manieren beibringen. Man brachte ihn in eine Garderobe, wo er Kleider bekommen sollte. Er und Bruder Finbar stritten sich wegen seinem Pullover, dem, den seine Mutter für ihn gestrickt hatte, als sie im Krankenhaus lag. Er war lila und rot, mit dunkelblauen Bündchen und einem Reißverschluss mit einer bunten Bommel. Der Pullover roch nach seiner Mutter, und wenn er ihn anhatte, spürte er ihre weichen Hände und ihren Kuss. Er wollte ihn nicht hergeben. Er weigerte sich, die Arme zu heben, um ihn sich ausziehen zu lassen. Bruder Finbar zog und zerrte daran, entdeckte dann am Bund einen losen Faden und begann, den Pullover aufzuribbeln. Er sah, wie die Farben aufrissen, Dunkelblau und Lila und Rot, es war, als würde seine Mutter auseinander gerissen, und die Wollfäden lagen wie kringelige Würmer auf dem gefliesten Boden. Er bekam kurze Hosen, eine Jacke, die drei Nummern zu groß für ihn war, und genagelte Stiefel. »Solange du hier bist, trägst du unsere Kleider«, rief Bruder Finbar immer wieder. Solange du hier bist. Solange du hier bist. Solange du hier bist.

Draußen im Hof lauter Jungs, die rangelten und rauften. Er hielt sich abseits, und eine Gruppe Jungs stellte sich im Kreis um ihn herum und musterte ihn. Wo kommt 'n der her. Frag ihn doch selbst. Frag ihn doch. Kennt ihr nicht. Wo is'n das. Wo ist denn kennt ihr nicht. Ha. Ha. Ha. Ein Landei. Ob der 'ne Zigarette hat? Hey, Rambo, haste 'ne Kippe. Der raucht nicht. Idiot. Landei. Verpass ihm 'nen Kinnhaken. Soll mal zeigen, was in ihm steckt. Zeig, was in dir steckt, Landei. Wie der sich an den Knien seiner Mama festgeklammert hat. Als die Klingel ertönte, lag er auf dem Boden, und sie traten auf ihn ein, bis ein Junge namens Bertie sie von ihm wegzog. Es gab Tee in Bechern, und die dicken Brotscheiben waren mit Schmalz bestrichen. Bruder Finbar stand am Kopfende des Tischs wie eine eiserne Figur mit eisernen Rosenkranzkugeln und einem eisernen Bart.

»Iss dein Abendessen, Junge.«

»Ich hab keinen Hunger.«

»Du tanzt jetzt nach unserer Pfeife ... Hier gibt es kein Gewehr, mit dem man Leuten Angst einjagen kann.«

»Ich will nach Hause ...«

»Du kannst nach Hause, wenn wir dir deine Frechheit ausgetrieben haben, wie lange das auch dauern mag.«

Zwei Wochen lang wurde er begutachtet, und dann schickte man ihn in das andere Haus. Es wurde »Das Schloss« genannt, wurde vom selben Mönchsorden geleitet und lag am Ende der Welt. Die Frau, die ihn begutachtete, setzte ihn an einen Tisch und stellte ihm Fragen, er sollte ihr sagen, was er sich wünschen würde, wenn er drei Wünsche frei hätte. Er sagte, er wolle nach Hause. Einige der Jungen sagten, er solle sich die Vorstellung, nach Hause zurückzukehren, lieber gleich aus dem Kopf schlagen. Wer erst einmal im Schloss sei, komme nie mehr nach Hause. Das sei völlig aussichtslos. Aussichtslos.

Im Schloss gab es die gleichen großen Tore und die gleichen Regeln und den gleichen kohlartigen Geruch. Die Jungen waren älter, ruppiger. Am ersten Abend war er spät dran, man hatte ihn mit dem Transporter hergebracht, und er aß sein Abendessen allein mit einem jungen Bruder. Er konnte nicht schlucken.

»Ich habe Magenkrämpfe«, sagte er zu dem jungen Bruder.

»Trink ein bisschen heißen Tee, das hilft«, sagte der Bruder. Es war ein netter Bruder, die eine Hälfte seines Gesichts war erdbeerrot, und er erklärte, das sei ein Geburtsmal. Er nahm ein paar Messer und Gabeln und legte damit eine Landkarte, und dann stellte er die Zuckerdose an die Stelle, wo er herkam, eine schöne Gegend mit Bergen und einem berühmten See. Er erzählte, er sei noch sehr jung gewesen, als er in den Orden eingetreten sei, aber sie seien zu vierzehnt in der Familie, und dazu noch dieses Gesicht, da habe er keine Wahl gehabt.

»Wie lang muss ich hier bleiben?«

»Viele Jahre.«

Dann lief Bruder Anthony weg, angeblich hatte er etwas für ihn. Er dachte, es sei ein Stück Kuchen, aber das war es nicht. Es war ein Gebet, das Bruder Anthony abgeschrieben hatte und das er ihm jetzt vorlas – *»Jesus sprach zu ihnen, wenn ihr aus zweien eins macht und wenn ihr das Innere wie das Äußere macht und das Äußere wie das Innere, dann werdet ihr das Himmelreich erlangen.«*

»Ein Kind und seine Mutter sind eins.«

»Ja, schon … aber das ist weltlich, und ich spreche vom Einssein mit Gott.«

»Ich darf doch an Weihnachten nach Hause?«

»Darüber kann nicht ich entscheiden. Wer ist denn bei dir zu Hause?«

»Meine Schwester und mein kleiner Fuchs … Ich konnte ihm gar nicht auf Wiedersehen sagen.«

»Es hat keinen Zweck, über so etwas traurig zu sein … über solche Verluste.«

Der Regen rann am Fenster hinab und tropfte auf das Flachdach.

Er bemühte sich. Er bemühte sich, wach zu bleiben, um nicht ins Bett zu machen, aber er schlief jedes Mal ein und machte jedes Mal ins Bett, und dann wachte er auf, weil es feucht war und scheußlich roch und Bruder Jude die Hand unter seine Bettdecke steckte und ihn am Pimmel hinauszerrte. Du Schmutzfink, du Schmutzfink. Er führte ihn in einen Raum, der vom Schlafsaal abging. Dort wurde der Riemen in einem Kühlschrank verwahrt, damit er immer kalt und hart war. Es war ein Lederriemen, der auf beiden Seiten mit Nieten besetzt war. Damit wurde er auf beide Pobacken und auf Arme und Beine geschlagen, aber nicht ins Gesicht. Ins Gesicht bekam er nur Fausthiebe. Als er in den Schlafsaal zurückkam, versammelten sich die Jungs um sein Bett und wollten wissen, was passiert war, ob Jude bei ihm Taschenbillard gespielt hatte, mit seinem Ding rumgemacht hatte. Lazlo führte die Befragung an. Lazlo war der Anführer, und alle hatten Angst vor ihm, weil er schizophren war. Schizophren bedeutete, dass er Stimmen hörte und dass er jederzeit einen der Jungs angreifen konnte, wenn die Stimmen es ihm befahlen. Lazlo sagte, Jude sei ein Wi-Wa-Wichser. Lazlo trainierte mit den Jungs, um sie zu harten Burschen zu machen. Er ging mit ihnen auf die Toilette und schnitt ihnen mit einem Klappmesser über den Pulsadern ins Handgelenk, damit sie sich an die Schmerzen gewöhnten. Lazlo sagte, als Junge müsse man eins lernen, nämlich, *die* zu hassen, und zwar mehr, als man von ihnen gehasst würde. Das Klappmesser hatte einen Holzgriff mit dem Bild eines Labradors.

Am nächsten Morgen wurde er wieder geschlagen, und zwar vom Präfekt, weil das Gummituch feucht war und stank. Diesmal bekam er die Schläge mit dem Rücken einer Klobürste. An Weihnachten würde seine Granny kommen und ihn nach Hause holen, und er würde ihr alles erzählen und nicht mehr zurück müssen. In den Briefen an seine Granny musste er schreiben, dass er brav war, fleißig lernte und in allen Fächern ein Sternchen bekam. Die Brüder zwangen die Jungen dazu, zwangen sie alle, das zu schreiben. Von den Schlägen würde er ihr nicht gleich im Auto erzählen, wenn sie ihn abholen kam, er würde es ihr abends erzählen, wenn sie ihn ins Bett brachte.

Zweimal in der Woche kam ein Psychiater und fragte ihn, wovor er Angst habe. Er sagte, er habe Angst, dass seine Großmutter sterben werde, denn das habe er geträumt. Er habe nämlich auch geträumt, dass seine Mutter sterben werde, und sie war gestorben. Er sagte nicht, dass er Angst vor Bruder Jude hatte oder vor Lazlo, denn das würde bloß Ärger geben. Er sollte wieder die Frage nach den drei Wünschen beantworten. Er sagte, er würde sich wünschen, dass seine Mutter nicht gestorben wäre, dass er nach Hause dürfe und dass er nie mehr mit einem Gewehr schießen werde. Manchmal sagte er auch gar nichts. Oder er sagte komische Sachen. Zum Beispiel: »Große Fische fressen kleine Fische, und kleine Fische fressen noch kleinere Fische. Kängurus haben ihre eigenen Gerichtshöfe.« Draußen auf dem Feld, wo er und andere Jungen Kartoffeln ausgruben oder einmieteten, aß er rohe Kartoffeln, um zu beweisen, was für ein harter Bursche er war.

Eines Morgens wurde die Frühstücksglocke von einem Priester geläutet. Father Damien. Ein paar Jungs sagten, Jude wäre durchgedreht, er wäre aufs

Feld rausgegangen, hätte sich nackt ausgezogen und wäre dann weggerannt. Man hatte seine braune Kutte, seine Perlenschnur und seine Sandalen auf dem Feld gefunden.

Father Damien war aus Afrika zurückgekommen, und er war ganz braun von der vielen Sonne. Er war nicht böse wegen des feuchten Betts und nannte ihn Kind – »Was ist denn los, Kind? Was ist denn los, Kind?« Father Damien gab ihm ein Karamellbonbon. Es war weiß, mit zerstoßenen Nüssen drin. Lazlo und die anderen machten sich über ihn lustig. »Arschlecker« nannten sie ihn, weil er sich beim Priester einschmeichelte.

Eines Tages sagte ihm Father Damien, er habe es gut, denn er dürfe ihm ab jetzt in der Sakristei helfen. Ministrieren dürfe er noch nicht, aber das werde er auch noch lernen. Er werde ab jetzt die gläsernen Messkännchen mit Wein und Wasser füllen und die Vasen für die Blumen vorbereiten. Es waren seit Monaten die ersten Blumen, die er roch. Sie waren weiß, mit gelben Flecken, wie Eigelb, und zu Hause wuchsen sie wild. Zu Hause hießen sie Sumpflilien.

Eines Abends nach der Segnung waren sie in der Sakristei, und Father Damien hatte ein weißes Gewand an, wie ein Kleid, mit großen Taschen. »Steck deine Hand in meine Tasche, Kind.« In der Tasche war ein Bonbon. Father Damien sagte ihm, er solle seine Hand dort lassen, bis er ihm Bescheid sagte. Er spürte die Schwellung, seine eigene und die des Priesters, und seine Wangen wurden sehr rot, und zwischen seinen Beinen wurde es heiß und feucht, und Father Damien klammerte sich an ihm fest, bis er fertig war. Dann sagte er: »Braves Kind, braves Kind«, und ermahnte ihn, nichts davon zu erzählen.

Davey war sein neuer Freund. Davey war älter, aber anders als Lazlo. Davey war vierzehn, fast fünfzehn. Er leitete die Disco. Einmal im Monat hatten sie nämlich samstags Disco, und Davey tanzte immer mit den hübschesten Mädchen, »Bienen« nannte er sie, und er steuerte sie zum hinteren Ende des Saals, wo es dunkel war. Die Mädchen waren auch Straffällige, genau wie sie selbst, sie kamen mit dem Bus aus einem Kloster, das fünfzehn Kilometer entfernt lag, und zwei von den Nonnen stellten sich neben die Anlage auf das Podest, um ein Auge auf das Geschehen zu haben. Doch sie konnten nicht bis ans Ende des Saals sehen, wo Davey und die großen Jungs den Mädchen die Röcke und die Blusen hochschoben. Er selbst tanzte mit den kleinen Mädchen. Jeder Junge tanzte mit Mädchen in seinem Alter. Die Mädchen kannten die Tanzschritte besser als er. Die großen Mädchen waren Bienen, und sie trugen Lippenstift und Netzstrümpfe. Davey stand auf die langsamen Stücke und sagte, die Mädchen würden nur so dahinschmelzen. »Das ist meine neue Biene«, sagte er von jedem Mädchen, mit dem er tanzte. Sobald Davey ein Mädchen geküsst hatte, ging er zum nächsten über, denn je mehr Mädchen ein Junge hatte, desto größer sein Prestige. Prestige war ein neues Wort. Davey war sein Mentor. Das hatte er selbst gesagt. Davey meinte, was man in der Schule lerne, sei nur ein kleiner Teil von dem, was ein Mann lernen müsse, Pipikram. Außerdem sagte Davey, dass man ein Mädchen wie eine heiße Kartoffel fallen lassen sollte, sobald sie Interesse zeigte und anfing zu klammern, und wenn sie die tollsten Möpse hatte. Die Möpse und die Möse einer Biene waren zwei verschiedene Dinge, aber genau auf die beiden kam es an.

Am Abend der Halloween-Fete trank er zum ersten Mal Alkohol, Cider. Viele der Jungs waren total besoffen und alberten draußen im Hof herum.

Zwei Jungs waren in eine Fabrik in der Nähe der Schule eingebrochen und hatten dort aus Fässern Cider in Limonadeflaschen gezapft. Das Zeug schmeckte nach Äpfeln. Davey nahm ihn beiseite, er hatte einen Plan, und der sah so aus. Samstags sei ja auf den Spielfeldern immer viel los, Hurley, Fußball, Handball, Priester und Brüder und Jungen, die wild durcheinander rannten, ein einziges Chaos. Davey sagte, der kleine Mich würde am nächsten Samstag in die Kapelle gehen und die Hintertür aufmachen, durch die man auf ein Feld hinauskam und dann hinunter zum Fluss. Er würde nämlich an diesem Tag nicht Hurley spielen, weil er Nasenbluten haben würde. Davey würde einem von den harten Jungs aus der Stadt eine Zigarette geben, damit er Mich ein paar Hiebe verpasste und er ordentliches Nasenbluten bekam, es war total simpel. Davey sagte, am Fluss würden sie bestimmt ein Boot oder ein Kanu finden, und dann könnten sie sich kilometerweit treiben lassen, bis sie in die Stadt kämen. Sie könnten auf ein Schiff gehen, als blinde Passagiere, oder in die Stadt, eins von beiden. Die Stadt schien ihm lieber zu sein, weil er da Kumpels hatte, die genauso kriminell drauf waren wie er. Er sagte, es sei super, ein Auto zu Schrott zu fahren, entweder allein oder mit einer Gruppe von Leuten, das gebe einen richtigen Kick. Am besten sei es, wenn Mädchen mit im Auto säßen, denn die würden schier den Verstand verlieren vor lauter Angst.

Er verließ das Spielfeld mit einem Taschentuch vor der Nase und ging in die Kapelle, und keiner beachtete ihn. Er entriegelte die Hintertür und versteckte sich in einem Beichtstuhl, bis Davey kam.

Sobald sie durch die Tür nach draußen gelangt waren, stürmten sie los wie die Wilden, übers Feld hinunter zum Fluss und dann den Fluss entlang und über Tore und Zäune und weitere Felder, immer in der Hoffnung, an der nächsten Biegung oder der übernächsten würde ein Boot vertäut liegen, aber da war nie eins. Er war stolz darauf, wie schnell er mit den genagelten Stiefeln rennen konnte. Als es dunkel wurde, kamen sie zu einem Anwesen mit vielen Gebäuden und mit Ponys auf einer Koppel. Jugendliche saßen um ein großes Lagerfeuer. Davey meinte, sie sollten die Jugendlichen anquatschen. Sie rauchten und sangen ein bisschen. Es war richtig gut, bis ein Junge sagte: »Ach Gott, guckt mal.« Ein Auto kam mit aufgeblendeten Scheinwerfern übers Feld. Jemand hatte sie verpfiffen. Es war der weiße Transporter vom Schloss. Der oberste Bruder, zwei andere Brüder, Lazlo und noch ein Junge sprangen heraus. Er rannte zum Fluss und sprang in voller Montur ins Wasser, und er spürte, wie die Strömung ihn mitriss, und war froh, denn nun würde er ertrinken und nie mehr ins Schloss zurück müssen. Der Junge, der ihn schnappte, war Lazlo, und der zahlte ihm jetzt heim, dass er aus seiner Bande ausgestiegen war und sich Daveys Bande angeschlossen hatte. Lazlo tauchte ihn unter, bis er kurz vorm Ertrinken war, dann zog er ihn nach oben und schüttelte ihm das Wasser ab. Danach tunkte er ihn wieder und hielt ihn fest, gleich würde er ersticken, und sein Kopf und sein Gehirn waren voller Wasser, und Lazlo ließ ihn nicht los, fast wäre er gestorben. »Arschlecker, Arschlecker.«

Er bekam Einzelhaft und musste aufschreiben, wie böse er war. Etliche hundert Mal musste er es schreiben. Weihnachten stand vor der Tür, aber er würde nicht nach Hause fahren. Er weinte kaum mehr. Und er ertrug die Schläge. Er versiegelte seine Tränen, so als würde er eine Flasche zukorken. Bald waren die Zeiten zwischen den Schlägen, das Warten darauf, genauso schlimm wie die Schläge selbst. Er wusste nie, wann sie sich ihn das nächste Mal vornehmen würden. Er sollte hundert Hiebe bekommen. Er weinte nur wegen Weihnachten, weil er nicht nach Hause durfte. Die meisten Jungen durften nach Hause, sogar Lazlo. Seine Schwester schickte ihm eine Karte mit silbernem Salz darauf, und er leckte daran, es schmeckte sandig. Sie schrieb, die Familie hoffe, dass es ihm gut gehe, und er fehle ihnen. Man habe ihnen von seinem Ausbruch und seinem aggressiven Verhalten erzählt, und sie hofften alle sehr, dass er einen neuen Anfang machen werde. Ans Ende hatte sie ein paar Küsse gemalt. Bei der Mette weinte er, wegen des Gesangs. Ein Frau sang, aber er konnte sie nicht sehen, denn es kam vom Band. Es war, als hörte er seine Mutter in der Küche singen, als hörte er sie, sähe sie aber nicht. Father Damien nahm ihn nach der Mette beiseite und fragte ihn, was er sich zu Weihnachten wünsche. Er sagte, er wünsche sich eine Gitarre. Father Damien schenkte ihm eine winzige Schachtel Pralinen und ein Heiligenbildchen. Er aß die Pralinen auf einer Gartenbank und fragte sich, ob es wohl schneien werde. Die Pflanzen lagen alle am Boden, als hätte sie jemand verprügelt und sie hätten nicht die Kraft, sich wieder aufzurichten.

Er wurde dazu verdonnert, nach der Schule auf dem Feld zu arbeiten, zur Strafe. Er und ein paar andere Jungs schaufelten Kartoffeln aus Mieten und packten sie in Säcke. Lazlo führte Aufsicht. Als sie fertig waren, sagten sie, dass sie etwas mit ihm zu klären hätten, und dann gingen sie mit ihm an das andere, von der Schule abgelegene Ende des Feldes, wo ein alter Pflug mit einem Autopolster stand. Sie wussten, was er mit Father Damien gemacht hatte, und sagten, sie würden ihm sein Ding jetzt abschneiden. Er schrie und hielt es fest und bettelte und flehte, und Lazlo sagte: »Okay, okay, wir belassen es bei einer Verwarnung.« Sie zwangen ihn, sich bäuchlings auf das Polster zu legen, zogen ihm den Overall herunter und wechselten sich ab.

Er konnte kaum nach Hause laufen, so wund war er. Und er blutete.

Er träumte davon, wegzulaufen, denn wenn er es träumte, würde es auch geschehen. Er und ein anderer Junge mussten jeden zweiten Morgen zum oberen Tor gehen und die Milch in Empfang nehmen. Eines Morgens war der andere Junge krank, also ging er allein. Es lief immer gleich ab; der Fahrer lud die vollen Kisten aus, packte die leeren Kisten ein und fuhr weg. Als er ihn in der nächsten größeren Stadt entdeckte, sagte der Fahrer: »Heiliger Himmel.« Er erzählte dem Fahrer, man hätte ihn dort gefangen gehalten, und seine Großmutter und er hätten vereinbart, dass er weglaufen solle, sobald sich eine Gelegenheit ergebe. Der Fahrer glaubte ihm nicht, aber er wusste, was für Mistkerle das waren, und ließ ihn laufen.

Er machte sich auf den Weg nach Hause, allerdings wollte er nicht nach Hause. Nass und verängstigt klopfte er drei Abende später bei Mr. Cleary an, einem Mann, den er kannte. Der Mann traute seinen

Augen nicht, aber er ließ ihn ein, und sie trockneten ihn ab und gaben ihm heißen Kakao zu trinken, und er schlief in einem Zimmer mit zwei von ihren Söhnen, die Angst vor ihm hatten. Er wusste, dass sie Angst vor ihm hatten, denn wenn der eine auf die Toilette ging, ging der andere auch, damit keiner mit ihm allein sein musste. Der Mann war zur Polizei gegangen, weil er steckbrieflich gesucht wurde, damit er wieder dahin zurückkam, von wo er weggelaufen war. Man gewährte ihm eine Woche Strafaufschub. Dann wurde er krank, der Arzt kam, und schließlich wurden ihm insgesamt vierzehn Tage zugebilligt. Er half dem Mann, die Kühe einzutreiben, und erledigte kleine Arbeiten auf dem Feld.

Eines Abends im Kuhstall, als der Mann die Kühe melkte, stellte er sich neben ihn und erzählte ihm, was man in dem Haus alles mit ihm gemacht hatte, und der Mann fragte mehrmals nach, ob das wahr sei. »Ich schwöre es bei Gott«, sagte er, und da hörte der Mann auf zu melken und nahm ihn in den Arm, und die Milch tröpfelte über den ganzen Boden. Der Mann sagte, er werde mit seiner Frau reden, und dann würden sie sich an die Behörden wenden. Jetzt lebte er in ihrem Haus, war Teil ihrer Familie. Abends aßen sie zusammen, und die Frau schöpfte Fleisch mit Gemüse in Suppenteller. Danach gab es Apfelkuchen oder Wackelpudding. Dann öffnete der Mann die Tür und schnalzte mit der Zunge, und die zahmen Kaninchen kamen aus dem Stall in die Küche und rannten dort herum. Dustin, das Lieblingskaninchen, kletterte dem Mann aufs Knie und dann auf die Schulter und knabberte an seinem Ohr. Die anderen Kaninchen hockten sich auf die geflieste Kamineinfassung. Alle lachten. Auch er lachte. So sah ein echtes Zuhause aus, Abendessen, Apfelkuchen, ein Kalender an der Wand, Schallplattenmusik, zu der die Kaninchen Walzer tanzen sollten. Abends im Bett versuchten die Söhne ihn zum Reden zu bringen, er sollte erzählen, wie es im Schloss war, aber er wollte nicht. Er wusste Dinge, die sie nicht wussten. Dann eines Abends prahlte er damit, wie er sich einmal eine Klinge besorgt und sich die Pulsadern aufgeschnitten habe und dann im Rettungswagen gefahren sei, wie sie über die dunkle Straße zur Unfallstation geholpert seien und man ihn mit zwanzig Stichen genäht hatte. Er erzählte ihnen, dass er die Fäden durchgebissen und ausgespuckt habe. Er sagte, er sei ein Irrer und Lazlo und die anderen hätten schreckliche Angst vor ihm. Sie wussten, dass man ihn eingesperrt hatte, weil er versucht hatte, auf seinen Vater und den Sergeant zu schießen, alle wussten das. In der Türfüllung war ein deutlich sichtbares Loch, das es bewies.

Eines Tages, nachdem sie Kohl gepflanzt hatten, bat ihn der Mann, sich zu ihm auf eine Holzbank im Vorgarten zu setzen, er wolle mit ihm reden. Er dachte, es ginge darum, dass er zurück solle, aber so war es nicht. Der Mann fragte ihn, ob er gern Teil der Familie wäre, einer von ihnen, ein Sohn.

Er sagte, das wisse er nicht.

»Hättest du gern, dass ich dich adoptiere?«, fragte der Mann.

»Ich weiß nicht.«

»Dich rechtmäßig adoptiere.«

»Geht das denn?«

Der Mann sagte, es werde dauern, die Sache müsse den Behördenweg gehen, aber er sei zuversichtlich. Sein Vater habe eingewilligt. Sein Vater wollte ihn nicht mehr zurück, und seine Schwester war weggegangen. Sie lebte jetzt bei ihrer Granny.

Er hatte sie einmal im Bus gesehen, sie hatte ihm durchs Fenster zugewinkt, und er hatte zurückgewinkt, aber der Bus war in Fahrt gewesen. Es war Abend. Der Mann fragte ihn, ob er gern einen anderen Namen hätte, und er sagte ja, Caoilte, den Namen des Waldes.

Etwa einen Monat später kam es dann über ihn. Er empfand plötzlich Hass auf die Kaninchen, denen so viel Beachtung geschenkt wurde, auf all das Getue, das Geschnalze, die Haferflocken, die sie zum Abendessen auf den Küchenboden gestreut bekamen. Auch auf anderes empfand er Hass, auf die Söhne, die so taten, als wäre er ihr Bruder, obwohl er es gar nicht war. Er kannte die Gewohnheiten der Kaninchen, wusste, wann sie abends herauskamen, auf dem Feld herumtollten, am Gras knabberten, es war um die Zeit, wo auch die Krähen krächzten, und dann kam das Schnalzen, woraufhin sie alle in die Küche liefen, um sich hätscheln zu lassen. Er ging kurz vorher aufs Feld hinaus, nahm auf einem Stück Pappe Haferflocken mit, die er draußen zu kleinen Häufchen aufschüttete. Mehrere Kaninchen kamen, aber es gab ein ganz Bestimmtes, das er beschloss zu töten. Ein Verzärteltes. Ein Schwächling. Er schlug ihm mit der Schaufel aufs pelzige Genick, und es sank um wie ein Handschuh. Keiner sah ihn. Am nächsten Morgen brachte der Hund die Kaninchenleiche und warf sie auf die Treppe. Keiner sagte etwas.

Erst nachdem er die Kätzchen getötet hatte, gab es Ärger. Einer der Söhne sah ihn, er spähte hinter dem Heuschober hervor, ein Spanner. Insgesamt waren es sechs Kätzchen, die sich im Schlaf fest aneinander schmiegten, es war also einfach; es war so, als würde er eine Matte töten, bis auf das schrille

Quieken und das Blut. Der Sohn rannte schreiend ins Haus, und die Mutter kam heraus und bekreuzigte sich und fragte, warum um Himmels willen er so etwas Böses getan habe. Sie stand vor den Kätzchen und fragte ihn, was sie ihm denn je zuleide getan hätten. Er sagte, das sei nicht er gewesen, es sei jemand anders gewesen, ein Junge, der auf einem Motorrad vorbeigekommen und dann weggerast sei.

Der Vater teilte es ihm im Esszimmer mit. Im Zimmer waren der Vater und er und eine große Vase mit künstlichen Blumen. Der Vater hielt Unterlagen hoch, die Adoptionspapiere, und sagte, das müsse jetzt warten. Er müsse für eine Weile ins Schloss zurück, denn er sei völlig wirr im Kopf. Er warf sich auf den Boden und klammerte sich an die Hosenbeine des Mannes, aber der Mann sagte, es liege nicht mehr in seiner Hand, es liege jetzt in der Hand des Staates und der Sozialarbeiter und der Leute, die mit solchen Dingen Erfahrung hätten.

Sie fuhren zu einer anderen Einrichtung, wo er auf Betreiben des Arztes untergebracht werden sollte. Man hatte einen besonderen Fall aus ihm gemacht. Er sollte nicht wieder ins Schloss. Eine Sekretärin nahm seine Personalien auf und trug ihn ein. Der Mann sagte, er solle ihr die Hand geben und sich bedanken, was er auch tat.

»Wir versuchen ihn seit Tagen dazu zu bewegen, dass er etwas isst, aber er will nicht … Er ist sehr geschwächt«, sagte der Mann.

»Das ist nicht gut«, sagte sie und ging in die Küche, um irgendetwas Essbares aufzutreiben. Während sie fort war, kam ein Oberarzt mit rotem, aufgedunsenem Gesicht und sah sie an, und der Mann reichte ihm einen versiegelten Brief.

»Moment, Moment … Es könnte da ein Problem

geben«, sagte der Arzt und ging fort, um zu telefonieren. Dann kam er wieder und sagte, sie könnten den Jungen nicht dabehalten, aber etwa dreißig Kilometer weiter gebe es eine Einrichtung für jugendliche Straftäter, und dort werde man ihn aufnehmen.

»Könnten Sie nicht eine Ausnahme machen?«, fragte ihn der Mann.

»Das geht nicht ... Er ist minderjährig ... Da macht sich jemand ins Hemd«, das sagte er immer wieder, und zwischendurch auch noch »unter anderem, unter anderem«.

»Und was machen wir nun?«, fragte die Ehefrau des Mannes bittend.

»St. Sebastian ... Das ist die Einrichtung für jugendliche Straftäter, sie ist nicht weit von hier. Der einzige Haken ist, dass sein Vater auch hinkommen muss, um die Aufnahmeformulare zu unterzeichnen.«

»Das wird er nicht tun«, sagte der Mann.

»Ich werde ihn anrufen und dafür sorgen, dass er es tut. Er wird dort sein, wenn Sie kommen ... Ich werde ihm genau erklären, wo es ist.« Er ging weg, um den Vater anzurufen, kam wieder und sagte ihnen, sie sollten schön langsam fahren und nach einem großen weißen Schild Ausschau halten, auf dem St. Sebastian stehe, es sei drei Kilometer vor der Stadt, von ihnen aus gesehen.

Sie fuhren, der Mann, seine Frau und er, ohne viel zu reden, und als sie die Lichter der Stadt funkeln sahen, begann der Mann, nach dem Weg zu fragen. Beim ersten Mal hieß es: »Immer geradeaus«, und beim nächsten Mal dann: »Sie sind schon daran vorbei.« Der Mann musste aussteigen und telefonieren. Die Frau fragte ihn, ob ihm kalt sei, und er sagte nein. Dann fragte sie ihn, ob ihm Leid tue, was er getan habe, und er sagte ja. Ja.

Zwei Krankenschwestern untersuchten ihn. Die eine maß seinen Puls, und die andere setzte ihm ein Stethoskop aufs Herz, weil er zitterte und zuckte. Dann fragte eine von ihnen, warum er die Kätzchen getötet habe. Er sagte: »Weiß ich nicht mehr.« Die andere fragte ihn, warum er aus dem Schloss ausgerissen sei. Er sagte, er hasse das Schloss. Die Krankenschwester sagte, Hass sei kein gutes Gefühl, schon gar nicht bei einem heranwachsenden Jungen.

Sein Vater war noch nicht da, und so saßen sie im Vorraum und warteten und warteten, aber er kam nicht. Zwei weitere Anrufe wurden gemacht, und dann kamen eine Krankenschwester und ein Arzt mit einem Blatt Papier, das ein Gutachten über ihn war. Der Mann und die Frau stellten sich zu ihnen, und er stand ganz in der Nähe, neben einer großen Grünpflanze, und konnte hören, was sie sagten. Der Arzt sagte der Frau, dass es ratsam sei, ihn von anderen Kindern fernzuhalten.

»Warum denn ... Warum denn?«, fragte sie immer wieder. Er hielt das Gutachten hoch und zeigte es ihrem Mann, und ihr Mann sagte »Mein Gott!« und dass er das seiner Frau lieber nicht zeigen würde. Doch der Arzt bestand darauf. Er hielt das Blatt so, dass die Frau es sah, und als sie es sah, schrie sie auf und sprach es dann aus – *Dieser Junge ist imstande zu töten.*

Der Mann und die Frau sahen sich kopfschüttelnd an, dann kam der Mann zu ihm herüber und sagte, es gebe keinen Raum in der Herberge und man werde ihn wieder ins Schloss bringen.

»Schickt mich nicht wieder zurück ... schickt

mich nicht wieder zurück.« Er fiel auf die Knie, rief es wildfremden Leuten zu, die ringsum auf Sesseln saßen. Es war Sonntag, Besuchstag. Eine Frau kam und bot ihm einen Keks an, doch er wollte keinen und rief immer lauter: »Schickt mich nicht dahin zurück ... Ich bring mich um.«

Er sagte es zu sich selbst, als sie im Regen durch die Dunkelheit fuhren. Er dachte, wenn er es nur oft genug sagte, werde sein Gebet vielleicht erhört, doch dem war nicht so. Sie fuhren über dunkle Landstraßen, wo kaum Autos unterwegs waren, sahen dann und wann einen toten Fuchs oder eine tote Katze, hingestreckt, Fell und Gedärme über den Boden verteilt, etwas Klägliches daran, so als gäbe es irgendetwas, was diese Katze oder dieser Fuchs unbedingt sagen wollten.

Schon allein wegen der Morgen würde ich hierher kommen. Alles so frisch, glitzernd, die Felder vom Regen sauber gewaschen, die ganze Welt sauber gewaschen. Gänseblümchen und Klee und blauer Borretsch sprießen, und auf der anderen Seite des Zauns tollen die Kälber herum und schlagen mit Schwanz und Hinterbeinen aus, als hätten sie den Verstand verloren. Die Apfel- und Holzapfelbäume beginnen zu blühen, weiße Erscheinungen, in Grün gehüllt.

Ich ging in aller Frühe den Weg hinauf, um wie versprochen einen Blick auf die trächtigen Schafe auf Dessies Weide zu werfen. Sie sind kurz vorm Lammen. Ein Fuchs trottete über die hintere Weide, auf der Suche nach einem Frühstück, und ich überlegte, was ich tun würde, wenn er die Schafe angriffe. Erst trank er aus dem Bach, dann überquerte er ihn und kam in meine Richtung getrabt, und dabei hob er alle paar Meter ein Bein. Er hatte vertikale Pupillen, wie eine Katze. So nah war ich einem Fuchs noch nie gewesen. Ein großes, schweres Mutterschaf rupfte am Gras, und er schlich sich heran, als wäre er unsichtbar. Er witterte, witterte, da kam unser Smokey, stürmte auf ihn zu und jagte ihn zurück über den Bach und den gegenüberliegenden Hügel hinauf, blindwütig fielen die beiden übereinander her, ein kastanienrotes und ein graues Fell, und dann verschwand der Fuchs in einen Bau, und Smokey kam zurück, Schaum vor dem Maul.

Die Abende ziehen sich manchmal hin. Cassandra, meine Schwester, meint, im Winter würden wir es hier nicht aushalten, Maddie und ich. Wir würden Husten und Schnupfen kriegen. Aber wir werden es aushalten. Wir werden jede Menge Pullover und dicke Socken überziehen, außerdem haben wir ja den ganzen Sommer, um uns zu akklimatisieren. Ich lasse immer die Tür offen, damit der saubere, frische Geruch hereinkommt. In diesem Haus hat jahrelang niemand gewohnt, deshalb riecht es modrig, mieft nach Kalk und feuchtem Mörtel. Es heißt Apple Tree House.

Drüben in Dennys Pub haben sie gesagt, hier hätte mal ein Schuster gewohnt und ich würde höchstwahrscheinlich auf den einen oder anderen alten Schuh stoßen. Gefunden habe ich dann allerdings ein altes Armband, in einem Kohleneimer, wo es wohl jemand versteckt hat. Ich habe es schön blank poliert. Maddie plappert ununterbrochen vor sich hin. Er sagt die närrischsten Sachen. Er behauptet, das Haus wäre »igitt« und wir sollten zurück in das »Epartment«. Das ist sein großes neues Wort. Ich sage dann: »Wart erst mal ab, bis wir ein Bad und einen Kachelofen haben und einen Vogelkäfig und einen Grill«, so wie im Garten des »Epartments«. Angeblich verwöhne ich ihn, denn ich trage ihn dauernd, und er ist inzwischen ein ganz schöner Brocken, aber das Feld zwischen hier und der Straße ist ein einziger Sumpf. Ich habe eine Wagenladung voll Schotter gekauft, um einen Weg anzulegen, und dann stand ich da und durfte zusehen, wie der Schotter vom Schlamm verschluckt wurde, kaum dass er heruntergekippt worden war. Der Fahrer erklärte mir immer wieder, dass ich Steine hätte unterlegen sollen, große Steine – »Na ja, Missus, machen Sie sich nichts draus.«

Dennys Pub ist drei Kilometer von hier entfernt. Bei ihm prasselt immer ein Kaminfeuer, egal zu welcher Jahreszeit. Er hat die ganzen Schmiedearbeiten selbst gemacht, den Rost, das Kaminbesteck und die Zieradler auf den Torpfosten. Er hat zwei Waschbecken, die eine Touristenattraktion sind. Das eine steht auf porzellanenen weißen Frauenbeinen in schwarzen Porzellanpumps, und das andere, das auf der Herrentoilette, wird von einem ausladenden Frauenhintern aus Gips geziert. Denny hat mich begleitet, damit ich sie mir beide ansehen konnte. Ich frage mich, was die von mir denken. Nach außen hin sind sie jedenfalls sehr freundlich. Einmal ist er ein bisschen anzüglich geworden und hat gemeint, wenn ich abends käme, sollte ich frische Unterwäsche mitbringen. Aber dann hat er gesagt, um es wieder gutzumachen, er würde dafür sorgen, dass mir die derben Sprüche einiger Leute hier erspart bleiben würden.

Das Land der Gemeinde ist nach Ziegen benannt, obwohl es hier kaum welche gibt. Es gibt eine Rinderherde, mit einem mächtigen roten Bullen. Abends kommen sie alle an den Zaun und brüllen aus vollem Halse, und Maddie brüllt zurück. Er tut so, als würde er mit dem Stock auf sie einschlagen, und ruft dabei irgendein wichtiges neues Wort. Er ist der Polizist, und sie sind die Verbrecher. Das »Epartment« hatten wir gemietet, bevor wir hierher kamen. Landschaftlich war es dort schöner als hier, ein See, Schilf, Wasservögel, und abends legten Motoryachten an. Einmal haben zwei feine Pinkel aus der Großstadt Cassandra und mich zu Cocktails auf ihr Boot eingeladen. Der eine, der es auf sie abgesehen hatte, trug ein richtig albernes T-Shirt, und meiner hat eine Führung durch das Bootsinnere mit mir gemacht, hat mir die komfortable Ausstattung gezeigt, die Kojen mit Bad/WC, die Hausbar und die Dusche im skandinavischen Stil. Er schlug vor, dass er und ich nach Dromineer fahren könnten, um einen Happen zu essen. Cassandra, die sich ärgerte, weil sie hatte oben bleiben müssen, kam runter und sagte, sie fände es unmöglich, dass er Martini in Plastikbechern serviere, und dann stürmte sie auf ihren hohen Stöckelschuhen wieder hoch. Sie behauptet, das wäre der Mars in ihr.

Das Apple Tree House hat nur auf mich gewartet, jedenfalls hat Billy das gesagt. Er hatte es über ein Jahr lang im Angebot, aber er hat es für jemand Besonderen zurückgehalten, und wie sich herausstellte, war dieser Jemand ich. Er hat eine Hippe gebraucht, um sich einen Weg durch die Dornen und Brombeerranken auf dem Feld zu bahnen, und das Haus und die Schornsteine waren völlig zugewachsen, von Efeu und verschiedenen Bäumen. Er stemmte die Tür mit einem Brecheisen auf, und als sie knarrend und quietschend nachgab, flatterte uns ein aufgeregter Vogel entgegen, ein Amselweibchen. Wir hatten sie erschreckt. Das war der Moment, wo Billy sagte, er werde mir helfen, einen Kredit zu kriegen, was er dann auch getan hat. Cassandra sagt ja schon immer, ich wäre mit einem silbernen Löffel im Mund auf die Welt gekommen.

Am Tag unseres Einzugs half Billy uns, er schaffte Sachen in seinem Transporter rüber, und Maddie und ich fuhren in meinem kleinen narzissengelben Käfer voraus, laut hupend, sodass alle es hörten. Wir mussten das Auto an der Stelle, wo die drei grasbewachsenen Fahrwege aufeinander treffen, stehen lassen und das Zeug zu Fuß rüberschleppen. Billy trug ein altes Sofa mit abgewetztem rosa

Samtbezug. Ich einen Eimer mit Geschirr und Besteck. Maddie hatte ein Stück Mooreiche in der Hand, das wir von Cassandra geschenkt bekommen hatten. Als wir ums Haus bogen, hockte da unser Besucher, ein Hund mit grauem Fell, grau wie Stahlwolle, und Mitleid heischendem Blick. Er hat mehr oder weniger zu uns gesprochen. Sein Fell war an einigen Stellen verkohlt. Er ist kein verspielter, sondern ein nachdenklicher Hund, und sein eines Hinterbein ist verkrümmt, sodass er hüpft wie ein Känguru. Er mochte uns gleich, er sprang an uns hoch, hieß uns kläffend willkommen und lief uns nach, während wir auf dem Feldweg hin und her gingen und unsere Siebensachen hineintrugen. Billy meinte, der Hund hätte ein Feuer überstanden, deshalb nannten wir ihn Smokey. Nachts verschwindet er, und oft kommt er erst am nächsten Mittag wieder zurück, aber zurück kommt er immer, denn er will hier sein und uns beschützen.

Zur Feier unserer Ankunft haben wir eine Flasche Wein geköpft. Billy hat den Hals abgeschlagen und den Wein dann durch ein Stück Musselin gefiltert, das Brigit mir zum Abdecken der Milch dagelassen hatte. Es ist eine kleine Kappe aus Musselin, von deren Rand bunte Perlen herabbaumeln. Billy kennt die Geschichte des Hauses, er erzählte uns, es habe einem Ladenbesitzer aus einem Marktstädtchen gehört, der sich eigentlich hier zur Ruhe setzen wollte, aber dann war ihm die Lage doch zu abgeschieden und das Haus zu heruntergekommen. Ab und zu seien wohl Leute hier eingedrungen, denn er habe Asche im Kamin gefunden, außerdem eine Matratze und eine alte Taschenlampe. Wir saßen draußen auf einer kaputten Korbbank, Maddie knuddelte seinen neuen Freund Smokey, wir tranken, und der Himmel ging von einem Tiefblau ins nächste über, wie Farben auf einer Palette. Billy nahm mir das Versprechen ab, dass ich mir ein Telefon besorgen würde, er meinte, eine allein lebende Frau brauche eins, und ließ es nicht gelten, als ich sagte, ich hätte eine ganze Armee guter Geister, die mich beschützten. Er obsiegte.

»Jessesgott«, sagte Billy, als er einen alten Kohleneimer entdeckte, in dem ein Schmuckstück lag. Es war ein Armband, das unter dem schwarzen Staub silbrig glänzte, und er nahm es heraus und wischte es am Gras ab.

»Jessesgott ... der Goldtopf«, sagte er und spuckte auf das Armband.

»Jessesgott«, sagte Maddie, und wir lachten von Herzen, und es war der Anfang von allem – die Knospen an den Bäumen, die frühlingsnärrisch durch die Luft schießenden Vögel, die Blüten, die nach den gelegentlichen Windstößen herabfielen, gerade so, als schütte jemand eine Tüte Konfetti aus.

Zweimal ging ich hinein, nur um mir ein weiteres Mal den Brief anzuschauen, die Zeilen zu lesen, sie aufzusaugen – *Ich denke an dich, über zwei Meere hinweg. Sollte es wirklich so sein, dass man wegen seiner wunderschönen, verrückten rothaarigen Freundin nicht mehr weiß, wo einem der Kopf steht? Vermutlich ja. Dein Sven.*

HEIMKEHR

Sergeant Wiley flickt seine Hecke, damit McCarthys verdammte Ochsen draußen bleiben. Es ist eine wild wuchernde Hecke, Weißdorn, Liguster und verschiedene andere ineinander verschlungene Gewächse, die austreiben, wie es ihnen gerade passt. McCarthys verdammte Ochsen haben große Löcher hineingerissen, durch die sie immer wieder hereinkommen, ein ums andere Mal, und dann trampeln sie auf dem Rasen und den Beeten seiner Frau herum. Mit einer Hippe angelt er die langen Triebe herunter, flicht sie zusammen und stopft die Löcher damit zu.

Vom Friedhof her sieht er einen jungen Kerl mit Bomberjacke und Rucksack näher kommen, beachtet ihn jedoch nicht, da er ihn für einen Tramper auf dem Weg zur Jugendherberge hält. Er hat sich gerade hingekniet, um einen Pflock in den Boden zu hauen, da stiert ihn plötzlich von der anderen Seite der Lücke ein Gesicht an, mit höhnisch-obszön kreisender Zunge. Die beiden Gesichter sind auf einer Höhe, das eine lachend, das andere starr vor Überraschung, denn es ist O'Kane, der doch in England im Knast sitzen sollte, weil er eine alte Dame überfallen und ausgeraubt hat.

»Mutterschaftsurlaub, oder wie?«, fragt O'Kane grinsend.

»Na ja, ich bin vor gut anderthalb Jahren aus dem Polizeidienst ausgeschieden ... Ich werkele so vor mich hin ... Ich flicke gerade meine Hecke, das muss sein, damit die Tiere drinnen beziehungsweise draußen bleiben.«

»Wie weit ist es noch bis zur Stadt?«

»Du hast sie praktisch vor der Nase ... kannst den Rauch aus dem Fabrikschornstein sehen.«

»Sie haben wohl nicht damit gerechnet, mich zu sehen, was?«

»Du bist also für ein Weilchen zu Hause.«

»Für immer. Die haben eine Höllenangst vor mir gehabt ... vor meinem Negativismus. Definieren Sie Negativismus«, fordert er ihn auf und antwortet dann selbst im Eiltempo: »Ein Verhalten, das jedem Versuch der Kontaktaufnahme entgegenarbeitet, soll heißen, wenn man mir die Hand reicht, ziehe ich mich zurück ... geben Sie mir Ihre Hand.«

Der Sergeant streckt seine Hand durch die Lücke, und der Händedruck ist tödlich, Wut pulsiert darin, strahlt ab von der Hand. Ihre Gesichter sind so nah beieinander, dass er den Zwiebelatem von O'Kane riecht, während dieser herunterrattert – *Das Verhalten des Insassen wird aufgrund seiner eher geringfügigen Vergehen kaum von öffentlichem Interesse sein, allerdings sollte man zur Kenntnis nehmen, dass er Ire ist. Grund der Nahrungsverweigerung: will sterben. Hat niemanden, der die Zelle mit ihm teilen will. Schwester, Vater, Stiefmutter, Personal, alles Arschlöcher. Fünfzehnminütige Überwachung in Abteilungen C und D notwendig. In die Zelle geschissen. Besuch des Gottesdienstes verweigert. Zur Disziplinierung in Gummizelle. Kaliumspiegel gesunken. Abnormes Lachen. Starker Widerwille gegen eine Veränderung des Umfelds.* »Veränderung des Umfelds ... Sie sind der Mistkerl, der mich hat einsperren lassen ... der das alles in Gang gesetzt hat.«

»Es war zu deinem Besten. Du warst außer Rand und Band.«

»Das Gefängnis hat einen Mann aus mir gemacht.«

»Das kann ich mir vorstellen.«

»Und ein Monster. Es herrscht jetzt ein Ungleichgewicht zwischen uns, und das alles wird hier enden«, sagte er mit teuflischem Lachen, und dann war er wie ein Geist verschwunden.

Der Sergeant, immer noch auf den Knien, spürt nicht das feuchte Gras, wohl aber den Schweiß, der ihm durchs Unterhemd dringt, und das Pochen in der zickzackförmigen Vene an seiner Schläfe.

»Und das alles wird hier enden.« Er wiederholt es immer wieder, während er aufsteht und ins Haus geht, um auf der Polizeiwache anzurufen und die Warnung durchzugeben, dass der Kinderschreck zurück ist, um sie zu terrorisieren.

DRUIDIN

Declan ist gekommen, um Eily das Dach wieder herzurichten. Spindeldürr, eifrig, eine Zigarette im Mundwinkel, in den Händen etwas Kostbares, in Stoff Eingewickeltes, das er jetzt mit einer gewissen Feierlichkeit auf den Tisch legt. Seine Skulpturen. Es sind Figuren aus glänzendem schwarzem Holz, eng umschlungene Paare, eine Göttin mit Hängebrüsten und eine Kriegsgöttin mit einem Zepter in der Hand.

»Jemand hat gemeint, Sie würden sich dafür interessieren ... Ich hoffe, Sie finden das nicht dreist. Mooreiche ... uralt, über fünftausend Jahre alt, versteinert. Ich glaube, genau so entsteht auch Kohle ... Wie finden Sie sie, Missus?«

»Sehr schön.«

»Darf ich vorstellen: Das ist der Druide in der Dämmerung, das ist Morrigan, der Blutrünstige, und das hier sind Diarmuid und Grainne, zwei Liebende, die zusammen gestorben sind.«

»Und wer ist das hier?«, fragt Eily und hält eine Figur hoch, die keusch die Hände vor der Brust verschränkt hat.

»Ah ... das ist meine Lieblingsfigur ... die kleine Lena. Wohl das einsamste Kind, das je auf Erden lebte. Kommt aus einem fünftausend Jahre alten Moor. Es macht Ihnen doch nichts aus, dass ich sie mitgebracht habe, um Sie miteinander bekannt zu machen?«

»Überhaupt nichts. Wie heißen Sie denn?«

»Declan … aber seit ich in Indien war, nenne ich mich Shiva«, er zwinkert ihr zu und fingert an einer Reihe silberner Ohrringe in seinem linken Ohr herum.

»Wie war es in Indien?«

»Es war die intensivste Erfahrung meines Lebens … eine unglaubliche Innerlichkeit … eine unglaubliche Würde … und diese Tänzer, mein Gott, da tanzt die ganze Persönlichkeit mit.«

»Tja, hier werden wir ein bisschen auf dem Dach herumtanzen müssen, Declan.«

»Jessesgott, das Dach, das Dach. Ich sag Ihnen mal was, Missus, Miss, ich bin da gestern Abend mal raufgestiegen. Ich habe mir eine Leiter ausgeliehen, und ich kann Ihnen sagen, da fehlen stapelweise Schieferplatten. Und das ist nicht mal das Schlimmste, das Schlimmste sind die Querbalken … die sind nur noch Mus, reines Sägemehl. Die könnte man sich gerade so vom Handteller pusten.«

»O nein.«

»Es ist ein altes Haus, vergessen Sie das nicht. Hat jahrelang leer gestanden … vor sich hin gemodert.«

»Ich kann mir kein neues Dach leisten, jedenfalls nicht dieses Jahr.«

»Ich sag Ihnen, was wir machen werden. Wir bessern es aus – wir legen eine Plane unter und bestreichen sie mit Pech, und dann besorgen wir ein paar neue Schieferplatten, schieben sie unter die alten und beschweren sie mit Blei.«

»Hält das denn den Regen ab?«

»Na ja, es gibt ja auch noch Eimer, ich bringe einfach einen ordentlichen Vorrat an Eimern mit. Eine Frage … Warum sind Sie eigentlich hierher gezogen?«

»Zurück zur Natur«, sagt sie und lacht schallend.

»Mystisch ... Toll.« Er greift nach ihrer Hand, entschuldigt sich, dass seine Hände so schmutzig sind, aber er sei eben Zimmermann, Steinmetz, Bildhauer, Barkeeper und nebenbei auch noch Farmer.

»Barkeeper!«

»Auf Hochzeiten ... Mit meinem Freund zusammen. Wir schaffen die Fässer ran und zapfen den ganzen Abend lang Bier. Ich liebe Hochzeiten ... Ich fahr total darauf ab. Klasse Unterhaltungen, klasse Gesang ... Falls Sie also mal daran denken sollten, den Bund zu schließen, geben Sie Laut.«

»Haben Sie eine Freundin, Declan?«

»So würde ich das nicht sagen. Es gibt da ein Mädchen, das Interesse gezeigt hat ... Muriel.«

Während sie sich unterhalten, kommt Maddie reingeflitzt, legt seinen großen Stock ab, stellt sich gebeugt wie ein alter Farmer an den Tisch, einen Ellbogen aufgestützt, und betrachtet den Besucher, mustert ihn von Kopf bis Fuß.

»Und, was machen wir so?«, fragt Declan.

»Arbeiten, arbeiten, von morgens bis abends ... Ich baue Mauern, buddele Gräben und Seen, hab alle Hände voll zu tun«, sagt Maddie mit künstlich erschöpfter Stimme.

»Das klingt ja heftig«, sagt Declan.

»Aber das Beste kommt erst noch ... Ich habe nämlich oben an der Esche einen Mann getroffen, und von dem hab ich gerade einen Traktor gekauft. Ich habe ihm zehn Pfund dafür gegeben.«

»Ach, komm.«

»Doch. Er steht oben an der Kreuzung. Willst du ihn sehen?«

»Einen kleinen Moment noch ... Ich trink erst meinen Tee. Trink doch auch eine Tasse.«

»Keine Zeit ... Ich muss meine Kartoffeln ernten … Bin immer der Erste … 29. Juni«, und dann rennt er hinaus und ruft dabei: »Duncan, Duncan.«

»Wer ist Duncan?«, fragt Declan.

»Den hat er erfunden … Sie fechten irgendwelche Kämpfe aus.«

»Tolles Kerlchen.«

»Er kann's gar nicht abwarten, fünf zu werden … Das ist sein großes Projekt.«

»Und was ist Ihr großes Projekt, Missus?«

»Diese blöden Haare abzuschneiden, und zwar komplett. Das mit dem fließenden Wasser hier … na ja, das ist alles ziemlich primitiv, ein Wasserhahn draußen im Hof.«

»Ist doch aber irgendwie exotisch …«

»Wann können Sie mit dem Dach anfangen, Declan?«

»Also, es ist so … Ich mach das nebenher. Ich arbeite für so 'nen Kerl drüben in der Mühle, ein echter Mistkerl ist das, aber jetzt kommen ja die langen Abende, da ist es noch hell, wenn ich nach Hause komme, und dann werd ich das machen … Mr. Fixit. Tun Sie mir einen Gefallen, schneiden Sie sich die Haare nicht ab.«

ABENDDÄMMERUNG

Abenddämmerung, die Gestalt am Straßenrand ist kaum zu sehen. Ein Tramper. Da sie das Baby dabeihat und spät dran ist, will Moira Tuohey eigentlich nicht anhalten, aber plötzlich wirft sich O'Kane vor das Auto, sodass sie auf die Bremse treten muss, um ihn nicht zu überfahren. »Großer Gott, ich hätte Sie umbringen können«, sagt sie durchs Fenster. Es ist ein junger Kerl mit Bomberjacke und Rucksack, und er hat einen Apfel in der einen und eine Orange in der anderen Hand.

»Machen Sie die Tür auf«, sagt er mit harter Stimme.

»Ich fahre bloß noch anderthalb Kilometer.«

»Das reicht.«

Ihr ist bang, doch sie begreift, dass sie keine Wahl hat. Da sie einen Zweitürer fährt und das Baby auf dem Beifahrersitz festgeschnallt ist, muss sie aussteigen. Als er sich hinten ins Auto schwingt, sieht sie einen Holzgriff aus seiner Jacke ragen.

»Ich hoffe, damit braten Sie mir nicht eins über«, sagt sie.

»Wohl kaum ... einer netten Frau wie Ihnen.« Etwas an seiner Art zu reden und sie anzustarren macht sie nervös. Er redet zu langsam, zu schwerfällig, so als hätte er lange mit niemandem mehr gesprochen.

»Ich fahre bloß bis in den nächsten Ort«, sagt sie, entschlossen, sich unbeschwert und geschäftsmäßig zu geben.

»Zahnt das Baby?«, fragt er, beugt sich vor und kitzelt das Baby unterm Kinn.

»Wecken Sie ihn nicht auf, er ist gerade erst eingeschlafen.«

Ihr fällt auf, wie zappelig ihr Passagier ist, er trommelt auf die Rückenlehne, schaut aus dem einen Fenster, dann aus dem anderen, wischt immer wieder den Niederschlag von der Scheibe und murmelt vor sich hin.

»Was beunruhigt Sie denn so?«

»Die Polizei ist hinter mir her«, sagt er mit ausdrucksloser Stimme.

»Weswegen?«

»Raub ... Ich muss irgendwo unterschlüpfen. Haben Sie ein Sofa?«

»Oh, ich wohne gar nicht hier in der Gegend, ich bin nur zu Besuch. Aber ich sag Ihnen was ... Etwa drei Kilometer von hier ist ein Wohnwagen-Campingplatz. Der soll sehr schön sein, sehr sauber.«

»Ich bleib lieber für mich.«

»Wie heißen Sie denn?«

»O'Kane, Mich.«

»Ah. Meine Mutter kannte Ihre Mutter«, sagt sie, nun entschlossen, eine freundschaftliche Atmosphäre zu erzeugen.

»Diese Mistkerle. Die haben behauptet, meine Mutter wäre wegen Depressionen in Behandlung gewesen ... Sie war nie depressiv. Sie hat mich geliebt, hat mir einen Pullover gestrickt.«

»Sie waren – weg?«

»Ich war in England im Gefängnis ... die schließen einen ans Stromnetz an ... die befestigen Kabel an einem, und dann wird man wie eine Kuh mit Stromstößen auf Trab gebracht.«

»Das ist ja furchtbar.«

»Deshalb taugt mein verdammter Kopf zu nichts mehr … Die wollten mein Gehirn zum Experimentieren.«

»Sind Sie auf dem Weg nach Hause?«

»Die Schweine. Es macht mich richtig wütend, was die hier alles über meine Mutter sagen.«

»Kümmern Sie sich nicht darum … hier wird eben geklatscht. Deshalb bin ich weggezogen … mein Mann und ich haben ein kleines Geschäft im Westen.«

»Verkaufen Sie Helme?«

»Nein.«

»Schade. Ein Helm verdeckt nämlich gut das Gesicht. Ich überlege, ob ich nicht den Sommer über nach Frankreich gehen soll … Nachdem ich ein paar Leute erledigt habe.«

Sie fährt halsbrecherisch, will jetzt nur noch so schnell wie möglich die Stadt erreichen, will vor der Apotheke anhalten und so tun, als müsse sie dringend Arznei für das Kind besorgen. Sie hat im Geiste schon genau durchgespielt, was sie sagen wird, hat durchgespielt, wie sie das Baby abschnallen, es aus dem Auto heben und sich mit ihm in Sicherheit flüchten wird. Sie wird sich nicht einmal wehren, wenn er die Autoschlüssel haben will. Es ist ein altes Auto, und Jason wird Verständnis haben, wenn sie ihm den Blick dieses Mannes beschreibt, sein Gezappel, sein verrücktes Gerede.

»Da ist der Kuhweg, ich steig hier aus«, sagt er plötzlich und boxt ihr auf die Schulter. Das Auto kommt quietschend zum Stehen, und sie legt dem Baby schützend die Hand auf die Brust. Beim Aussteigen lässt er dem Baby die Orange in den Schoß fallen.

»Nein, behalten Sie die, Sie werden sie brauchen …«

»Er wird sie brauchen … schließlich zahnt er«, sagt er. Als sie ihn herauslässt, sieht er sie mit unerträglich vorwurfsvollem Blick an. »Sie hatten Angst vor mir … das hat mich verletzt … ich wollte doch wirklich nicht viel … habe doch wirklich nicht um viel gebeten.«

»Was hat denn der Kuhweg Besonderes an sich?«, fragt sie wie zur Entschuldigung.

»Die richtige Antwort«, sagt er und blickt mit einer Art Sehnsucht in die regnerische Ferne.

Als sie wegfährt, steht er unter ein paar jungen Bäumen, halb versteckt und reglos, als plante er irgendetwas Gemeines.

STEINE

O'Kane sitzt auf einem Baumstumpf hinter einer hohen, mit Zinnen besetzten Ziermauer. Drei Männer füllen die Schlaglöcher einer Straße am Stadtrand auf. Einer von ihnen ist sein Vater. Sein Vater kratzt mit einem Zollstock die Erde aus dem Schlagloch, stochert und pult, bis er noch das letzte Krümelchen Erde gelockert hat, hebt das Ganze dann heraus und kippt es in den Rinnstein. Dann schippt er den Schotter in das Loch und klopft ihn mit der Schaufel fest, woraufhin ein anderer Mann aus einem Schlauch, der von einem Tank auf dem Lastwagen abgeht, Teer darüber laufen lässt. Wenn sein Vater die Steinchen mit dem Schaufelblatt runtergedrückt und flachgeklopft hat, schippt er einen zweiten Haufen darauf, der wiederum geteert wird, und immer so weiter, in stummer, schweißtreibender Eintönigkeit.

»Ich bin näher, als er glaubt ... Ich bin nur einen Katzensprung von ihm entfernt«, denkt O'Kane, während er durch eine Mauerritze schaut und seinen Vater beobachtet, den schwarzen Ärmel, die angespannten Armmuskeln, die dicke Hand mit der Schaufel, den Gesichtsausdruck, der genauso resolut und abweisend ist wie immer. Der Lastwagen rollt jedes Mal ein Stück weiter, wenn ein Loch gefüllt ist und noch eins, und die Teerflecken sind wie schwarze, auf eine blaue Straße getropfte Blumen.

O'Kane beschließt, seinen Vater ein bisschen zu erschrecken, und stößt einen langen Schrei aus, halb

Mensch, halb Esel, seinen Gefängnisschrei, und sein Vater sieht sich abrupt um, verblüfft, und fährt sich dann mit der Hand über den Nacken, als hätten sich Fliegen darauf niedergelassen. Er ist dicker geworden. Teufelswerk. Das war der Teufel.

Um die Mittagszeit stellen die drei Männer den Lastwagen in einer Seitenstraße ab und gehen in Nellies Café ein paar Häuser weiter etwas essen. O'Kane springt über die Mauer und fängt an, schaufelweise Schotter planlos auf die Straße und auf vorbeifahrende Autos zu schleudern, wobei er schreit: »Ihr Scheißprovos … Ihr Scheißprovos.«

Mrs. Vaughan, die gerade ihren Hund Gassi führt, sieht ihn und eilt nach Hause, um sich zu verstecken. Sie zieht die Jalousie herunter, zerrt eine Gasflasche vor die Haustür und geht dann nach oben, um durchs Fenster hinunterzuspähen und abzuwarten, bis er verschwunden ist.

Als er sein Werk vollbracht hat, beschließt er, dem Gemeindepfarrer einen Besuch abzustatten. Während er die kurze Auffahrt zu dem zweistöckigen rosafarbenen Haus mit den grünen Fensterläden entlanggeht, erinnert er sich daran, was er dort schon alles geklaut hat – Altarwein, eine Nagelschere, Geld, Haargel. Er erinnert sich an Hochwürden, gieprig und wie eine große weiße Eule in seiner langen Wollunterhose.

»Oh, Enda … wie schön, dich zu sehen«, sagt der Priester und gibt sich Mühe, seine Stimme fest klingen zu lassen.

»Nicht Enda …«

»Michen. Natürlich. Ich habe schon gehört, dass du nach Hause gekommen bist … immer noch unterwegs, Tag und Nacht … ständig unterwegs … irgendwann solltest du dich mal niederlassen … Diese

Wälder sind doch nichts, für niemanden ... Nicht mal Vögel gibt es da oben ... Ich hab mich neulich mit Cian Logan unterhalten, er geht in den Ruhestand, hat seine siebzig Lenze auf dem Buckel, und ich hab ihn gefragt, *Cian, was war denn nun eigentlich schön daran, Förster zu sein,* und ich musste lachen, als ich seine Antwort hörte: *Alles Mist ... wenn man im Sommer einen Ast absägt, fressen einen die Mücken bei lebendigem Leibe auf, und im Winter durchnässt einen der Regen bis auf die Knochen.*«

»Da haben Sie's mit mir gemacht«, sagt O'Kane, der jetzt neben einem niedrigen Bett mit roter Tagesdecke und einem Kopfkissen im weißleinenen Schonbezug steht.

»Ja, jeder glaubt, sein Beruf sei der beschwerlichste«, sagt der Priester und tut so, als wäre er die Ruhe in Person.

»Ich brauche Geld.«

»Warum sollte ich dir Geld geben?«

»Weil ich Sie ruinieren könnte ... Ich könnte zu den Bischöfen gehen.«

»Das würde wohl eher dich ruinieren ... aber ich werde dir trotzdem Geld geben, wenn es dir zu einer warmen Mahlzeit oder einem ordentlichen Pullover verhilft«, sagt der Priester und schaut in Richtung Diele, er möchte ihn ungern in der Küche allein lassen und versucht, seine Befürchtungen zu überspielen, indem er sich murmelnd fragt, wo denn bloß sein Mantel sein könnte.

»Sie machen sich in die Hose, was?«, fragt O'Kane grinsend.

»England hat dir nicht gut getan.«

»Jede Menge Fistfucking auf den englischen Klappen.«

»Es hat dir wirklich gar nicht gut getan.«

Der Priester kommt zurück und trennt mit angefeuchtetem Daumen die neuen, sauberen Banknoten voneinander – »Ich habe heute meine Runde bei den Armen gemacht.« Er zählt die Scheine gewissenhaft und reicht sie ihm dann.

»Schmutziges Geld«, sagt O'Kane und steckt es ein.

»Du solltest nach Hause gehen und mit deinem Vater Frieden schließen.«

»Da bin ich nicht erwünscht.«

»Und wo bist du erwünscht?«

»Nirgendwo«, er setzt sich ans Ende des Tischs, als bekäme er gleich etwas zu essen, und starrt hinaus, seine Augen wie Löcher, die mit Ansichten von nirgendwo gefüllt sind. »Vielleicht geh ich in die Niederlande ... da gibt es viele Wälder und Höhlen«, sagt er dann mit plötzlicher Begeisterung.

»Nun – gib Gott, dass du deine Nische findest«, sagt der Priester und hält ihm die Tür auf, und dann hebt er die Hand wie zu einem unheilvollen Abschiedssegen. Von Schrecken erfüllt, steht er noch lange da.

Verflucht ist der Mann, der sich auf Menschen verlässt,
und hält Fleisch für seinen Arm
und mit seinem Herzen vom Herrn weicht.
Der wird sein wie die Heide in der Wüste
Und wird nicht sehen den zukünftigen Trost,
Sondern wird bleiben in der Dürre, in der Wüste,
in einem unfruchtbaren Lande, wo niemand wohnt.

VATER

Am Freitag, dem 15. April, gegen vier Uhr, habe ich auf der Straße unterhalb des Hotels gearbeitet. Michael Burke war auch dabei. Wir sahen einen Wagen, eine ziemlich große, rotbraune Familienkutsche, die sehr schnell fuhr. Mein Sohn saß am Steuer. Er trug eine dunkle Brille und hatte eine Fischermütze auf. Der Wagen schleuderte nach einer Vollbremsung herum und fuhr dann in die Richtung zurück, aus der er gekommen war. Der Fahrer machte das ein paar Mal, dann hielt er in voller Geschwindigkeit auf den Bagger zu, neben dem wir arbeiteten, und fuhr zwischen uns durch. Ich bin davon überzeugt, dass er vorhatte, mich umzufahren. Wenn Michael Burke mich nicht nach hinten zur Mauer gezogen hätte, wäre ich gestürzt. Er fuhr so dicht an mir vorbei, dass ein Knopf an meiner Jacke abriss. Er hatte es eindeutig auf mich abgesehen. Zwei Tage später fuhr er im selben Auto unten am Hafen auf und ab und brüllte dabei: »Scheißprovos, Scheißprovos.« Am linken hinteren Kotflügel war das Auto beschädigt. Er hatte sich einen Schnurrbart wachsen lassen. Das nächste Mal sah ich ihn dann, als ich selbst im Auto saß und gerade am Fuß des Hügels vor der Bank anhielt. Während ich dort stand, kam aus der entgegengesetzten Richtung ein silbernes Auto angefahren. Als er mich sah, beschleunigte er, beschimpfte mich wüst durchs Fenster und raste davon.

AILEEN

Es heißt, mein Bruder sei aus England zurück, man habe ihn im Norden beim Champagnertrinken gesehen und dann in Dundalk, wo er sich auf dem Parkplatz mit jemandem stritt, und dann beim Trampen, näher bei uns zu Hause. Er entwickelt sich langsam zur Legende, aber ich hoffe, dass er nicht hier in der Gegend ist, und falls doch, bin ich froh, dass ich von Cloosh weggezogen bin und mir mein eigenes Leben aufgebaut habe. Diese Welt hier ist nicht seine Welt – ehrlich gesagt, weiß ich gar nicht, was seine Welt ist, und er weiß es auch nicht, wo er doch jahrelang herumgeschubst wurde. Kaum hatten sie ihn irgendwo entlassen, haben sie ihn wegen irgendeinem neuen Verbrechen wieder festgenommen, wegen Raub oder schwerem Raub, was immer man sich darunter vorstellen soll. Ein wilder junger Bursche. Sie konnten ihn nicht festhalten, er floh immer wieder, durchs Fenster oder aus dem Polizeiwagen und einmal auch, als er mit einem Gefängniswärter draußen unterwegs war. Und dann tauchte er jedes Mal zu Hause auf und wollte, dass wir ihn verstecken. Es kam so weit, dass sogar ich Angst vor ihm hatte, obwohl ich ihn doch selbst großgezogen habe. Es konnte passieren, dass man sich mit ihm unterhielt, und plötzlich guckte er durch einen durch, als wäre man aus Glas und er würde sich gleich in einen reinschmeißen.

Einmal ist er hier hereinspaziert gekommen und wollte ein belegtes Brot. Ich war gerade dabei, die

Windeln von meinem Kleinen zu wechseln, meinem kleinen Ben, er lag auf dem Tisch, war damals erst ein paar Monate alt. Mein Bruder hüpfte vor mir rum und fuchtelte mit dem Brotmesser, und ich sagte: »Leg das Ding weg, Mich, was soll der Blödsinn?« Er wollte ein belegtes Brot haben, und zwar auf der Stelle, obwohl ich doch mitten im Wickeln war, er brüllte herum und schrie: »Mach mir sofort ein Brot!«, und ich sagte: »Nicht so laut, die Leute werden dich hören«, und hüllte das Kind in eine Steppdecke und ging zum Schlafzimmer, und da kommt er mir doch tatsächlich nach, zielt mit dem Messer auf mich und sagt: »Ich schneid dir die Kehle durch«, und ich sage: »Du bist ja wahnsinnig, aber wenn du das Messer weglegst, mach ich dir dein Brot«, woraufhin er sagt: »Ich will dein Scheißessen nicht, es ist vergiftet, und ich mach dir jetzt eine Verzierung ins Gesicht, damit du jedes Mal, wenn du in den Spiegel guckst, an mich denkst«, ich versuche ihn abzuwehren, aber er stößt mir das Messer ins Knie, und es fängt heftig an zu bluten. Im nächsten Moment hat er ein Klappmesser gezogen und rammt es in die Steppdecke, unter der Ben liegt. Es ist ein wahres Wunder, dass er ihn nicht verletzt hat. Mein Bein knickt unter mir zusammen, und ich tue so, als ob ich meine Vermieterin höre, und rate ihm, lieber zu verschwinden, bevor er wieder in eins dieser Jugendgefängnisse gesteckt wird. Ich manövriere ihn vor die Haustür, und er fängt an, gegen die Tür zu treten und mir die übelsten Schimpfworte an den Kopf zu werfen. Dann wird es still, selbst das Kind ist wie betäubt, aus meinem Knie strömt das Blut, und ich schreie aus dem Fenster: »Hilfe! Ich brauche Hilfe!« Zigmal schrei ich das, und dann ruft meine Vermieterin von unten an, und ich sag zu ihr: »Würden Sie bitte hochkommen und mir helfen, mein Bruder hat gerade einen Wutanfall gehabt, und ich blute.« Sie kommt hoch und sagt, dass wir das der Polizei melden müssen, aber ich sage, das will ich nicht, ich will zum Arzt, also lassen wir Ben bei einer Nachbarin und gehen zusammen los. Da springt er mit einem Beil hinter einem Öltank hervor, ich sage ihm, dass er verschwinden soll und dass ich nur zum Arzt gehe, darauf er: »Du gehst doch zu den Bullen.« So nannte er die Polizei. Wir versuchen, ihn zu ignorieren, gehen die Straße entlang, er auf der anderen Seite mit dem Beil, und dabei beschimpft und verflucht er uns. Er sieht, dass ich in die Arztpraxis gehe und die Frau mit mir, und haut ab. Ich werde verbunden, und die Frau beharrt darauf, dass wir zur Polizei gehen müssen, aber ich sage: »Das ist Verrat«, darauf sie: »Verrat oder nicht, er hat Sie angegriffen«, und ich sage, dass man ihn dann wieder in eins dieser Häuser schicken wird, und sie sagt, wenn ich nicht gehe, wird sie es tun, dann treten wir aus der Praxis raus, sie geht heim, und ich gehe zur Wache und melde das Ganze. Weil es inzwischen dunkel ist, frage ich, ob mich jemand heimfahren kann, denn ich habe Angst, zu Fuß zu gehen, aber die sagen, sie hätten kein Auto da, also hinke ich nach Hause und fürchte mich dabei schier zu Tode. Als ich schließlich zu Hause bin, sag ich der Vermieterin Bescheid, und sie kommt mit einem Schürhaken in der Hand hoch und sagt, er ist nirgends zu sehen, wahrscheinlich ist er weggegangen, um mit dem Messer auf irgendjemand anders loszugehen. Wir trinken gerade einen Tee, als es an meine Tür klopft, und da steht er, lammfromm, und fragt, ob er vielleicht ein bisschen Spülmittel haben könnte, also hebe ich mein Knie und zeig ihm den dicken Verband und sage: »Hier, das warst du«, und er sagt, er hätte das nicht gewollt, aber die hätten ihn aufgefordert, es zu tun. Ich fragte ihn, wer »die« seien, und er sagte, die Stimmen, die Befehle. Das war das erste Mal, dass ich von diesen Stimmen hörte, ich war verwirrt, und er tat mir auch ein bisschen Leid, weil er so einsam aussah, allein in diesem Leben. Da nahm ich seine Hand und sagte, ich hätte etwas Schlimmes getan, »ich bin zu den Bullen gegangen«, und da stand er auf und ging.

Ich habe gehört, dass er ein paar Monate auf einem Wohnwagen-Campingplatz am See war, und als Nächstes hat er dann einem Priester die Kleider und den Priesterkragen geklaut und sich nach England aufgemacht. Er war noch nicht lange dort, da hat er wieder zugeschlagen. Es war ein Bild von ihm in der Zeitung, wie er in Priesterkleidung eine alte Frau an einer Bushaltestelle ausraubt. Danach kam ab und zu ein Brief von ihm mit dem Namen Ihrer Majestät im Briefkopf. Das war das erste Mal, dass ich von den Stimmen gehört habe, Stimmen, die ihm sagten, dass er ein Desperado sein und sich den Ruf und Titel eines Outlaws erwerben soll.

KÜHLE

Sie sind in Ottos Atelier, einem Speicher voller Kram, alte Stehlampen, Bilderrahmen, Korbstühle, die darauf warten, neu bespannt zu werden, und ein Motorrad, aus seinen wilden Jahren. Von einem hohen Sims starrt eine Sammlung von Porzellanpuppen aus blanken Knopfaugen leidenschaftslos auf sie herunter, auf den Balken alte Töpfe und Pfannen, Keramikvasen und das rosa Babystühlchen mit den kleinen Rechenkugeln. Zeugen seines Zugvogellebens.

Otto ist Steinmetz, Zimmermann, Weber, Frauenheld und Bohemien.

Eily kommt jede Woche, um mit ihm zu malen, und im Laufe der Zeit hat sie manch eine Facette seines Wanderlebens kennen gelernt, seine Geburt in einem Bunker in Berlin, kurz bevor die Stadt eingenommen wurde, seine Mutter, die ihn abgöttisch liebte und in einem Nachtclub arbeitete, um ihn aufziehen zu können, eine Kindheit, die von Whiskey, schrill bunten Kellerbars, den bittersüßen Liedern von Liebe und Enttäuschung geprägt war, eine Welt der Frauen, Pralinés, Prostituierten und später dann Schauspielerinnen, denen er Fächer oder Schals schenkte, nur um dann morgens jedes Mal neben einem verwüsteten Gesicht aufzuwachen, und im Kopf und den drängenden Händen stets das eine gewaltige Gemälde, das nur darauf wartete, gemalt zu werden. Doch malte er es nie, setzte es stattdessen direkt in Leben um. An manch einem Vormittag hat er ihr, unruhig auf und ab gehend, mit einer kindlich anmutenden Schlichtheit seine Qualen geschildert, doch heute Vormittag schmollt er, hat sie noch nicht mal begrüßt.

»Raus mit der Sprache.«

»Ich möchte nicht, dass meine kleine Frau weggeht.«

»Es sind doch nur ein paar Kilometer.«

»Du hättest nicht hier wegziehen sollen ... das ist unser Tal ... unser kleiner Montmartre.«

»Ich musste doch ... Mein Mietvertrag war ausgelaufen ...«

»Dein Haus hat nichts Fröhliches ... es ist düster.«

»Sag doch nicht so etwas ... Es kostet mich alles, was ich habe – beziehungsweise nicht habe.«

»Für diesen jungen Möchtegern, Sven ... diesen Westentaschen-Hamlet.«

»Die Leute mögen ihn, respektieren ihn, sie nennen ihn den Gelehrten.«

»Du bist ein freier Geist.«

»Er auch.«

»Nicht so wie du ... du hast eine Aura ... selbst die Hunde auf der Straße merken das.«

»Wir werden trotzdem Freunde bleiben, Otto ... immer.«

»Immer. Was heißt schon immer ... geh ... geh in deine Hütte ohne Bad und ohne Klo und ohne Otto, bei dem du abends vorbeischauen kannst, um mit ihm zu trinken und zu rauchen und Chagalls schwebende Engel zu beschwören, die über unserem Tal ihre Kreise ziehen.«

»Ich bin glücklich ... Willst du denn nicht, dass ich glücklich bin?«

»Nein, no, njet.«

»Was kann ich tun?«

»Ich möchte dich malen.«

»Okay.«

»Nackt.«

»Okay.«

»Ein Triptychon ... zuerst ein Akt, die junge Eily, sprühend, lebenshungrig, ihr loderndes Haar ... auf dem nächsten ist sie älter ... ein kleines Bäuchlein ... Mutter von dreien, im Unterkleid, und auf dem letzten dann eine Pilgerin, die eine gewundene Straße hinaufgeht.«

»Warum bist du bloß dermaßen gegen ihn eingenommen?«

»Frage ... Wie kommt es, dass Otto nicht mehr mit der kleinen Madonna schlafen darf?«

»Weil ... die ... Chemie nicht gestimmt hat.«

»Aha. Als Nächstes wirst du mir erzählen, dass du die Liebe entdeckt hast ... Du wirst mir erzählen, dass es eine absolut einzigartige Liebe ist ... wie es sie noch nie gegeben hat und nie wieder geben wird ... er streichelt dich, und du bist elektrisiert ... du denkst einen Gedanken, und er denkt ihn zu Ende ... du wirst mir erzählen, dass du gerade die Liebe entdeckt hast, und ich werde dir sagen, dass es die Enttäuschung ist. Es ist alles Illusion, Fantasie, eine Schimäre.«

»Warum bist du bloß dermaßen gegen ihn eingenommen?«

»Weil er jung ist, und nichts anderes zählt auf dieser unehrlichen, lausigen, wunderschönen Welt.«

Er stieß mit dem Fuß ein paar Sachen aus dem Weg und stieg die Leitertreppe hinunter, und sie folgte ihm, ein wenig niedergeschlagen.

ABSCHIED

Madge hängt gerade ein großes senffarbenes Bettlaken auf. Irgendetwas stimmt nicht an der Art, wie sie Eily zuwinkt, es wirkt zaghaft, verlegen. In diesem Moment hat Eily den Impuls, rückwärts wieder aus der Einfahrt hinauszufahren, doch dann findet sie, dass das überstürzt und unfreundlich wäre.

Madge und Eily sind befreundet, seit Eily letztes Jahr an einem warmen Frühlingstag in den Kunstgewerbeladen kam, in dem Madge arbeitete, und fragte, ob sie vielleicht einige ihrer gezeichneten Postkarten dort auslegen dürfe. Es waren lauter weibliche Akte, darunter viele Schwangere mit stolz vorgerecktem, ausladendem Bauch.

»Vielleicht solltest du denen ein bisschen was anziehen«, sagte Madge, und sie lachten, denn sie wussten beide, wie man hier über sie dachte, mit ihren Gummistiefeln und ihren langen Röcken, ihren schlabbrigen Stricksachen und ihrem exotischen Schmuck. »Angewehte« wurden sie genannt, eine Bezeichnung, die sich von dem Strandgut herleitete, das vom Wind aus dem Meer an Land getrieben wurde. Angewehte.

Sie gingen hinaus, setzten sich aufs Fensterbrett und sahen dem gemächlichen Treiben auf der Straße zu – ein Hund, der auf einem platten Ball herumkaute, einige junge Mädchen, die in Schuhen mit aberwitzig hohen Plateausohlen schwankend auf und ab gingen und darauf warteten, dass ein paar Jungs erschienen.

»Ich hasse Männer«, sagte Madge ohne Überzeugung. Sie hatte sich von ihrem dritten Partner getrennt, hatte zwei Kinder, kein Geld, wohnte in einem Wohnwagen mit undichtem Dach und hatte sich gerade wieder einen neuen Schwarm ausgeguckt. Sie stellten fest, dass sie beide eine Schwäche für Jesustypen hatten, Männer mit langen, wirren, ungewaschenen Haaren, Waldmenschen, die wie Schattenwesen in der Dämmerung erschienen. Ihren neuesten Schwarm hatte Madge auf der oberen Straße beim Ölausliefern erspäht, und seither konnte man sie oft morgens verzückt dort oben herumspazieren sehen.

»Was gefällt dir an ihm?«, hatte Eily gefragt.

»Das ist ein ganz Stiller ... Ich habe immer diese dämliche Vorstellung, dass die Stillen automatisch Tiefgang haben ... Und was ist mit dir? Bist du solo?«

»Im Moment schon. Ich habe mal in England gewohnt ... habe in einem Kulturzentrum gearbeitet, mich in jemanden verliebt und bin schwanger geworden ... die alte Geschichte. Aber ich habe einen prächtigen kleinen Jungen.«

»Die alte Geschichte«, sagte Madge wehmütig.

Wie sich herausstellte, wohnten sie nur ein paar Kilometer voneinander entfernt, Madge in ihrem verbeulten Wohnwagen und Eily in einer gemieteten Wohnung inmitten von sanften Hügeln, auf denen die Vollblutpferde ihres Vermieters standen.

Als Madge das erste Mal zu Besuch kam, bestaunte sie diesen Harem, diese Aladinshöhle, helle Wände, Orientteppiche, Tücher und Überwürfe, die arrangiert waren wie Requisiten auf einer Bühne.

»Hier sehe ich versklavte Männer vor mir ... Homer und die Sirenen«, hatte sie gesagt, während sie umherging und die diversen Kostbarkeiten betrachtete, kleine Parfümfläschchen, Schildpattkämme, eine Federboa, die sie sich überwarf, grün vor Neid, wie sie sich ausdrückte.

Im Monat der Glockenblumen fragte Madge, ob sie Eily porträtieren dürfe, und ließ sie dazu mitten im Allendara Wood auf einem Küchenstuhl Platz nehmen. Überall die blauen Glockenblumen, auf dem Boden, zwischen den Felsen, über den Baumstümpfen und sogar um zwei Pferdeschädel gerankt, die perfekt erhalten dalagen, von grünlichem Moder überzogen. Es war ein Moment der Harmonie, das reiche, vielfältige Leben des Waldes um sie herum, der sichere Strich des Pinsels auf der Leinwand, kleine Schatten, die ihr schräg übers Gesicht tanzten, unter der Krempe eines lilafarbenen Strohhuts. Der Hut gehörte Madge, er war aus seidigem Stroh. Sie erschraken, als eine Meute Jagdhunde vorbeirannte, an der Spitze der Leithund, dem ein triefendes Stück rohes Fleisch aus dem Maul hing.

»Den Hut behältst du«, sagte Madge, als sie durch das gefilterte Sonnenlicht zurückgingen, hie und da stehen blieben, um ein paar Blumen zu pflücken, und zusammen wilde Pläne schmiedeten, Land wollten sie kaufen und es dann für einen Batzen Geld wieder verkaufen. An diesem Tag gelobten sie, immer füreinander da zu sein, doch dann kam Sven, und irgendwie kam er auch zwischen sie. Die Farmer nannten ihn den Gelehrten, weil er so beschlagen war, so viel über verschiedene Bodenarten und Anbaumethoden wusste, ihnen lange, manchmal etwas langweilige Vorträge über die Umwelt und die Verschmutzung ihrer Flüsse und Bäche hielt. Über die Notwendigkeit kosmischen Bewusstseins.

Madge hatte ihn zum ersten Mal im Gemeindesaal gesichtet, als er mit einer älteren Frau tanzte, er schaute der Frau ins Gesicht und tanzte mit den langsamen, gemächlichen Schritten, die sie kannte, ungeachtet des ringsum vorherrschenden Tempos. »Ich wette, dieser Junge liebt seine Mum«, hatte Madge gesagt und angemerkt, dass seine Arme etwas zu lang für seinen Körper seien. Es war Madge, die ihn entdeckt hatte, und Madge war es auch, die sie schließlich zusammenführte. Wie unvermeidlich es schien, als es erst einmal so weit war, und doch war er Eily vorher kaum aufgefallen, sie hatte ihn ab und zu mal im Auto mitgenommen und ihn einmal auch auf dem Grundstück ihres Vermieters gesehen, wo die beiden heftig diskutierend die kleine Allee auf und ab gegangen waren. Und dann diese Verzauberung, kein Boden mehr unter den Füßen, der Moment der Kapitulation, und alles ohne ein Wort. Es war auf seinem Geburtstag, und als alle am Feiern waren, schickte Madge sie beide zum Teekochen in die Küche. Plötzlich küssten sie sich, und er gab der nahen Tür einen Tritt, damit ihnen das unvermeidliche Gewieher aus dem Nachbarzimmer erspart blieb. Aus Versehen stießen sie gegen ein Heizgerät und warfen es um, und wie er ihr später in seiner vertrauensvollen Art erzählte, ließ er es liegen, um die Süße des Moments länger auszukosten.

Kilcash wurde zum Ort ihrer Treffen, der älteste Wald von allen, Zeitlosigkeit in seinem Rascheln, seiner Ausdehnung, in Zweig und Blatt und Stamm, das Moos auf den Baumstämmen ein dichtes Samtbouclé, und Herden wilder Ziegen, die beim Anblick der Eindringlinge sofort die Flucht ergriffen. Ihr Wald. Sven hatte in einem Baumkreis eine Hängematte aufgehängt und sie mit einem Baldachin aus grüner Persenning überspannt. In der Nähe war ein Brunnen, ein Zauberbrunnen, wie er behauptete, an dem irgendjemand, vielleicht andere Liebende, einen kleinen Eierbecher aus Zinn hatte stehen lassen, aus dem man trinken konnte. Als sie das dritte oder vierte Mal herkamen, brachte sie ein Medaillon mit und warf es in den Brunnen, und sie wünschten sich etwas, wünschten es sich gemeinsam, und dann betrachteten sie das silberne Glitzern dort unten, das Medaillon, das in einem Bett aus rehbraunem Schlick zum Liegen kam …

»Hallo, Fremde«, sagte Madge und ließ die letzte Wäscheklammer über dem Bettlaken zuschnappen.

»Ich hab mich nicht blicken lassen, weil ich Tag und Nacht im Haus schufte.«

»Wann ist denn die Einweihungsfete?«

»Bald … Ich würde mir gern mal dein Traumbuch ausleihen … Ich habe gestern Nacht was ausgesprochen Seltsames geträumt.«

»Was denn?«

»Affen. Sie haben sich in meinem Kopf herumgehangelt … haben panisch versucht rauszukommen.«

»Sven hat es.«

»Ach, er ist zurück.« Eily versuchte, unbeteiligt zu klingen.

»Ja, seit gestern Abend … er ist bei mir vorbeigekommen … er hat hier gepennt, aber bevor du explodierst, hör erst mal zu, er war müde, wir haben uns unterhalten, einen Joint geraucht, ich habe was zum Abendessen gemacht, und schwupps, schon war es Mitternacht.«

»Verstehe«, sagte Eily, aber was sie sah, war ein aufgehängtes Bettlaken, von dem Wasser in kleinen Bächlein heruntertropfte, ein Bettlaken, so glaubte sie, auf dem die beiden geschlafen hatten.

»Jetzt krieg dich mal wieder ein … du hast geschmollt, als er nach Dublin gefahren ist, und jetzt schmollst du, weil er wieder da ist … er ist noch ein Kind … und er wird eh bald den Geschmack an dir verlieren.«

»Warum sagst du das?«

»Na ja, seine Familie findet, dass das alles nichts ist … eine ältere Frau, allein erziehend … die haben Höheres für ihn im Sinn.«

»Das hat er dir erzählt?«

»Er vertraut mir, spricht sich bei mir aus, er kommt um Rat zu mir, und dann kommst du zu mir … Tee und Mitgefühl … ihr seid wie Kinder, ihr beiden … Manchmal wünschte ich, ich hätte euch nie zusammengebracht.«

Eily hatte seitlich im Auto gesessen, halb drinnen, halb draußen, rund um ihre Füße wie kleine Ballerinas ein paar Zwerghühner, die an ihren Segeltuchschuhen herumpicken, doch plötzlich schwingt sie ihre Beine wieder hinein, zitternd, aber fest entschlossen.

»Was soll denn das. Warum bist du bloß so misstrauisch?«

»Ich liebe ihn, Madge.«

»Ach herrje. Liebe! Ich wollte doch nur sagen, dass du dich nicht wie eine Prinzessin aufführen sollst«, und mit diesen Worten versucht sie nach dem Autoschlüssel zu greifen, sie zanken, und Madge beteuert immer wieder: »Ich will bloß ganz normal mit ihm befreundet sein, ich will ihn malen, aber ich will keine Babys mit ihm machen.«

Eily wendete, erschreckte dabei ein paar Hennen im Staubbad und walzte über ein neues Blumenbeet, um auf die ausgefahrene Straße zu kommen, während Madge auf die Motorhaube hämmerte und sie bestürmte, nicht zu fahren – »Ich hab ein loses

Mundwerk … Ich weiß, ich hab ein loses Mundwerk, aber ich hab dich trotzdem lieb.« Das Auto schoss davon, während Madge, erst mit einem Geschirrtuch wedelnd und dann die Kleider an der Leine schwenkend, sie beschwor umzudrehen.

Als Eily Sven vor Jackos Pub auf dem Bürgersteig sitzen sah, schmolz sie fast dahin. Er wirkte so jung, so verletzlich, wie er mit seinem unmöglichen Haarschnitt dasaß, ein Schokoladeneis aß und das schmelzende Eis mit der Zunge auffing, neben sich ein Bündel, das seine gesamte Habe enthielt.

Sie wollte es eigentlich nicht, ging aber trotzdem zu ihm rüber und reichte ihm die Kassette mit dem verträumten Geflüster, das sie nachts füreinander aufnahmen, wenn sie allein waren.

»Was ist denn?«, fragte er, während er aufstand. Er hatte in ihren Augen gelesen, hatte den Zorn darin gesehen.

»Ich habe beschlossen, dass es das Beste ist, wenn du doch jetzt schon fährst … nicht erst in ein oder zwei Monaten, wie wir es ursprünglich besprochen hatten.«

»Das geht nicht. Ich habe meinen Eltern schon Bescheid gesagt … meinem Professor geschrieben … Ich habe allen gesagt, dass ich noch bleibe.«

»Wir beide haben immer gewusst, dass du irgendwann wieder nach Hause fahren würdest … schon an unserem ersten Tag im Kilcash Wood … aber wir haben es verdrängt, wir waren einfach … naiv.«

Da verfiel er in seine Muttersprache, überzeugt, dass die Tiefe und Wahrheit dessen, was er sagte, offenbar sein würden, und sie wiegte bedächtig den Kopf, so als wäre sie im Begriff nachzugeben. Ein seilspringendes kleines Mädchen stellte sich vor ihm auf, von brennender Neugier erfüllt.

»Ich versuche, die richtigen Worte zu finden«, sagte er.

»Wofür?«, fragte das kleine Mädchen, und er beschrieb, wie er beim Tanz eine schöne Prinzessin im Matrosenanzug gesehen habe und sie dann plötzlich weg gewesen sei, und wie er einen der Ortsansässigen habe bestechen müssen, damit er ihn über Feld und Moor zu ihr fuhr, und wie er schließlich unter ihrem Fenster gestanden und ihr mit Gras und kleinen Kieseln ein Ständchen gebracht habe.

»Nicht, Sven«, sagte sie.

»Ist es unser Altersunterschied?«

»Das auch ... und ... alles andere. Es wird immer Leute geben, die versuchen, uns auseinander zu bringen.«

»Lass uns irgendwohin fahren ... Lass uns Richtung Westen fahren, ganz weit, bis wir vielleicht – eine Insel finden, mit ein paar Kühen ... mein Zigeunermädchen und ich.«

»Das Zigeunermädchen hat sich entschieden«, sagte sie.

Sie stehen sich jetzt gegenüber, zitternd, haben beide eine Hand erhoben, vermittelnd beziehungsweise protestierend. Die Haare auf seinen Fingerknöcheln sind pechschwarz.

»Das ist doch falscher Stolz«, sagt er.

»Nein ... Ich habe hier neue Wurzeln geschlagen, und zwar allein«, sagt sie.

»Ehrlich gesagt, erkenne ich dich nicht wieder ... Ich sehe eine Frau, die ich zu kennen glaubte ... und die sich in eine Fremde verwandelt hat.«

»Ich traue dir nicht, Sven.«

»Ich habe in Dublin nicht herumgevögelt ... falls du das denkst.«

»Du bist schon gestern Abend zurückgekommen.«

»Ich bin getrampt … und es hat geregnet. Ich bin die letzten was weiß ich wie vielen Kilometer zu Fuß gegangen und bin dann zu Madge … du bist doch bloß eifersüchtig.«

»Ja, ich bin bloß eifersüchtig.«

»Bitte erklär mir, warum du mich wegschickst.«

»Ich werde es dir schreiben.«

»Du willst also wirklich, dass ich mich verabschiede.«

»Ja, ich will wirklich, dass du dich verabschiedest.«

»Und was mache ich mit all meinen Gefühlen?«, fragt er wie ein kleiner Junge.

»Wenn wir mal sechzig oder siebzig sind, werden wir unsere Gefühle durchschauen«, erwidert sie.

»Wahrscheinlich hast du Recht … wir entwickeln uns alle weiter«, er zuckte die Achseln und sagte dann: »Hey … machen wir's bittersüß … küssen wir uns noch mal hier auf der Straße vor all den Gaffern«, und seine vollen Lippen, weinrot wie Loganbeeren, suchten ihre.

Sie tat etwas anderes. Sie nahm ihre Kette mit dem Amulett ab, legte sie ihm um den Hals und verschloss sie unendlich liebevoll.

»Ich zisch gleich ab«, sagte er, ihre Hände so zärtlich, so verstohlen.

»Ich gehe«, flüsterte sie.

»Bleib noch einen kleinen Moment«, aber sie hob bereits den Riegel der Pubtür und verschwand, rotgold und hoch gewachsen, verschwand so abrupt wie die untergehende Sonne.

DIE SCHENKE

Sie saß stumm da und trank langsam, aber entschlossen. Sie dachte *Ich sehe diesen Raum mit anderen Augen.* Sie war schon dutzende Male bei Jacko gewesen, doch noch nie hatte sie alles so bewusst wahrgenommen. Sie dachte *Hier habe ich mit ihm getrunken, hier habe ich mit ihm getanzt, hier habe ich mit ihm geflirtet, und jetzt starre ich auf die fast leere Bar und frage mich, warum ich ihn fortgeschickt habe.*

Auf die Barhocker starrte sie, deren rote Plastikbezüge von in Reih und Glied angeordneten Messingknöpfen festgehalten wurden, auf die Wand mit dem Zierstreifen aus Prägesamt noch aus der Zeit von Jackos Mutter, und auf die anderen, weißen Wände, auf die mit gläsernen Früchten besetzten Lampenglocken, auf eine zerbeulte Sammelbüchse.

Drüben am Kamin zwei Männer im Streit, sie haben einander am Kragen gepackt und diskutieren lautstark. Sie kennt sie, Denny, ein Junggeselle, klein mit angegrautem Spitzbart, und Huw, der Protzer, in einem grünen Kordjackett mit Lederflicken an den Ellbogen.

»Ich sage es dir nicht, und dabei bleibt es«, erklärt Denny.

»Ich will doch schlicht und einfach nur wissen, ob du ein Grundstück zu verkaufen hast!«

»Ich würde dich nicht einmal in Sichtweite meines Hauses lassen … du mit deinen Weibern und deinen Greyhounds.«

»Hör mich wenigstens zu Ende an.«

»Ich weiß, was du willst … du willst es billig haben und es dann an irgendeinen weiteren beschissenen Ausländer verkaufen.«

»Wie viele Morgen hast du denn, einhundert, zweihundert?«, fragt Huw jetzt, um ihn zu ködern.

»Mehr.«

»Am Wasser gelegen?«

»Am Wasser gelegen, mit Blick aufs Wasser, am Wasser gebaut … du verschwendest deine Spucke, Junge.«

»Ich bezahle, was du forderst.«

»Ich verkaufe nicht … Das habe ich dir schon letzte Woche gesagt, und vorletzte Woche und vorvorletzte Woche.«

»Was willst du denn mit all dem Land anfangen, du als Junggeselle und in deinem Alter.«

»Wie viele uneheliche Kinder hast du denn inzwischen … fünf oder sechs? … und der Staat bezahlt für sie … unser armes Land, ausgeblutet durch Leute wie dich.«

»Du stehst ja nicht gerade schlecht da mit deinem Grundstück am Wasser.«

»Das hat schon meinem Vater gehört.«

»Hör zu, mehr als einen halben Morgen will ich gar nicht … Ich lebe mit einer Norwegerin zusammen, und die ist ganz wild darauf, am Wasser zu wohnen. Ihr fehlt das Meer.«

»Hast du dich vorübergehend zur Ruhe gesetzt?«, fragt Denny jetzt mit einem Augenzwinkern in Eilys Richtung.

»Hallo, Prinzessin, wie geht's denn so?«, ruft Huw ihr zu. An einem anderen Abend in einem anderen Pub fand sie ihn mal ein paar Minuten lang attraktiv, und sie hat es immer bereut, dass sie ihn das hat merken lassen, denn er nutzt es feixend aus.

»Gut, gut«, sagt sie abwesend.

»Was ging das doch schnell mit der armen Mrs. Burke«, ruft Denny in freundlichem Ton zu ihr hinüber.

»Und du, Denny, wie geht's dir?«, ruft sie zurück.

»Ich werde alt und närrisch«, sagt er lachend.

»Er sitzt auf einem Vermögen«, sagt Huw, und Denny steht plötzlich auf und schimpft: »Scher dich doch fort, du mit deiner ausländischen Frau und deinen nackten, vernachlässigten Kindern.«

»Oho ... ein echter Alkoholiker«, ruft Huw ihm nach, als er zur Tür hinausgeht.

Huw stellt sich hinter Eily und beginnt vorzulesen, was sie gerade geschrieben hat – *Ihr fahrt zum Dorf hoch und biegt am Gemeindehaus links ab. Fahrt ein kleines Stück geradeaus, und nehmt dann die erste Abzweigung nach links, so gelangt ihr auf eine kleine Straße, die durch ein Moorgebiet führt. Auf der linken Seite kommt ihr an einem verfallenen Haus vorbei und ein Stück weiter dann an Ponys, gescheckten Ponys auf einem Feld, danach kommt ein alter roter Wohnwagen mit Gardinen am Fenster, und ihr fahrt immer weiter, bis ihr an eine Stelle kommt, wo ihr ganz unten den See liegen seht. Danach kommt eine Weggabelung mit einer rostigen Futterraufe, ihr nehmt den mittleren Weg und könnt jetzt zwischen den Bäumen schon das Haus sehen. Übrigens müsst ihr das letzte Stück zu Fuß gehen.* Er sah sie an, schaute wieder auf das Schreibheft, stieß einen Pfiff aus und sagte: »Junge Junge, du bist wirklich eine waschechte Zigeunerin, pflanzt dich da mitten in die Wildnis. So weit fährt doch kein Mensch nur wegen einer Party.«

»Lass den Mist, Huw«, sie reißt das Schreibheft an

sich, woraufhin er, durch die Zurückweisung verärgert, mit theatralisch-sarkastischem Hochmut seinen grünen Schal hinwirft und sagt: »Ihr seid doch alles Valium-Kandidaten hier.«

Sie ist völlig entnervt, als er schließlich gegangen ist, und bestellt sich noch ein Bier. Jacko sagt nichts. Das ist seine Art. Er steht in dem künstlichen gelben Licht wie eine Figur in einem Fries, steht da, wie er schon seit Jahren dasteht, Bier zapfend und ohne je einen Kommentar über einen seiner Gäste abzugeben oder sich auf ein Gespräch mit jemandem einzulassen. Die Wanduhr tickt laut und schlurrend.

»Das sieht Ihnen aber gar nicht ähnlich, ein drittes zu bestellen«, sagt er, und sie weiß, dass das seine Art ist, freundlich zu sein.

Sie wird noch ein bisschen hier sitzen bleiben und dann die Straße zum See nehmen, und dort wird Sven unter einem Baum stehen, wo er vor dem Frühlingsregen Schutz gesucht hat, sie wird anhalten, und er wird einsteigen. Zunächst wird er ziemlich förmlich sein, wird voller Missionseifer irgendeine neue Theorie von sich erläutern, und zu gegebener Zeit wird er ihre Hand nehmen, sie eine Weile festhalten, und dann werden sie das Auto parken und ihre kleine vergessene Straße entlanggehen, die Bäume voller Knospen, Kätzchen wie flaumige Talglichter, eine schneeweiße Wirrnis von Blüten, hinreißend im Mondlicht, bräutliche Bäume im kurzen Entzücken des Frühlings.

Doch er war nicht da, und sie weinte wegen ihrer Voreiligkeit, wegen ihres falschen Stolzes, wegen ihrer großspurigen Worte übers Alleinsein. Allein allein allein, das Wort peinigte sie, es glich dem hungrigen Schrei eines Kormorans weit draußen über dem Meer.

SPRITZTOUR

Cissys neues Auto steht vor ihrer Haustür, ein schokoladenfarbenes Schmuckstück, das blanke Metall ein Spiegel, in dem die Passanten sich betrachten können. Cissy ist sowohl Sakristanin als auch Taxifahrerin, sie hat alle Hände voll zu tun und ist nur auf einen Sprung hineingegangen, um eine Tasse Kaffee zu trinken, bevor sie einen Franzosen zum Flughafen bringt. Am Rückspiegel baumelt eine elfenbeinerne Jungfrau Maria, eine Reliquie, die sie beschützen soll, und im Handschuhfach liegt neben einer Tüte Pfefferminzbonbons und einer Straßenkarte ihr Rosenkranz.

O'Kane, der neuerdings einen Schnurrbart trägt, spaziert den Treidelpfad entlang und bleibt stehen, um den Wagen zu bewundern; als er hineingreift und den Zündschlüssel umdreht, erwacht der Motor zum Leben, und ihn packt die Begeisterung. Sekunden später rast er die Straße entlang und sieht sie im Rückspiegel, eine grauhaarige Xanthippe, flatternd wie ein Truthahn. Hunde und Kinder stieben vor ihm auseinander, und zwei alte Männer stehen von ihrer Bank auf und schauen ihm mit offenem Mund nach. Er steuert die nächste Stadt an, fährt jedoch daran vorbei und weiter den Berg hinauf, über die holperigen Straßen, wo er die Karre ordentlich rannehmen kann. Ursula hat er sie getauft, nach dieser blöden Kuh im Gefängnis. Sie ist voller Saft. Sie hüpft und schaukelt und wiegt sich, so als gäbe es keinen Erdboden, als würde er mit ihr fliegen. Wildpferde und wilde Ponys tauchen auf, hingetupfte Sprenkel, die durch die Luft wirbeln und tanzen, die Tachonadel zittert, der Motor läuft auf Hochtouren, und er erlebt ein High wie seit über zwei Jahren nicht mehr. Im Rausch seiner Begeisterung feuert er sich selber an – »Nimm sie ran, Cowboy … los, los.«

Es ist Abend geworden, als er über den Grat des Berges fährt und dann hinunter in eine schroffe Schlucht, an den Rand des Waldes, in dem er sich als Kind immer versteckte, bevor die Dreckskerle ihn dann schnappten, schrill quietschend und schliddernd kommt das Auto zum Stehen, und er weiß jetzt, warum er hierher gekommen ist. Er steigt aus. »Willkommen zu Hause, Sohn … du hast uns Ehre gemacht … hast dich von den Mistkerlen nicht unterkriegen lassen.« Es ist der Wald, der zu ihm spricht, die Bäume mittlerweile dichter, jene Bäume, zwischen denen er sich damals versteckte, zwischen denen seine Mutter ihn suchte und fand, die Stelle, wo er ein paar alte Kissen deponiert hatte, das dichte Dickicht selbst im Tageslicht noch dunkel. Er wühlt in seinen Taschen nach einem Lappen, und da er keinen findet, reißt er einen Streifen von seinem Hemd ab, schraubt den Tank auf und tunkt den Stoff hinein, und dann legt er ihn auf den Vordersitz und freut sich auf sein erstes großartiges Spektakel. Kaum hat er das Streichholz entzündet, als der Sitz auch schon brennt, so als hätte er nur darauf gewartet, die Flammen lodern auf, breiten sich aus, Flammensegel, Flammenfahnen, orange, karminrot, tosend und prasselnd. Die Reifen platzen, jedes einzelne Platzen wie der Furz eines Priesters, die Fensterscheiben zerspringen, Perlen aus Glas fallen zu Boden, Flammen huschen über sein

Gesicht, und er saugt die Luft in tiefen Zügen ein, suhlt sich in seiner Wichtigkeit, und Davey, Lazlo und die anderen Ärsche spornen ihn an.

Er beschließt, richtig zu feiern und sich ein paar Leute einzuladen. Er streckt den Arm aus, um sich eine brennende Dame zu schnappen, eine Ursula, eine Fotze. Er ist high, er ist des Teufels liebster Sohn, und man wird ihn nie wieder einsperren, nie wieder etwas in ihn hinein- oder aus ihm herausprügeln. Er ist ein Mann. Er ist zum Mann geworden, trotz all der Dreckskerle und Drecksweiber. Besser als essen, besser als trinken, besser als Dope oder ficken oder sonst was. Er hat noch nie eine Frau gefickt. Sein ganzes Wissen über Frauen stammt von den schlüpfrigen Fotos in den Magazinen, die von Zelle zu Zelle weitergereicht wurden, Mädchen mit Strapsen, ein Bein angehoben, damit man die Spalte in ihrem Arsch sehen kann, oder rücklings über einen Tisch gelehnt, so dass die Spalte ihrer Fotze zu sehen ist, die Kehle dem Messer dargeboten.

Jetzt wird er schmusig, will eine Frau küssen und selbst geküsst werden. Er überlegt, was ein guter Name wäre. Er wird sie Veronica nennen, nein, wird er nicht, er wird sie Trish nennen. Er will eine Frau sagen hören: »Dein Schnurrbart gefällt mir.« Er spürt, wie sie die harten, stumpfen Haare betastet, da oben im Dunkeln, in den gemalten Flammen, und wie er dann sie betastet, dort oben am Rand des leeren, vergessenen Waldes.

Als das Feuer vollkommen erloschen war, setzte er sich hin und versuchte zu entscheiden, wo er als Nächstes hingehen sollte.

Cissys Freundinnen haben sich versammelt, um ihre Anteilnahme zu bekunden und mit ihr auf die Polizei zu warten. Sie sitzen um den Küchentisch und trauern um das wunderschöne Auto, für das sie extra gespart hatte, ihr schokofarbenes Schmuckstück, ihr Baby, ihre ganze Freude.

»Ich habe es sogar Schokoriegel genannt«, sagt sie und fängt wieder an zu weinen, fragt sich laut, wo es jetzt wohl ist und wann sie es wiederbekommen wird und in was für einem Zustand.

»Man wird es bestimmt finden … die werden immer gefunden«, sagt eine.

»Er ist böse, ich weiß, dass er böse ist«, sagt Agnes, deren Mutter sie gebeten hatte, auf dem Heimweg einen Abstecher zu Cissy zu machen und nachzusehen, wie es ihr geht.

Bei diesem Wort erschauern sie alle.

»Ich erzähle euch jetzt mal etwas, was ich nicht mal meiner eigenen Mutter erzählt habe«, sagt Agnes und berichtet dann mit gedämpfter Stimme, dass sie mal abends mit einer Gruppe Mädchen auf dem Spielfeld Camougie trainiert habe, und da habe O'Kane dagestanden und sie beobachtet, und irgendwann hätten sich ihre Blicke getroffen und er habe sie so komisch angesehen, dass es ihr eiskalt den Rücken heruntergelaufen sei.

»Eiskalt«, wiederholte Oona düster, denn sie waren alle Frauen und wussten, was Agnes meinte.

»Hast du ein Glück, dass du nicht im Auto gesessen hast, Cissy … wo du dann jetzt wohl wärst!«

»An Händen und Füßen gefesselt.«

»Mit durchgeschnittener Kehle.«

»Ich habe gehört, dass er sich unsichtbar machen kann … man geht ins Schlafzimmer hoch, und plötzlich steht er da, und man hat keine Ahnung, wie er hereingekommen ist.«

»O Unbeflecktes Herz Mariä.«

»Wenn die Polizei ihre Arbeit tun würde, dann wären wir in Sicherheit, und Schokoriegel würde noch vor deiner Tür stehen.«

»Die Polizei kann nichts dafür … es ist die Regierung … an allen Ecken und Enden wird gespart, gespart, gespart.«

»Hört mal«, sagte Oona, »wir sollten niederknien und beten … und zwar um zwei Dinge beten: dass Schokoriegel heil zurückgebracht wird und dass sie Michen O'Kane wieder in eine dieser Einrichtungen stecken.«

ROWDYS

O'Kane steht allein in einer leeren Kirche, weiße Wände, die rot leuchtende Flamme des ewigen Lichts, ein kahler Altar, am Weihwasserbecken ein Plakat von Jesus, ganz in Weiß und von einem goldenen Heiligenschein umgeben.

Er war in der Hoffnung hineingegangen, irgendeine fromme Trutsche beim Beten vorzufinden und sich ein bisschen Geld zu organisieren. Er hat seit zwei Tagen nichts mehr gegessen, und seine Füße sind klatschnass. Jetzt bleibt ihm nichts anderes übrig, als den Kasten mit dem Geld für die Kerzen zu plündern. In einem Schuppen hinter der Kirche, wo Werkzeug und ein Rasenmäher aufbewahrt werden, findet er einen Schraubenzieher, und mit dem stemmt er nun Stück für Stück den Metallschlitz auf, zungenartig biegt sich das Blech nach außen, wie eine offene Fotze. Er wuchtet so lange weiter, bis das Loch groß genug ist und er seine Hand hineinschieben kann. Er fischt in dem Kasten herum. Die Blechzacken reißen an ihm, und er raunzt sie an. Nichts, verdammt. Zwei Münzen, eine davon ausländisch. Er spielt auf dem gefliesten Boden Münzenwerfen, da kommt ein Junge herein, ihm selbst nicht unähnlich, nur jünger und mit roten Backen.

»Hallo, Chef«, sagt der Junge.

»Wer bist denn du?«

»Verrat ich nicht.«

»Kleiner Scheißer ... Haste 'ne Kippe?«

»Die haben alle eine Mordsangst vor dir ... seit du

wieder in der Stadt bist, schließen alle die Haustüren ab.«

»Und warum hast du keine Mordsangst vor mir?«

»Weil ich auch ein Herumtreiber bin, wie du ... Ich kann Autos kurzschließen ... Überfälle hab ich bis jetzt noch keine gemacht, aber die sind in der Planung ... Wusstest du, dass Jesus auch Emmanuel heißt?«

»Wer sagt das?«

»Es steht da auf dem Poster – Lieber Jesus, allein in jedem Tabernakel ... armer Jesus.«

»Könntest du mir ein paar Pommes oder ein Brötchen besorgen?«

»Ich bin blank ... Aber weißt du was, es gibt da was gegen Hunger ... Der Priester hat das am Sonntag vorgelesen«, er greift nach einem Handzettel, hüpft auf einem Bein nach vorne zum Altar und liest mit männlicher Stimme vor – *Er selbst aber ging in die Wüste eine Tagereise weit und kam und ließ sich unter einem einzelnen Ginsterstrauch nieder. Da wünschte er sich, sterben zu können, und sagte: Es ist genug. Nun, HERR, nimm mein Leben hin! Denn ich bin nicht besser als meine Väter. Dann legte er sich nieder und schlief unter dem einen Ginsterstrauch ein. Und siehe da, ein Engel rührte ihn an und sprach zu ihm: Steh auf, iss! Und als er aufblickte, siehe, da lagen neben seinem Kopf ein Brotfladen, auf heißen Steinen gebacken, und ein Krug Wasser. Und er aß und trank und legte sich wieder hin. Und der Engel des HERRN kehrte zurück, kam zum zweiten Mal und rührte ihn an und sprach: Steh auf, iss! Denn der Weg ist zu weit für dich. Da stand er auf und aß und trank, und er ging in der Kraft dieser Speise vierzig Tage und vierzig Nächte bis an den Berg Gottes, den Horeb.*

»Hättest du Lust, in den Wald mitzukommen?«, fragt O'Kane.

»In welchen Wald?«

»Egal. Wir können Wild jagen, schießen, können grillen ... Ich organisiere uns eine Gitarre.«

»O je ... meine Mama kriegt einen Herzinfarkt, wenn ich nicht zum Abendessen nach Hause komme«, und schon ist er pfeifend in die Sakristei und dann zur Tür hinausgeflitzt und verschwindet über einen Zauntritt zwischen den Eiben nach Hause.

O'Kane ging hinaus, nass, mürrisch und einsam. Er lief über Felder und durch Gärten, schimpfte vor sich hin und hielt sich aufdringliche Hunde durch Fußtritte vom Leibe.

Es war ein Laden namens »Der Zaunkönig«, der den Neuen gehörte, den Angewehten, wie sie genannt wurden. Im Eingang standen säckeweise Kartoffeln und anderes Gemüse, mit dunklem Schlamm verkrustet. Er stand draußen und schaute hinein auf die Teller mit Scones und die kleinen Gläser voll Honig und Marmelade. Drinnen standen ein paar Frauen, die sich unterhielten und lachten; sie hatten ihm den Rücken zugewandt. Eine von ihnen trat hinter die Theke, sobald er hereinkam, und schaute ihn misstrauisch an. Er hielt seine eine Münze in der Hand.

»Was kostet ein Scone?«

»Dreißig Pence«, sagte sie und schüttelte dann den Kopf, denn er hatte nur fünf. Sie hatte einen fiesen Blick und trug die Haare in einem straffen Dutt.

»Na, komm schon, Maggie ... gib ihm den Scone«, sagte eine zweite Frau und wühlte in ihrer Schultertasche nach Geld. Sie war groß, hatte Haare bis zur Taille, rote Haare, die sich einzeln voneinander abhoben, als wären sie elektrisch geladen, und als sie sich umdrehte, sahen ihre Augen aus wie goldene Flecken, so wie das Licht seiner Taschenlampe nachts im Wald.

Er bekommt das Gebäckstück gereicht, verbeugt sich vor ihr und platzt heraus – »Elia fastete vierzig Tage und Nächte, bis er den Berg des Herrn erreichte.«

Maggie kommt hinter der Theke hervor und hält ihm die Tür auf, dann schiebt sie ärgerlich den Riegel vor und dreht sich zu Eily um: »Bei dem ist 'ne Schraube locker … Durchgeknallte wie den solltest du nicht auch noch anspornen.«

»Mutter Margaret«, sagt Eily und lässt einen feinen Schwaden Zigarettenrauch in ihre Richtung schweben.

SPIELSTUNDE

Sie saß in einem cremefarbenen, scheppernden kleinen Auto und hatte ein Kind auf dem Rücksitz. O'Kane dachte, es sei das Kind von jemand anderem und sie brächte es nur irgendwo hin, denn sie sah zu jung aus, um Mutter zu sein. Ihr Haar war unter einer schwarzen Baskenmütze versteckt, und sie rauchte und lachte. Er folgte ihr in einem gestohlenen Wagen, hielt aber angemessenen Abstand.

Sie drehte sich häufig um und redete mit dem Kind, und in einer Kurve stieß sie fast mit einem Lastwagen zusammen. Plötzlich bog sie in eine Seitenstraße ab und düste zu der neuen Schule hoch. Er setzte seine Sonnenbrille und eine Strickmütze auf und ging ihr zu Fuß nach. Die Schule war eine bunte Ansammlung einstöckiger Holzhäuschen, einige alt und baufällig, andere nagelneu. Dazwischen Bäume, Blumenbeete und Ziersteine. Außerdem gab es einen Sandkasten mit Eimern und Schaufeln für die Kinder. An den Fenstern hingen Bilder und Mobiles, Sterne, Dinosaurier und Fische. Er hörte Gesang. Direkt neben dem Gemüsegarten schippte ein junger Bursche Pferdemist von einem Anhänger auf einen großen Haufen.

»Und, wie steht's?«, sagte er im Vorbeigehen.

»Alles Mist«, sagte der Bursche und lachte.

Er folgte ihr bis zum allerletzten Gebäude und schaute dann durch ein Seitenfenster am Ende hinein. Lauter Kleinkinder saßen auf hölzernen Lehnstühlchen um den Tisch herum, wie Erwachsene beim Frühstück. Als sie hereinkam, sprangen sie alle auf und rannten zu ihr. Das Kind, das sie auf dem Arm gehabt hatte, boxte sie, als sie es absetzte, und dann warf es sich auf den Boden und zappelte herum.

Aus einem Schrank holte sie verschiedene Sachen heraus, die nichts mit Schule zu tun hatten, Matten, bunte Schnur und Sonnenschirme. Sie zog sich die Schuhe aus, fing an herumzukaspern, und die Kinder machten mit. Sie balancierte mit einem Sonnenschirm in der Hand auf einem Seil, und als sie das Gleichgewicht verlor, jauchzten alle und krabbelten auf ihr herum. Dann balancierten die Kinder der Reihe nach auf dem Seil und verloren alle das Gleichgewicht.

Eamonn, der Typ mit dem Mist, stand neben ihm und lachte ebenfalls. »Das ist eine neue Art von Schule ... kein Lehrplan, keine Schläge, keine Strafen.«

»Soll ich dir beim Mistgabeln helfen?«, fragte er, hob eine andere, unbenutzte Forke vom Boden auf, und sie arbeiteten zu zweit, pfeifend.

»Stich nicht so tief ein, bevor du hochhebst ... Das setzt das Gas frei ... Gibt einen fiesen, fauligen Gestank«, sagt Eamonn.

»Ich stech dir die Augen aus«, sagt Mich und zielt mit der Mistgabel auf ihn.

»Ist ja gut, ist ja gut.«

»Bist du von hier?«

»Nein ... Ich arbeite für den Mann, dem der große Reitstall gehört ... Ich miste aus.«

»Verbringst dein Leben in der Scheiße.«

»Fast. Im August will er mich zur Pferdeschau in Dublin mitnehmen ... Herrgott, stich doch die Gabel nicht so tief ein ... ist ja gut, ist ja gut.«

»Was machen die denn mit dem Mist?«

»Der ist gut für den Rhabarber … Die haben hier ein Rhabarberbeet …«

Während sie sich unterhielten, kam eine große grauhaarige Frau heraus, einen kleinen Becher Kaffee in der Hand. Sie war überrascht, zwei Männer bei der Arbeit vorzufinden, sagte aber gleich, dass sie für die zusätzliche Hilfe dankbar sei, denn bekanntlich machten viele Hände der Arbeit schnell ein Ende. Dann pries sie den Mist und die Großzügigkeit des Mannes, von dem sie ihn kostenlos bekamen. Sie sagte, der Mist wirke bei Rhabarber, Obstbäumen und den kleinen Birken, die so zügig wüchsen, wahre Wunder. Sie möge alle Bäume, aber die Eberesche sei ihr am liebsten, wegen der leuchtend roten Beeren. Plötzlich wurde sie sehr mädchenhaft, strich sich eine Strähne hinters Ohr und erzählte – »Als ich ein kleines Mädchen war, sagte mir meine Mutter im Wald immer, die Vogelbeeren seien giftig, aber das stimmt gar nicht … sie sind bitter, aber giftig sind sie nicht … Mit *Rönnsbärsgelé* kann man ein leckeres Abendessen zubereiten – vielleicht habt ihr das schon mal gegessen? Mit Hirsch oder Wild? … Nein?«

»Hirsch oder Wild«, sagte O'Kane, als sie weg war, und sie kicherten und teilten sich den Kaffee. Der Becher hatte einen weißen Rand, von dem weiße Nasen auf die erdbraune Glasur hinuntergelaufen waren. Sie tranken beide ein paar Schlückchen.

Als er wieder durchs Fenster schaute, hatte sich die rothaarige junge Frau eine Schürze über die Jeans gebunden und trug ein Blech mit kleinen Brotlaiben vor sich her.

»Hallo, Eamonn«, sagte sie, als sie an ihnen vorbeiging. Die Kinder liefen in einer Schar hinter ihr her, die Gesichter kunterbunt angemalt und Farbkleckser in den Haaren.

»Die sind ganz hin und weg von Ihnen, Missus«, sagte Eamonn.

»Die sind von jedem hin und weg, der sie spielen und Brot backen lässt.«

Sie trug das Tablett mit den Laiben zu einem Lehmbackofen, der aus Ziegelsteinen gebaut und wie ein Iglu geformt war. Mit einer Fleischgabel öffnete sie die Schiebetür, und nun loderte ihr heller Feuerschein entgegen und erleuchtete ihr Gesicht, sodass es ganz rot war, wie vor Scham.

»Wie heißt sie?«, fragte O'Kane.

»Catherine, glaube ich.«

»Glaubst du.«

»Vielleicht verwechsle ich sie auch … Bezaubernd, was?«

»Was weißt du denn schon von bezaubernd, Mann.«

Bald zog der Duft warmen Teigs zu ihnen herüber, die Kinder hingen matt herum, und die Frau sprach mit rauchiger, melodischer Stimme zu ihnen. Sie kannte sie alle beim Namen.

Erst eine Woche später folgte er ihr, und als er sah, wo sie wohnte, geriet er außer sich. Es war sein Haus, war sein Unterschlupf gewesen damals im Sommer, bevor er nach England ging. Er hatte oben auf dem Speicher geschlafen, kannte die Füchse, die morgens kamen, Mütter und Väter mit ihren Jungen, Füchse, die aus dem Trog tranken, in dem er sich wusch. Er hatte dem Mann, dem es gehörte, Angst eingejagt. Ihm Morddrohungen hinterlassen. Er schlief gerne dort. Hatte eine alte Matratze und ein paar Sachen dort deponiert, eine Axt, Andenken an seine Mutter, ihre Haarbürste und ein rosa Bettjäckchen. Sein kleines Versteck. Der Besitzer, ein Ladeninhaber aus Limerick, traute sich bald nicht mehr zu kommen, klagte einem Nachbarn, bei ihm sei eingebrochen worden, jemand habe seine Konserven gegessen und seinen Petroleumvorrat aufgebraucht. Jetzt war sie drin, sie und das Kind. Traurigkeit überkam ihn, dann Wut, und er dachte daran, mit Steinen die Fenster einzuwerfen, doch eine Stimme sagte: »Du musst dich bloß mit ihr anfreunden, Sohn.« Es war eine gute Stimme, und sie ließ sein Herz höher schlagen, ja, er verspürte so etwas wie Hoffnung, hatte das Gefühl, er sei wegen ihr nach Hause gekommen.

BEOBACHTER

Von da an beobachtete er sie. Beobachtete sie beim Frühstücken, beobachtete sie beim Baden, beobachtete sie, wenn sie mit einer Tasse Kaffee für Declan Tierney herauskam und ihn mit einem Pfiff vom Dach herunterholte. Sie hatte einen kraftvollen Pfiff für eine Frau und ein kraftvolles Lachen. Sie flirtete. Sie schleppte Möbel und Einkaufstüten, schleppte das Kind zum Auto oder zum Haus, und dabei alberten die beiden ständig miteinander herum – »Heiho, heiho, wir sind vergnügt und froh.« In seinen Tagträumen gab es kein Kind, nur ihn und sie.

Bald kannte er ihre Gewohnheiten bis ins kleinste Detail, wusste, an welchen Tagen sie in der Schule unterrichtete, wo sie ihre Einkäufe erledigte, in welche Pubs sie ging und an welchem Tag sie auf der Post Schlange stand, um sich das Kindergeld auszahlen zu lassen. Er stand ungefähr an zehnter Stelle hinter ihr, und die Leute um ihn herum stießen sich an und rückten von ihm ab.

»Hallo, Michen … wieder zurück?«, sagte eine Tussi.

»Verpiss dich«, schnauzte er.

Eily wandte sich lachend um, und als sie ging, bewunderte sie seinen Pullover. Es war ein grüner Pullover mit Beerenmuster, den er aus einem Wohnwagen gestohlen hatte. Als er an die Reihe kam, erklärte ihm die blöde Kuh am Schalter, er sei erst in achtundzwanzig Tagen anspruchsberechtigt, er sei noch nicht lange genug zurück.

»Anspruchsberechtigt, so ein Scheiß«, schrie er beim Hinausgehen.

In einem Schaufenster auf der anderen Straßenseite waren Stricksachen ausgestellt, erikafarbene Schultertücher und Gürtel mit Troddeln. Er ging hinein, sah sich um und nahm einen flachen grauen Stein in die Hand, in den eine Sichel geritzt war.

»Entschuldigung«, rief ein Mädchen.

»Entschuldigung«, rief er ebenfalls.

Später am Abend legte er den Stein vor ihre Tür und versteckte sich auf dem Feld jenseits der Mauer. Die Tür war zu, denn es regnete. Er blieb stundenlang in seinem Versteck und sah zu, wie der Rauch des Torffeuers aufstieg und zerfranste. Es waren kaum Sterne am Himmel. In einen großen Aluminiumtopf auf dem Herd waren Kleider eingetaucht. Das Kind saß am Küchentisch und schrieb. Sie saß neben ihm, stand gelegentlich auf, um die Kleider mit einem Holzhammer durchzuwalken, zog an einer Zigarette und inhalierte den Rauch.

Als sie herauskam, um die Kleider aufzuhängen, war sie ihm so nahe, dass er dachte, sie könne ihn riechen, so wie er sie. Sie roch sauber, roch wie die Kleider und das weiße Seifenpulver, mit dem sie gewaschen hatte. Er hätte nur den Arm ausstrecken müssen, dann hätte er sie packen können, doch er tat es nicht. Sie hatte die Gaslampe auf die Wäscheleine gerichtet, und das Licht ergoss sich von der Seite über ihr Gesicht und ihren Hals und auf das eine Hosenbein hinunter. Sie hatte eine dunkelrote Hose an, nicht die Jeans, die sie in der Schule getragen hatte.

»Eily, wo bist du?«, rief das Kind aus dem Haus. Sie war also keine Catherine, sondern eine Eily, und er war nur ein paar Schritte von ihr entfernt und stellte sich vor, wie sie schreien würde, wenn er sie erschreckte.

Ab da war alles anders. Es war, als hätte sie ihn durch irgendein subtiles, wortloses Signal eingelassen.

Am nächsten Abend stand sie in der Aluminiumbadewanne, und an ihren Schenkeln rann Blut herunter, Blut von einem leuchtenden Fuchsienrot, Blut, wie er es einmal bei seiner Mutter gesehen hatte, er war damals in Tränen ausgebrochen, weil er dachte, sie würde sterben. Es kam ganz plötzlich. Sie goss Wasser aus einer Kanne über sich, und Blut und Wasser vermischten sich und strömten ihre Beine hinab, nicht mehr ganz so rot, ihr restlicher Körper weiß wie Milch. Sie ging an diesem Abend früh ins Bett, das eingeschlafene Kind in den Armen. In seiner Vorstellung ging er hinter ihnen die Treppe hoch. Er kannte diese Treppe gut, wusste, dass unten eine Stufe fehlte und welche Stufen knarrten. Er wusste, auf welchen Dachsparren im Frühjahr die Drosseln nisteten. Er hatte eine weibliche Drossel Tag um Tag, Nacht um Nacht dort sitzen sehen, ihre Augen wie Perlen aus Glas. Einmal, als sie auf Futtersuche war, hatte er die Eier genommen und in der Hand zerdrückt. Die Schalen waren hellblau.

Morgens wusch sie sich draußen an einer großen weißen Badewanne, die dieser Declan mit drei Kumpels übers Feld herbeigeschleppt hatte. Das Regenwasser sammelte sich in der Wanne, und manchmal spielte das Kind darin Bötchen. Das Kind nervte ihn, sie ging auf all seine Wünsche ein, küsste es ohne jeden Grund, machte ihm Pommes frites, die sie in einem Drahtkorb schüttelte wie eine Fish & Chips-Verkäuferin. Wenn sie mit ihm badete, benutzte sie eine langstielige Bürste, mit der sie sich und dem Kind den Rücken schrubbte. Sie hatte eine Nagelbürste mit einem Frosch als Griff. Bevor sie dem Kind den Kopf wusch, entfernte sie die Knoten in seinen Haaren, einen nach dem anderen, dann kämmte sie ihm die Haare und goß ihm eine Kanne Wasser über den Kopf, doch als sie Shampoo darauf gab, rebellierte Maddie, er kniff die Augen zusammen und trat sie.

Eines Abends tat sie etwas Seltsames. Sie kam im Dunkeln wieder herunter und zündete eine Kerze an, dann ging sie an einen hölzernen Wäscheschrank, drehte den langen dünnen Schlüssel um und klappte die Türen auf. Im Schrank befand sich eine goldene Figur, die im Schneidersitz saß. Sie setzte sich in der gleichen Haltung vor die Figur und begann zu beten. Sie faltete die Hände und neigte den Kopf. Sie betete um etwas sehr Wichtiges, das merkte er. Es brachte ihn zum Weinen. Wenn er weinte, konnte er nicht mehr aufhören, es war genau so, wie wenn er lachte und auch nicht aufhören konnte, nur war es Weinen, und es nahm überhaupt kein Ende. Sie war eine traurige Frau an diesem Abend, lachte nicht und rauchte keine Zigarette. Sie hatte ein Buch, aus dem sie las, wie aus einem Gebetsbuch, und als sie fertig war, küsste sie die Seite.

Er lief über die Felder, stieg über Tore und Mauern und ging dann am Seeufer entlang, vorbei an den leer stehenden Sommerhäusern, dahin, wo das Grab seiner Mutter war. Er war über ein Jahr lang nicht mehr dort gewesen, seit er nach England gegangen war, und er legte sich auf den Grabhügel und weinte und erklärte alles. Seine Mutter hörte ihn, doch sie antwortete nicht, wahrscheinlich, weil er fortgegangen und ins Gefängnis gekommen war, weil er unrechte Dinge getan hatte. Die Blumen und Kränze auf einem neuen Grab fielen ihm ins Auge. Er raffte sie allesamt in seine Arme und häufte sie auf dem Grab seiner Mutter auf. Er schlief ein bisschen. Als er wieder erwachte, war es hell, und er beschloss, zurückzugehen und die Frau zu besuchen, ihr ein paar von den Blumen mitzubringen, sie um eine Tasse Tee zu bitten und ihr zu sagen, dass er einsam sei.

Als er dort ankam, tobte er, denn sie war weggegangen. Er riss die Blumen aus, riss die Blütenblätter ab, riss die Stengel in Stücke und verstreute sie überall. Er wusste, unter welchem Blumentopf sie den Schlüssel versteckte, und schloss auf. Noch bevor er die Tür aufdrückte, wusste er, wie sie quietschen würde. Auf dem Tisch standen Frühstückssachen. Er aß Frühstücksflocken aus der Packung, hielt die Packung hoch und kippte sich den Inhalt direkt in den Mund. An der Wand hing ein Kalender mit einem Bild von einer Frau und einem Kind, einem goldenen Kind in ihrer Brust. Darunter stand etwas. Ein paar Worte konnte er entziffern – Ozean, Göttin, Wasser, Feuer. Die Frau war all das. Ihre zusammengefaltete Strumpfhose lag auf einem Stuhl, er hob sie auf, betrachtete sie eingehend und nahm sie sich zur Gesellschaft mit.

Am darauf folgenden Sonntag fand im Pub eine Live-Session statt, und sie war auch da. Ihre Haare waren zu kleinen Zöpfen geflochten, die den ganzen Kopf bedeckten, wie Schlangen, die sich an ihr festgebissen hatten. Um sie herum lauter Typen. Typen mit Ohrringen und Lederjacken und Gitarren. Sie genoss es sichtlich. Die Typen machten sich wichtig, packten ihre Instrumente aus, bauten sie auf, probierten sie aus, große Biergläser vor sich auf dem Tisch, genau wie sie. Sie hatte dieselbe dunkelrote Hose an wie an dem Abend, als er sie die Wäsche hatte aufhängen sehen. Dazu trug sie eine passende Jacke, deren oberste Knöpfe offen waren. Sie hatte eine Kette an. Man stellte ihr einen Puff zum Sitzen hin. Er selbst stand draußen am Pubfenster, und seine Augen brannten sich in ihre, brannten sich in ihr Lächeln, in ihre offenen Knöpfe und ihre Kette. Sie wiegte sich im Takt der Musik. Die Typen langten zu ihr rüber, flüsterten mit ihr. Als sie ihr Bier fast ausgetrunken hatte, nahm einer von ihnen die Bodhrán und legte sie ihr in den Schoß. Nach einigem Zureden begann sie auf das Ziegenfell zu schlagen, erweckte jedes tote Härchen, jede Faser zum Leben. Sie schlug die Trommel wie eine Wahnsinnige, wie die Afrikanerin, die er einmal auf einem Bild gesehen hatte. Er hämmerte an die Fensterscheibe, erzeugte das gleiche Geräusch, glaubte, sie würde aufblicken, ihn sehen, ihn hereinholen und sagen: »Das ist ein Freund von mir.« Er würde sie in den Wald mitnehmen, in sein Versteck, und dort würde er sie reiten, und sie würde ihn auch reiten, denn sie hatte ihm ja schon in der Schule und auf der Post schöne Augen gemacht, hatte ihm Scones zu essen gegeben, wie Elia sie bekommen hatte. Er schob sich noch dichter heran, presste die Nase an die Scheibe, bis eine Frau ihn sah und Gussie, dem Besitzer, etwas zuflüsterte.

»Du Dreckskerl ... du Rotzlümmel, verschwinde ... dass ich dich nie mehr hier erwische.« Es war Gussie, der Krüppel, mit einem Bierglas in der Hand und einem ganzen Aufgebot an Männern hinter sich.

»Ihr könnt mich alle mal«, sagte er und wandte sich um, aber er rannte nicht davon. Sie hatten

Angst vor ihm. Keiner von ihnen war Manns genug, allein herauszukommen, ohne die restliche Meute. Er würde schnell handeln müssen, denn einer von diesen Ärschen mit ihren Ohrringen hatte ein Auge auf sie geworfen, hatte während der ganzen Session seinen Oberschenkel an ihren gepresst, sein hautenges Leder an ihr seidigweiches Plissee.

OSTERN

Es ist ein warmer Abend, Geräusche und Gerüche kommen zur offenen Tür herein, es riecht nach Gras, in den Bäumen gurren Tauben, und ein Esel, der auf ein nahes Feld gestellt worden ist, klagt und will wieder nach Hause. Die Stimme ihrer Freundin Brigit auf dem Band klingt so nah, so vertraulich, als säße sie hier bei ihnen in der Küche. Auf dem Tisch das Dutzend Eier, die beiden Nadeln, eine große weiße Schüssel und ein Schneebesen, alles ist vorbereitet. Maddie sitzt auf ihrem Schoß, und sie lehnen sich vor wie Schulkinder und hören zu.

Immer mehr Leute hier in Holland basteln sich einen Osterzweig. Es ist ein alter Brauch, der wieder aufgelebt ist. Zuerst blasen wir die Eier aus, und dann bemalen und lackieren wir sie und hängen sie an einem Zweig auf. Es kann ein Salweidenzweig sein oder ein Forsythienzweig oder auch ein ganz anderer. Um das Ei zu leeren, steche ich mit einer Nadel oben und unten ein kleines Loch hinein und setzte eins der Löcher an die Lippen. Dann blase ich mit aller Kraft, bis das gesamte Eigelb und Eiweiß durch das untere Loch herausgekommen sind. Es sieht schöner aus, wenn die Löcher richtig klein sind, aber dadurch wird das Ausblasen schwieriger. Habt ihr je versucht, einen großen Luftballon aufzublasen? Genauso ist es. Ich benutze Wasserfarben, Filzschreiber oder Glitzerstifte, Watte für Haar und Bärte und manchmal Papierhütchen, das sieht lustig aus. Ich habe in meinem Symbole-Buch nachge-

schlagen, und da steht: »Das Ei ist schon von alters her ein Symbol für den Frühling. Auch mit dem Kaninchen assoziiert man die Fruchtbarkeit des Frühlings, weil es so viele Junge werfen kann. Das Lamm ist ein wichtiges Ostersymbol. Es verkörpert Jesus und stellt eine Verbindung zwischen dessen Tod und dem des Lamms her, das zum ersten Passahfest geschlachtet wurde.« Blast, liebe Freunde, blast.

»Auf, jetzt müssen wir blasen.«

Zuerst machte es Maddie einen Heidenspaß, er blähte die Backen auf und kicherte über das Ei, das so eklig aus dem kleinen Loch spritzte und mitten in der weißen Schüssel eine Pfütze machte. Igitt. Igitt. Igitt. Er stupfte seinen Finger in das Igitt und leckte daran, und dann rannte er in den Garten, um auszuspucken.

»Ich mach eine Pause.«

»Ohne Ausblasen kein Anmalen.«

»Eily kann blasen.«

»Mr. Igitt kann auch blasen … er hat schließlich auch eine Lunge.«

»Mr. Igitt muss leider gehen … Mr. Igitt muss nach den Hühnern sehn.«

Als er zurückkommt, sind alle Eier ausgeblasen, und sie hat die Farben, die Filzschreiber, die Glitzerstifte und die Watte zum Dekorieren bereitgelegt.

»Weißt du was … Ich glaube, da draußen ist ein Räuber.«

»Echt.«

»Ich hab ihn gehört … Ich hab ihn verjagt.«

»Was hast du denn gehört …«

»Ich hab gehört, wie er auf einen Zweig getreten ist … ein Dämon.«

»Ein Glück, dass ich dich als Wachhund habe … Smokey ist ein Penner.«

»Kommt Sven noch?«, fragt er allzu schnell.

»Du bist vielleicht neugierig … Ich weiß nicht. Warum?«

»Ich mag Sven … Wir haben immer gute Unterhaltungen, Sven und ich … aber am liebsten mag ich Eily, und dann Cass, dann Smokey, dann Declan …«

»Und dann das Bett«, sagte sie und musste ihm nachlaufen, bis sie ihn am Schlafittchen erwischte.

Die bemalten Eier an den schaukelnden Zweigen sind wie Juwelen, rot und gelb und von Glitzer überzogen, und wenn sie durch die Küche geht, klirren sie leise, die Schalen so dünn, so hauchfein, als könnten sie gleich in tausend Stücke zerspringen.

CASSANDRA

Ich war Spielleiterin bei der großen Ostereiersuche, weil ich durch meine jahrelange Puppentheatererfahrung wusste, wie man ein Publikum mitreißt, wie man Leute in Spannung versetzt, ihnen Angst einjagt und sie dann wieder auf den Erdboden herunterholt.

Eily hatte die Preise im Schnäppchenladen gekauft – Luftballons, billige Püppchen, Autos und Malbücher. Als die Gäste kamen, hatte sie schon eine Schüssel mit hartgekochten Eiern, Pinsel und Marmeladengläser mit Wasser bereitgestellt. Jedes Kind durfte ein Ei verzieren. Sie malten Schnörkel und Tupfen, und wir pusteten auf die Eier, damit sie schneller trockneten. Eily ging in den Obstgarten, um sie zu verstecken, und als sie die Kinder rief, stürmten sie hinaus wie eine wilde Meute, rempelten und drängelten, denn jedes wollte das erste sein. Großes Geschrei, als das erste Ei gefunden wurde, und noch eins und noch eins. Dann lautes Gejammer von Maddie, der sein Ei aus Versehen kaputtgetreten hatte. Er bekam einen von seinen Wutanfällen, lief blau an und musste ins Gras gelegt werden, damit ihm seine Mama den Bauch streicheln und ihm sagen konnte, dass er der Liebste und Beste von allen sei. Zwei der anderen Kinder fanden kein Ei, also mussten wir zwei weitere Eier mit rotem Filzstift bekritzeln und an einer auffälligen Stelle verstecken, damit wir endlich zur großen Attraktion, der Preisvergabe, kommen konnten. Die Kinder stellten sich in einer Schlange vor der Küchentür auf, und jedes bekam ein Marzipanhuhn, ein Schokoladenei und einen kleinen Preis. Keines war zufrieden. Alle wollten den Hauptpreis, einen Transformer-Roboter, den Eily idiotischerweise aufs Kaminsims gestellt hatte. Ich hatte gewusst, dass das Ärger geben würde. Ich, ich, ich. Zwei Jungs versuchten, den Roboter mit einem Stock herunterzustoßen.

Zum Schluss mussten die Erwachsenen geheim abstimmen, und der Preis ging an ein kleines Kerlchen mit schwarzen Locken, das die ganze Zeit kein Wort gesagt hatte. Wie sich herausstellte, war er stumm. Dann stopften sich alle mit Süßigkeiten und Schokoladenkuchen voll, und danach kämpften sie, ein Bandenkrieg, *peng peng peng, du bist tot, nein, bin ich nicht,* die wackelige Treppe hoch und runter, in den Garten, auf die Bäume hoch, sie bepinkelten sich gegenseitig, Kevin spritzte die Mädchen mit seiner Wasserpistole nass, und die Mütter spazierten draußen herum und bewunderten höflich den Garten.

Es war Abend, als wir uns an den Aufbruch machten, die Erwachsenen völlig erledigt, die Kinder quirliger denn je. Zwei Daddys erschienen, um ihre Brut abzuholen, und bekamen einen erstaunlichen Empfang bereitet. Die Kinder stürzten sich von allen Seiten auf sie und schmusten mit ihnen oder sprangen auf das Trittbrett des Oldtimers, den einer von ihnen fuhr. Für sie war es das größte Spielzeug, das sie je gesehen hatten, und der Daddy sonnte sich in ihrer Bewunderung.

Eily wollte nicht, dass der Tag zu Ende ging. »Lasst uns doch noch in den Pub gehen«, sagte sie. Einige der Frauen sahen sie an, als wäre sie eine Alkoholikerin.

»Wir können nicht mit den Kindern in den Pub«, sagte ich zu ihr.

»Denny kennt mich … und er kennt auch Maddie. Wir sind Stammgäste … wir kommen immer um sechs auf ein Glas Bier bei ihm vorbei.«

»Sie sind müde … sie werden quengeln.«

»Ein Weiberabend«, sagte sie mit ihrem sanften, bittenden Blick und klapperte mit den Augendeckeln, *bitte bitte,* und ich: *ein andermal.*

Als ich wegfuhr, sah ich sie im Rückspiegel zum Abschied winken, und durch dieses Winken wurde mir klar, dass sie jetzt allein sein würde, und ich dachte mir *Warum habe ich nur zugelassen, dass sie sich in diesem komischen alten Haus mit seinen negativen Energien vergräbt?*

BLAS, LADY, BLAS

Hinter einem hohen Eisentor, das mit Aluminiumblech geflickt und mit allen möglichen Drähten umwickelt ist, rennt Lalla, das kleine Mädchen, als bestünde sie aus dünner Luft, rennt, flankiert von den knurrenden gelbäugigen Schäferhunden, zwischen den Wohnwagen hindurch, zwischen den Männern, die ihren drögen Tätigkeiten nachgehen, schweißen, hämmern und löten, Männer, die bekannt sind für ihre groben Umgangsformen und ihre Schlägereien samstagabends vor dem Pub. Lalla trägt einen Schottenrock und zierliche türkisfarbene Hausschuhe mit flauschigen Pompons. Sie rennt und ignoriert dabei die Männer, die auf sie schimpfen, weil sie die Hunde ganz rappelig macht, rennt schlicht um des Rennens willen, mit der Leichtigkeit eines hell erleuchteten Vergnügungsdampfers, und als Eily und Maddie draußen vor dem Tor erscheinen, ruft sie herrisch: »Ihr kommt zu spät!« Die Hunde sammeln sich vor dem Tor und beginnen daran hochzuspringen, ihre gelben Augen starr, sie werfen sich gegen den Draht, fallen zurück, werfen sich wieder dagegen, bellen voll bösartigem, wildem Grimm, und Lalla befiehlt einem der Männer, herzukommen und diese Bestien an die Kette zu legen.

In dem beengten, mit Vorhängen versehenen Wohnwagen sitzen vier Mütter in stummer Trägheit, rauchen und starren auf den Fernseher, während bunte Luftballons ziellos durch die abgestandene

Luft schweben. Lallas Mutter, Dell, putzt in der Schule, in der Eily unterrichtet, und hat sie alle eingeladen, um Lalla, die vier geworden ist, eine besondere Geburtstagsfeier zu bereiten.

Auf einem kleinen Tisch stehen Becher und ein Kuchen mit Zuckerguss, und es riecht nach Zigaretten und einem unangenehm süßen Raumspray.

»Ich hab dich vor ganz langer Zeit gesehen«, sagt Lalla und berührt Eilys Haare, die blaue Borte an ihrer Jacke und dann ihre Hand.

»Und wo hast du mich vor ganz langer Zeit gesehen?«

»Im Himmel.«

»Die lügt … Die lügt andauernd«, sagt ihr Bruder Shane, doch sie ignoriert ihn und hält ihr bestes Geschenk hoch, eine Plastikarmbanduhr in der Farbe von Himbeersirup, an der sie jetzt leckt, um zu zeigen, wie gut sie ihr gefällt. Von der anderen Seite zieht Maddie an Eilys Haaren, er ist eifersüchtig und misstrauisch und mault, dass er nach Hause will.

»Wir sind doch gerade erst gekommen.«

»Komm mal mit«, sagt Lalla, nimmt Eily an der Hand und führt sie in einen kleineren, mit Bettzeug und Kisten voll gestopften Raum, in dem zwei schmale Betten stehen, auf denen sie und ihre Gran schlafen. »Wir wachen jeden Morgen um die gleiche Zeit auf, und dann sage ich ›Hallo, Gran‹, und sie sagt ›Hallo, Lalla‹, und auf meiner Uhr ist es immer acht, und in der Schule ist es auch acht, und für die Kühe draußen auf dem Feld ist es auch acht.«

»Sie kann nicht zählen, und lesen kann sie auch nicht«, sagt Shane.

»Ich spuck dich gleich an«, sagt Lalla, und dann spucken sie um die Wette, und ihre Mutter ruft ihnen zu, sie sollten sich benehmen, schließlich seien sie nicht allein, sondern hätten Besuch.

»Ich mag Silber und Gold, und ich mag hellblau«, sagt Lalla und studiert aufmerksam Eilys Mund, in dem hinten eine Goldfüllung zu sehen ist.

»Wo siehst du Silber?«

»Geld.«

»Wo siehst du Gold?«

»Zähne.«

»Und wo siehst du hellblau, Lalla?«

»Am Himmel. Ich mag Mrs. Quilligan, weil sie keine Kinder hat.«

»Wer ist Mrs. Quilligan?«

»Die Lehrerin ... Sie lässt mich Football spielen.«

»Stimmt ja gar nicht«, sagt Shane. »Sie hat viel zu viel Angst, um Football zu spielen – sie spielt mit Hilda«, und er holt aus einer Wiege unter dem Bett Hilda hervor, ein Porzellangeschöpf, das von Kopf bis Fuß in rosafarbenen Pelz gekleidet ist. Lalla reißt sie ihm aus der Hand.

»Guckt mal ... sie kann lächeln ... guckt mal ... sie kann laufen«, Hilda macht ein paar Schritte und plumpst dann auf den Teppich.

»Guckt mal ... sie hat Hunger«, auf einen Fingerdruck hin öffnet sich Hildas Mund, ihre rehbraune Zunge gleitet heraus, und sie bekommt ein bisschen Milch aus einem kleinen Tropffläschchen.

»Guckt mal ... jetzt muss sie rülpsen«, Hilda rülpst und Hilda krächzt »Danke«, und dann gähnt Hilda und muss hingelegt werden, denn Hilda braucht viel Ruhe, also wird Hilda in ihre Wiege gelegt und dann in ihren Schlafsaal gebracht. Lalla kommt mit Bildern von ihren Lieblingsspielfiguren zurück und prahlt damit, was sie alles tun können; sie können Football spielen, in den Krieg ziehen, ins

Krankenhaus kommen, heiraten, Kinder kriegen, manchmal sogar Zwillinge.

»Ich hab ihr mal ein schreckliches Spinnenbuch geschenkt, und da hat sie Gänsehaut gekriegt«, sagt Shane.

»Was soll denn das sein, Gänsehaut?«, fragt sie hochmütig.

»Das kann ich dir zeigen«, sagt er und kneift sie, und als sie schreit: »Du bist gemein, du bist gemein«, kommt aufgeschreckt ihre Mutter herein und fragt sich verwundert, wie sie nur solche ungebärdigen Kinder hat in die Welt setzen können. Während sie streiten und ihre Mutter vergeblich versucht, sie auseinander zu bringen, kommt Maddie aus dem anderen Raum herüber, er trägt etwas vor sich her wie eine Trophäe. In der einen Hand hält er Hildas Pelzkleidung, die er ihr abgestreift hat, in der anderen den Zauberkasten aus Bakelit, der es Hilda ermöglichte, zu gehen und zu sprechen, zu essen und zu rülpsen und vor dem Einschlafen zu gähnen. Lalla und Shane fallen gemeinsam über ihn her, denn jetzt ist er der Feind, der Bösewicht, der Hilda geknackt hat.

»Los, wir hauen ihm dem Kopf ab.«

»Wir sperren ihn mit den Hunden in den Schuppen.«

»Wir schmeißen ihn in den Brunnen.«

»Nee, wir stecken ihn in den Ofen«, und als sie mit vereinten Kräften versuchen, ihn zu packen, schlägt er wild um sich, bis Eily ihn schließlich, da offenbar keine Versöhnung zu erwarten ist, auf den Arm nimmt und sich bei der Mutter entschuldigt, die daraufhin losgeht, um die Hunde erneut an die Kette legen zu lassen, indes die Luftballons weiterhin träge und unschuldig durch den Raum schweben.

»Ich will heim ... Ich will heim«, sagt Maddie und schlägt in seiner Wut auf sie ein, obwohl er eigentlich immer noch die beiden meint.

»Wir gehen ja heim.«

»Das war überhaupt keine Party.«

»Das war deshalb keine Party, weil du die arme Hilda so zugerichtet hast.«

»Warst du baff?«

»Nein. Sauer.«

»Ich mach es nie wieder ... Versprochen.«

Draußen vor dem Tor schaute sie sich bestürzt um. Ihr Auto war fort. Sie entdeckte es ein Stückchen weiter auf dem Randstreifen, unter herabhängenden Zweigen versteckt, auf dem Dach eine feine Schicht gelben Blütenstaubs. Sie fand, dass es verstört aussah. Auf dem Sitz lag eine Nachricht, widerliches Gekrakel auf dem abgerissenen Kopfteil einer Rechnung aus einem der Läden. Sie nahm den Zettel in die Hand und las ihn zweimal – *Blas Lady blas durch das Loch in deinem dicken fetten Entenei.*

»Jetzt krieg ich eine Gänsehaut«, sagte sie und sah sich um, und Maddie rieb ihr über den Arm, um ihr die Gänsehaut wegzuzaubern.

EINE WAFFE

Jeremiah Keogh spricht mit seinem Gewehr, bloß ist es gar nicht da: O'Kane ist gerade damit in die Nacht davongebraust. Er denkt daran, was er mit diesem Gewehr alles schon erlebt hat, er und sein Gewehr, denkt an den Tag vor rund vierzig Jahren, als er es bei diesem Waffenhändler in Limerick gekauft hat, obwohl er es sich kaum leisten konnte. Ein Repetiergewehr; der Händler führte ihn damals ins Hinterzimmer, wo sich ein Übungsschießstand für Anfänger befand. Gab ihm ein paar Tipps. Er lernte die Seriennummer auswendig, prägte sie sich ein wie ein Gebet oder ein Gedicht, für den Fall, dass er das Gewehr einmal verlieren sollte. Und jetzt ist O'Kane damit in die Nacht davongebraust. Seine Beine, die O'Kane mit Schnur gefesselt hat, schmerzen immer noch. Er erinnert sich, dass er geträumt hat, er wäre in China oder irgendwo im Fernen Osten und würde von Männern gefesselt, Schlitzaugen mit Pferdeschwanz, und als er aufwachte, weil es so wehtat, stellte er fest, dass er sich in seinem eigenen Zimmer befand, und zwar in Gesellschaft von Michen O'Kane, dem zurückgekehrten Einheimischen, der eine Maske vorm Gesicht hatte und mit wildem Blick schrie: »Wo ist deine Scheißknarre, wo ist deine Scheißknarre«, er leistete ihm Widerstand, sagte ihm, was für ein mieses Bürschchen er doch sei, einfach so in ein Haus einzubrechen. Jawohl, er hat Widerstand geleistet. Das wird er auch seiner Schwester Geraldine erzählen, wenn sie sich beschwert. Wenn sie die Schlammspuren auf Teppich und Fensterbrett sieht, wo sie gerade erst geputzt hat, wird sie fragen, wie er hereingelangen konnte, Fenster gehörten schließlich verriegelt, und warum ihn keiner aufgehalten hat, warum er mit einer Waffe hat verschwinden können, mit der er jetzt andere bedrohen kann.

Er denkt an sich und sein Gewehr zurück, wie er in der Morgendämmerung losgezogen ist, um Kaninchen und Hasen zu schießen, wie er Wiesel und Hermeline geschossen hat, und immer wieder Elstern auf dem Maisfeld. 5, 4, 3, 2, 1, besser noch als keins. Sein halbes Leben ist ihm mit diesem Gewehr gestohlen worden. Er muss Geraldine nur den Kleiderschrank mit der zerschmetterten Tür zeigen, damit sie begreift, was für eine Schuftigkeit hier begangen wurde. Er kann sich glücklich schätzen, dass er noch am Leben ist, an Beinen und Füßen war er gefesselt, und dieser Rowdy hielt ihm eine Axt über den Kopf, schwang sie und schlug dann das schöne Walnusspaneel des Kleiderschranks ein, woraufhin er selbst sagte: »Du hättest ihn einfach aufmachen können, der Schlüssel steckt doch«, dann die unflätige Sprache dieses miesen Kerls, jedes zweite Wort war Scheiße, und seine irren, kalten Augen, die aus der gestrickten Kapuzenmütze hervorfunkelten. Geraldine wird sagen: »Geh zur Polizei«, und er wird sagen »Nein«, denn wenn er zur Polizei geht, wird O'Kane wiederkommen und ihn fertigmachen. Zwischen zwei Stühlen, hier die Gesetzeshüter, da der Gesetzesbrecher, und O'Kanes Abschiedsworte: »Wenn du zur Polizei gehst, bist du ein toter Mann.«

Hätte er jetzt eine Frau an seiner Seite, würde sie ihm eine Schüssel heißes Wasser bringen und seine

Füße baden, doch er hat keine Frau, seine Helena hat er schon vor zehn Jahren verloren, und sein Gewehr hat er auch verloren mitsamt der scharfen Munition, mindestens achtzig Schuss, in einer Blechdose verwahrt, die früher Bohnerwachs enthalten hatte und den Patronen einen sauberen, hausfraulichen Geruch verlieh. O'Kane mit ausreichend Munition für seine Streifzüge, Überfälle und Einbrüche. Mit welcher Unverfrorenheit dieser miese Bursche die Waffe in ihrem gepolsterten Futteral aus dem Kleiderschrank nahm und sagte: »Das Ding ist ja so alt wie du« – dann wischte er die Spinnweben ab, spannte den Hahn und legte auf ihn an, während er selbst den Mistkerl zu erweichen versuchte: »Ich brauche das Gewehr ... es ist mein einziger Schutz ... wie soll ich mich denn sonst gegen Plünderer wie dich verteidigen«, aber O'Kane bohrte ihm das Gewehr in die Rippen, als wäre das alles ein Spiel. Auch seine Taschenlampe hat er mitgenommen, seine blaue Taschenlampe, die ihm nachts immer vom Pub nach Hause geleuchtet hat.

Er hat gute Lust, Geraldine überhaupt nichts davon zu erzählen, bloß wird sie natürlich die schlammigen Fußspuren auf dem Fensterbrett und dem rehbraunen Teppichboden sehen und den demolierten Kleiderschrank – das schöne Walnusspaneel zertrümmert, Splitter auf der Erde und die Leiste über der Schranktür losgerissen, denn da hat O'Kane sein Geld gefunden, seine letzte kleine Sicherheit für schlechte Zeiten. »Wo ist dein Scheißgeld«, darauf er: »Ich habe kein Geld ... Ich bin ein armer Mann ... Ich habe nur meine Rente«, und das wird er auch Geraldine erzählen, dass er sich dem Scheißkerl widersetzt hat, dann wiederholte O'Kane seine Frage, und er: »Ich weiß es nicht mehr, ich vergesse immer, wo ich meine Sachen verstecke«, und dann öffnete der Kerl den Verschluss, schob die Patronen ins Magazin, ihn überlief ein Schauder, und O'Kane keuchte vor Aufregung, der Jäger in ihm war erwacht, woraufhin er schließlich zum Schrank hochzeigte, zu dem Geld in der ledernen Börse, die Helena selbst genäht und mit einem Durchzugband versehen hatte, damals, als sie an der technischen Hochschule einen Abendkurs in Lederverarbeitung besuchte.

Er sieht Geraldine geradezu vor sich, wie sie ihm, die eine Hand in der Schürzentasche, mit dem Zeigefinger droht und wettert: »Geh zur Polizei«, und er wird sagen: »Mit der Polizei hatte ich noch nie was am Hut, und daran hat sich bis heute nichts geändert«, aber er wird nicht erzählen – es würde sie nur ängstigen –, wie O'Kane sich verabschiedet hat: »Wenn du zur Polizei gehst, bist du ein toter Mann.« Das kann er nicht erzählen, nicht der Polizei und auch Helena nicht, er kann es gar nicht erzählen, muss es für sich behalten, allein in diesem Zimmer und ohne seine treue Waffe.

JAGD

Es ist schon dunkel, als der Streifenwagen über den Fahrweg gerast kommt und schwungvoll in Cooneys Hof einbiegt, Steinchen spritzen gegen die Scheibe des Küchenfensters, und Kim, der kleine Terrier, fängt an zu kläffen. Sie stürmen in die Küche und beschimpfen Cooney und seine Frau, weil sie einem Schwerverbrecher Unterschlupf gewährt haben. Die Kinder, die um den Tisch gesessen haben, ziehen sich beim Anblick der beiden uniformierten Männer verschreckt zurück und kauern sich nebeneinander auf die Treppe.

»Hol ihn herunter«, sagt Corbett, der ältere Polizist.

»Einen Teufel werde ich tun … ihr kommt hier hereingeprescht wie die Cowboys … erschreckt meine Kinder zu Tode …«

»Wir wissen, dass er hier war … wir haben Beweise.«

»Hör mal zu, Rambo … Ich hatte mit eurem Kollegen Tulley ausgemacht, dass ich O'Kane etwas zu essen gebe und mit ihm rede, falls er noch mal kommt, und dass meine Frau Rita derweil auf der Wache anruft; ihr hättet dann den Wagen oben auf der Straße stehen lassen und durch die Hintertür reinkommen sollen, und ich hätte überrascht getan … Stattdessen kommt ihr hier hereingetrampelt …«

»Und warum habt ihr dann nicht auf der Wache angerufen, als er kam?«

»Er war kaum zwei Minuten da … Er wollte den

Schlafsack holen, den er hier gelassen hatte, als er nach England ging ... und womöglich hockt er jetzt da drüben auf der anderen Seite des Grabens und beschließt, meine Familie und mich umzubringen, weil ich mit euch Dreckskerlen rede.«

»Wir müssen ihn hinter Gitter bringen«, sagt Corbett.

»Das fällt euch aber früh ein«, sagt Cooney höhnisch.

»Wir hatten nichts gegen ihn in der Hand ... bis Cissys Auto gefunden wurde.«

»Ein Haufen Asche ... Seine Fingerabdrücke werden da wohl kaum drauf sein.«

»Ist er bewaffnet?«

»Er hat behauptet, er hätte eine Axt und eine Eisenstange.«

»Wo ist er hingegangen?« Corbett schleudert ihm diese Frage von der Tür aus regelrecht an den Kopf.

»Weg.«

»Verdammt, Jim, lass die Fascho-Nummer.«

»Das sagt ja gerade der Richtige ... Er geht irgendwohin, dann dreht er um und kommt auf demselben Weg wieder zurück ... da steckt keinerlei System dahinter ... das reine Chaos, reiner Wahnsinn.«

»Wie ist sein psychischer Zustand?«

»Er ist total überdreht.«

»Gut, wo könnte er also sein?«

»Ich würd's mal im Kongo versuchen ... er schaut öfters oben bei Minogue im Wohnwagen vorbei.«

»Wenn du ihn noch mal vor uns versteckst, bist du geliefert«, sagt Corbett und geht hinaus.

Sie sind auf der Bergstraße, in der Nähe des Kuhwegs, wo Moira Tuohey ihn angeblich abgesetzt hat. Eine trostlose Gegend. Die vereinzelten erleuchteten Fenster hier und da unterstreichen bloß die Leere dazwischen, die Ödnis; weit und breit ist weder Hund noch Mensch in Sicht. Manchmal fahren sie langsamer, um ein Stück Plastik oder ein zerrissenes Kleidungsstück am Straßenrand in Augenschein zu nehmen, hoffend und zugleich auch nicht hoffend, dass sie eine Spur von ihm finden werden.

»Warum er wohl zurückgekommen ist?«

»Um seinem Vater etwas anzutun ... nicht mehr und nicht weniger.«

Sie steuern den Wagen über ein Stück Felsgrund auf ein Feld, und O'Heirlihy pfeift sich selbst Mut zu. Das schwache Licht aus dem Wohnwagen erinnert in der schweren, sichtlosen Dunkelheit der Berge an ein Schiff, das sich weit draußen auf dem Meer von ihnen weg bewegt. Neben dem einen Wohnwagen steht, in den Boden eingesunken, ein zweiter, auf dessen Dach Schösslinge sprießen.

»Auf dem neuesten Stand der Technik«, sagt O'Heirlihy, und dann: »Wir stellen den Wagen so hin, dass die Scheinwerfer direkt auf die Tür gerichtet sind.«

Sie stolpern über Steine und diverse Gerätschaften, von einem knurrenden Hund und ein paar Hennen begrüßt, die sich unter dem zweiten Wohnwagen verkrochen haben.

»Sollen wir anklopfen oder rufen?«

»Wir rufen.«

Minogue öffnet die Wohnwagentür und breitet wie zur Kreuzigung die Arme aus. Er ist hemdsärmlig und trägt schenkelhohe Watstiefel.

»Hast du O'Kane gesehen?«

»Ja, stellt euch vor, das habe ich.«

»Schick ihn raus.«

»Kommt doch selbst und holt ihn.«

Dann taucht O'Kane auf. Es ist, als wäre er aus dem hinteren Raum nicht zu Fuß gekommen, sondern geflogen, ganz unvermittelt steht er da, fuchsteufelswild, hält irgendetwas in der Hand und schreit: »Verschwindet, ihr Scheißer, oder ich blas euch den Kopf von den Schultern.«

Das fahle Licht aus dem Innern des Wohnwagens blendet sie, sodass sie nicht erkennen können, was er in den Händen hält, ein Gewehr, einen Hurlingschläger oder eine Eisenstange. »Leg die Waffe weg«, sagt O'Heirlihy und tritt in einer Anwandlung jugendlichen Heldenmuts ein paar Schritte vor.

»Du mieser Rotzer, du landest gleich im nächsten Sumpfloch«, O'Kane springt in einer Mischung aus Wut und Begeisterung in die Höhe und stößt das Ding dabei mit weit ausholenden Bewegungen durch die Luft.

»Komm zurück ... für diesen Scheißkerl riskieren wir doch nicht unser Leben«, sagt Corbett, und die beiden gehen hinter ihrem Auto in Deckung, beobachten, wie er hin und her rennt, sodass der ganze Wohnwagen schaukelt, sie Feiglinge schimpft, Arschlöcher, sie bedroht, sie und ihre Lieben. Dann stürmt er – wieder scheint er zu fliegen – aus dem Wohnwagen, setzt über einen Stacheldraht und verschwindet in eine kleine Schonung aus jungen Nadelbäumen. Die beiden Polizisten richten sich auf, verwirrt und verärgert, horchen nach seinen eiligen Schritten durch die Dunkelheit, hören jedoch nichts. Corbett massiert sich mit einer Art müdem Fatalismus das Knie. Er tut immer noch so, als wollte er den Scheißkerl verfolgen und hopsnehmen, doch er verfolgt ihn nicht. Stattdessen schreit er zu Minogue rüber, er solle herauskommen und sich verantworten.

»Du gewährst einem Kriminellen Unterschlupf, du mieser Bursche!«

»Er hat auf eine Tasse Tee vorbeigeschaut … Ich war gerade dabei, einzugießen, als ihr Jungs gekommen seid.«

»Wir könnten dich festnehmen, ist dir das klar.«

»Ihn festzunehmen ist euch ja nicht gelungen …«

»Guard O'Heirlihy und ich waren in Gefahr … seine Sprache, seine Bewegungen, seine Körperhaltung … das war alles äußerst bedrohlich.«

»Das war kein Gewehr, sondern ein Besenstiel«, sagt Minogue, setzt sich rittlings auf den Besen und trällert: »Na los, altes Mädchen, wir müssen nach Hause … naaaach … Haaaaause.«

Im Auto tun sie ihr Bestes, um einander zu bestärken.

»Ihm nachzulaufen wäre der pure Wahnsinn gewesen.«

»Das kannst du aber laut sagen. So aggressiv, wie der war«, sagt O'Heirlihy.

»Es hat doch wirklich wie ein Gewehr ausgesehen, oder?«

»Bei dem Licht hätte nur ein Genie erkannt, dass es keins war.«

»Heute Abend finden wir ihn nicht mehr … der hat sich in irgendeinem Loch verkrochen … aber wir werden ihn schon noch kriegen … diese Ratte.«

Als sie sich der Stadt nähern, verfallen sie in angespanntes Schweigen. Vor der Wache vertreten sie sich noch etwas die Füße. Dieselben Sterne, ein paar Hunde, die ausgeschaltete bunte Lichterkette um den Pub, nirgends ein Laut und doch ein Unbehagen. Er kann überall sein, hinter dem Stapel Porterfässer, hinter der hohen Mauer der Jugendherberge, oben in der Esche, überall und nirgends.

»Irgendwie fühle ich mich schlecht«, sagt O'Heirlihy.

Corbett antwortet nicht. Ein Satz mahlt unablässig in seinem Kopf. *Wir haben ihn entwischen lassen ... wir haben den Gesuchten entwischen lassen.*

EIN BRIEF

»Flau im Kopf, flau im Magen, zu viel dubbel di dubbel di duh ... Flau im Kopf, flau im Magen, zu viel dubbel di dubbel di duh.«

Maddie spaziert in der Küche herum, halb sprechend, halb singend, dann macht er die Tür auf und ruft es den Kühen und dem stämmigen roten Bullen zu. Eily sitzt auf der Treppe, trinkt Kaffee aus einem Becher und versucht, die nötige Kraft aufzubringen, um ins Dorf zu fahren. Dort wird ein Brief von Sven auf sie warten. Sie weiß es sicher. Ihr Haar ist von der tollkühnen mitternächtlichen Schwimmaktion verfilzt, und sie bringt nicht die Willenskraft auf, es zu kämmen. Momentaufnahmen vom vorigen Abend gehen ihr durch den Kopf, sie stöhnt, und sie lacht. Das Singen, das Grillen am See, Otto als Chef und Mädchen für alles und zu viel dubbel di dubbel di duh. Ihr dröhnt der Kopf. Sie nimmt einen Schal von einer Stuhllehne und wickelt sich darin ein, bis sie umhüllt ist wie eine Mumie.

»Eily ist eine Mumie«, sagt sie matt.

»Eily ist eine Mumie«, sagt er, macht erneut die Tür auf, um auch das der Kuhherde mitzuteilen, und knallt sie wieder zu. Er ist ausgelassen, weil er heute keinen Unterricht hat. Sonst hat er morgens immer Unterricht. Er setzt Punkte auf ein Wort in seinem Malbuch oder schreibt einen Namen auf Englisch und auf Französisch. Französisch deshalb, weil Elmer, der Elefant, ein kleiner Franzose ist. Elmer schaut von der Kommode auf sie herunter, Elmer mit seinem Harlekinkostüm und seinen Stoffaugen, der alles mitkriegt und darauf achtet, dass sie das Haus nicht ohne ihn verlassen. Elmer ist nicht dumm. Seinen Schlappohren entgeht nichts. Er hat eine Quietschbox im Bauch. Eily liebt Bäuche. Eily malt Frauen mit Bäuchen. Bäuche, Bäuche, Bäuche. Er ist aus Eilys Bauch herausgekommen, und er war riesengroß.

Da ihr zu flau ist, um ihn zu tragen, nimmt er einen von den großen Stöcken, die hinter der Tür stehen, und dann machen sie sich unter seinem unaufhörlichen Geplapper auf den Weg über das matschige Feld. Wenn er doch nur den Mund halten würde. Wenn doch nur die Vögel aufhören würden zu singen. Wenn doch nur eine kühle Brise durch ihren Kopf wehen würde. Immer wieder fallen ihr Einzelheiten des vorigen Abends ein, der Überschwang, das Geplänkel, die Witze der Männer, das Schwimmen im eiskalten Wasser, wie Geborenwerden fühlte es sich an, dann die Wärme beim Grillen, ihre erhitzten Gesichter, ein Junge, der ein Liebeslied sang und seine Klage über die einsamen Felder zum fernen lilafarbenen Berg hinausschickte. Zu viel dubbel di dubbel di duh, als gäbe es kein Morgen. Wie Tommy, der Nüchternste der Gruppe, den Transporter in den Graben beförderte, sodass sie zum Haus des jungen Buchhalters laufen mussten, der in einer gestreiften Unterhose an die Tür kam, und wie sie gar nicht mehr aufhören konnten zu lachen. Langes Bitten und Betteln, bis sie schließlich hereindurften, zu siebt in einem Zimmer, wie Kinder außerstande, sich zusammenzureißen, immer noch kichernd, immer noch berauscht. Und der junge Buchhalter kam alle paar Minuten herein und drohte ihnen, sie wieder auf die Straße zu setzen, wenn dieses Allotria nicht aufhörte. Als gäbe es kein Morgen.

Als sie den Brief in der Hand hielt, stiegen ihr Tränen in die Augen. Sie hatte gewusst, dass der Brief da sein würde, und er war da. Wäre sie nicht so stur gewesen, dann könnte er selbst da sein, könnte endlos reden, sie würden über die Straße zu Ownies gehen und Toasties und Kaffee bestellen, und Maddie würde Sven mit wichtigtuerischen kleinen Fragen zur Landwirtschaft löchern. Es war ein hellblauer, mit kleinen Wellen in einem noch helleren Blau gemusterter Umschlag, auf dem viele Briefmarken klebten. Sie ging zu der Bank unter dem Baum, sah, dass sie feucht war, und setzte sich dann trotzdem.

»Können Elmer und ich spazieren gehen?«

»Aber nicht zu weit.«

Es war, als würde Sven mit ihr sprechen, sie konnte seine Stimme hören, diese sanfte, beruhigende Gutenachtstimme:

Jetzt bin ich also wieder in meinem Zimmer im Haus meiner Eltern, im Osten des Landes nah der deutschen Grenze. Vor meinem Fenster sehe ich den Kirchturm und einen Wasserfarbenhimmel. Es regnet schon die ganze Woche.

Da ich dir vor allem durch unser gemeinsames Musikhören näher gekommen bin, ist die Musik für mich sehr wichtig geworden. In meinem Zimmer stand ein altes Keyboard, das ich auf Vordermann habe bringen lassen, und auf dem spiele ich jetzt, Lieder, die wir zusammen angehört haben, falls du dich daran erinnerst. Außerdem treibe ich mein Studium voran. Ich habe vor, mich diesem Teil meines Lebens intensiver zu widmen, denn das ist eine gute

Methode, um zu vergessen. Wie geht es mit dem Haus voran? Ist das Dach immer noch undicht? Vielleicht ja nicht, vielleicht ist Declan inzwischen gekommen. Am eindrücklichsten ist mir in Erinnerung geblieben, wie wir an diesem einen Abend hingefahren sind, um uns zu vergewissern, dass sich niemand dort eingenistet hatte, und wie wir dann den Kassettenrecorder im Auto ganz laut aufgedreht haben und die Musik bis an den See zu hören war, und wie wir im Dunkeln unter den Sternen getanzt haben – »You can get it if you really want, you can get it if you really want, but you must try, try and try, try and try.«

Wenn ich auf die Straße gehe, begegne ich ständig vor Leben sprühenden, attraktiven, rothaarigen Frauen mit rauchiger Stimme. Hahaha. Das ist natürlich nicht wahr. Es ist ein Jammer, dass sich der Mensch so schlecht ausdrücken kann. Na ja, hör dir die Kassetten an. Natürlich denke ich an alles, an die großen wie die kleinen Dinge.

Sie beschließt, zwei Briefe zu schreiben, den ungefährlichen und den gefährlichen, und hinterher zu überlegen, welchen sie ihm schicken soll.

Neulich bin ich morgens den Fahrweg hochgegangen, um einen Blick auf die trächtigen Schafe auf Dessies Weide zu werfen, denn sie sind kurz vorm Lammen. Ein Fuchs ist über das andere Feld gelaufen, er hat alle paar Meter das Bein gehoben, und dann hat er den Bach überquert, und ich habe mich gefragt, ob er mich sieht und ob er die Schafe anfallen wird. Smokey, der alte Streuner, hat ihn entdeckt und ist ihm nachgerannt, sie sind wie die Irren über das Feld gerast, ein bellender rotgrauer Fellwirbel, wie eine Fata Morgana, sie fielen übereinander her, und dann verschwand der Fuchs in einem Loch, und Smokey kam hechelnd zurückgehetzt, um sich seine Belohnung abzuholen, dabei hatten die dicken, schläfrigen, trächtigen Schafe von seinem Heldenmut gar nichts mitbekommen …

Sie legte das Blatt hin und begann ihren zweiten Brief:

Glaub mir, ich wollte keine Hochzeitsglocken, ich hatte darauf gehofft, dass zwischen uns etwas geschehen würde, das von Dauer ist, und vielleicht war es ja auch so. Das Leben ist eine Achterbahn, und wir wissen einfach nie, was kommt, ist es nicht so?

Ein Schrei unterbrach ihre Gedanken, dann das Quietschen von Bremsen, eilige Schritte, und sie wandte sich um und guckte. Sie sah ein Auto, das eben auf den Bürgersteig ausscherte, um einem entgegenkommenden Jeep auszuweichen, und Maddie, der wie ein Ball in die Luft geschleudert wurde, herunterfiel, unter den Jeep rollte und dort liegen blieb, es folgt eine tödliche Stille, und während sie hinüberrennt, streckt die Fahrerin des Jeeps, die einen Männerhut trägt, bestürzt den Kopf aus dem Fenster. Fred von der Tankstelle kommt angelaufen und ruft: »Fahren Sie den Wagen nicht weg … bewegen Sie ihn nicht von der Stelle … der Auspufftopf ist glühend heiß … er wird sich verbrennen«, dann packt er die Vorderreifen des Jeeps und gibt der Frau zu verstehen, dass er ihn langsam, ganz langsam nach hinten schieben wird. Eily und die anderen Hinzugekommenen schauen voller Entsetzen zu.

»Ja, hallooo … ja, hallooo«, hören sie Fred sagen, während er sich bückt.

»Lebt er noch … Lebt er noch?«, rufen die Frauen, und Eily geht auf die Knie und streckt den Arm nach Maddie aus.

Als der Jeep zurückgeschoben worden ist, sieht sie Maddie wie ein gefangenes Tier daliegen, zusammengerollt, die Knie an der Brust, das Gesicht kreidebleich, dann öffnet er die Augen, blinzelt, blinzelt noch einmal, und nun erhebt sich lautes Dankesgeschrei – »Ein Wunder … ein Wunder … er lebt!«

Sie streckt die Hand nach ihm aus, und da beginnt er zu zittern, es schüttelt ihn am ganzen Körper, und als sie ihn hochhebt, fühlt er sich an wie gesprungen, wie ein Gefäß, das kurz vorm Auseinanderfallen ist. Die Umstehenden sagen, sie solle ihn liegen lassen, dürfe ihn nicht hochheben, verletze ihn dadurch womöglich noch mehr.

»Lasst mich … Lasst mich«, sagt sie und schließt ihn in die Arme, sie spürt seine Knochen durch seine Kleider, hält ihn fest, noch fester, die Umstehenden drängen sie, ihn zum Arzt zu bringen, doch sie weigert sich, schaut nur ungläubig auf ihn hinunter, ihr kleines Würmchen, ihr Anteil an der Unendlichkeit.

»Es ist Elmers Schuld … er ist weggerannt«, sagt Maddie, der im allseitigen Mitgefühl badet, und dort, mitten auf der Straße, liegt Elmer, unversehrt, tapfer und seltsam drollig in seinem Harlekinkostüm.

TESTAMENT

Im Vorzimmer der Anwaltspraxis hört Eily ihn am Telefon streiten, hört, wie er heftig wird und dann über seinen eigenen Gefühlsausbruch lacht. Seine Sekretärin, die nicht weit von ihr am Schreibtisch sitzt und tippt, scheint das zu ignorieren, und das Paar auf der Bank wirkt schüchtern und ängstlich, keiner von beiden schaut auch nur auf, die junge Frau hat den Blick auf die zerfledderten Zeitschriften auf dem Glastischchen geheftet.

Edward, der Anwalt, kommt lachend heraus und reibt sich die Hände, als hätte ihn die Schimpferei aufgeheitert.

»Ich möchte, dass Sie nicht nur mich, sondern auch Colm vertreten«, sagt die schüchterne Frau, die sich halb erhoben hat.

»Wie zum Teufel soll ich Colm vertreten, wenn ich Sie vertrete, Cora.«

»Er hat gesagt, dass er es nie wieder tun wird … er wird mir kein Härchen mehr krümmen.«

»Das möchte ich aus seinem eigenen Mund hören«, sagt Edward und wendet sich Colm zu, der beschämt seinen Jackenärmel knetet, außerstande, etwas zu sagen.

»Also gut … flüstern Sie es … stellen Sie sich vor, Sie sitzen im Beichtstuhl und tun Buße … sofern es Ihnen nicht zu schwer fällt, sich das vorzustellen … sagen Sie: *Ich werde nicht mehr mit dieser dick geschminkten Frau aus Dublin in ihrem Mercedes mitfahren … Ich werde nicht mehr ihr Mann für alle*

Fälle sein ... Ich werde nicht mehr viermal die Woche nachts sturzbetrunken nach Hause kommen, und ich werde Cora nicht mehr verprügeln.«

»Er meint es ernst ... Er hat mir diesen Ring hier gekauft«, und sie hält einen silbernen Ring mit zwei eng umschlungenen Liebenden hoch. Edward wirft einen kurzen Blick auf den Ring, dann auf sie, dann schüttelt er den Kopf. »Unter der Brücke steht eine Steinbank, da könnt ihr beiden euch hinsetzen und den Enten beim Quaken zuhören, statt meine kostbare Zeit zu verschwenden.«

Das Erste, was Eily ins Auge fällt, ist ein riesiges, unvollendetes Puzzle, das den größten Teil seines Schreibtischs einnimmt; seine Unterlagen und Dokumente liegen auf dem Boden.

»Wegen meines Geschwürs«, sagt er entschuldigend.

»Ich möchte gern mein Testament aufsetzen«, sagt sie etwas angespannt.

»Sind Sie allein stehend?«

»Mehr oder weniger ... Ich habe ein Kind. Es gibt auch einen Vater, aber ich bin solo.«

»Frei wie ein Vögelchen«, sagt er und dann in weniger scherzhaftem Ton: »Sorgen Sie sich wegen irgendetwas?«

»Es ist wahrscheinlich nur Einbildung ...«

»Na, wie dem auch sei ... Sie tun das einzig Richtige. Ich empfehle das allen Leuten ... Was ich schon für einen Ärger gehabt habe mit Testamenten ... Wahre Keilereien. Sehen Sie die Tür dort? Tja, die ist eines Abends mal eingedrückt worden ... die Söhne und Töchter eines gewissen Farmers ... Ich weiß, dass sie es waren, aber ich konnte es nie beweisen. Sie haben die Tür eingedrückt und die Akten durchwühlt ... Die Kaffeekasse haben sie nicht angerührt ... die wollten nur an dieses eine Dokument ran.«

»Ich frage mich, warum die ihr Testament aufgesetzt hat ... normalerweise machen die Leute das nur, wenn sie wegen irgendwas Muffensausen haben«, sagt Edward zu Maeve, die immer noch tippt.

»Sie hat das hier liegen lassen«, sagt sie und hält ein in Stoff gebundenes, mit Rosenknöspchen bedrucktes Tagebuch hoch.

»Wir können doch nicht ihr Tagebuch lesen.«

»Hab ich aber schon«, sagt sie und beginnt ungefragt vorzulesen: *»Wenn sie alle da sind, Declan, Cassandra, Ming, Otto, und wir rauchen und trinken und breiten unsere ach so großartigen Ideen voreinander aus, dann bin ich bester Laune und gebe sogar ein bisschen an, aber nach ein paar Stunden geht in meinem Innern eine Art Rollladen runter, und dann will ich nur noch, dass sie gehen. Dann will ich zurück zu meinem eigenen Leben, meinem Alleinsein. Wenn ich mich verliebe, ist es genauso. Ich verliebe mich und werde zu dem Wesen, das der Mann haben will. Ich lasse über mich bestimmen, aber meine Liebe hat bereits kleine Sprünge, wie Sprünge in einem Spiegel. Meine schlechten Erfahrungen in der Ehe haben mich ängstlich gemacht. Und doch sage ich mir, dass es mit Sven anders sein wird, freie Liebe, freie Gedanken, alles frei.«*

Maeve knallt das Tagebuch hin und klingt plötzlich verdrießlich, als ob irgendetwas darin sie ärgerte – »Diese Künstler, diese Möchtegernkünstler ... die haben doch alle einen Sprung in der Schüssel, stecken voller Komplexe ... wenn Sie mich fragen, fehlt denen eine solide Anstellung, anständige Arbeit ...«

»Eine schöne Frau …«, sagt Edward spitzbübisch zu sich selbst, »aber sie hat die Füße nicht auf dem Erdboden.«

FIESTA

Es war ein heidnisches Fest auf dem Berg, ein altes Possenspiel, alte Lüste, Exzess und Entzweiung zwischen Männern und Frauen, dargestellt zum aufreizenden Rhythmus von Fiedel und Blechflöte.

Seit mittags ertönen sie schon, harmonisch und disharmonisch. Sie rufen die Landbevölkerung herbei, rufen: »Kommt, kommt und lauscht der alten Geschichte, dem Bericht des Heckenschulenlehrers über die Frauen von Munster, die ihre kleinmütigen Männer an den Pranger stellen.« Das karge Feld mit seinem harten Gras und schwankenden Schilf ist in ein Mekka verwandelt worden, das Festzelt wie ein fahler Tempel, Fackelschein, Kerzenschein, gelbe und rote Lichterketten, die Glühlampen wie dicke Tulpen in den Bäumen und über den Hecken, und dazwischen die Feiernden mit überschwappenden Gläsern, ein Zucken in ihren alten Knochen angesichts dieses ungewöhnlichen Ereignisses.

Sie sind gekommen, um die Kühnheit dieser Mädchen zu bestaunen, das herrische Walten der Königin – Königin Euvul vom Grauen Fels, mit totem Eichhörnchen, Laub und der Tracht des Waldes angetan – und die unbedarften Ehemänner mit ihren genagelten Stiefeln, ihren ergrauten Bärten und zerrissenen Westen, die nebeneinander auf einer Hockerbank sitzen und sich den Spott dieser schrillen Mädchen gefallen lassen müssen. Winnie ist da, im Harlekinkostüm, Cindy in schwarzem Korsett und Netzstrümpfen, May in einer Nonnentracht,

Agatha als Melkerin, Peg als Putzfrau mit ihrem zerbeulten Eimer und Eily, die Prinzessin, in ein Lamékleid gegossen, mit weißer Pelzstola und einer silbernen Handtasche am Handgelenk.

Harry, der Conférencier, erzählte dem Publikum, wie ein Dichter, der zugleich auch Lehrer einer Heckenschule war, eines Tages an dem See, der nur ein paar Schritte entfernt lag, einschlief und einen höchst absonderlichen Traum über den Streit zwischen den Geschlechtern hatte.

Auch O'Kane war da, eins mit der Dunkelheit hockte er still wie eine Katze draußen vor der angehobenen Zeltplane, die den Blick freigab auf sie im purpurroten Kleid und mit purpurroten ellbogenlangen Handschuhen, Tränen strömten ihr übers Gesicht, und dieser Lackaffe von Harry fing die Tränen mit dem Finger auf, als wären es Perlen, und lenkte die Aufmerksamkeit des Publikums auf »ihre Augen, vom Weinen heiß und gerötet / da brennende Leidenschaft in ihr wütet«.

Die Fiedler übertrafen einander bei der Begleitung ihrer Strophe:

Verbittert, erschöpft und zu Tode betrübt
lieg schlaflos ich, weil kein Mann mich liebt.
Wie soll ich im lauwarmen Bett liegen bleiben
da mir solche Gedanken im Kopf herumtreiben.

Die verstimmten Ehemänner, die sich dieses Lamento nicht anhören wollten, mussten zurückgehalten werden, damit sie nicht tätlich wurden.

Bin matt und mürb – ja ist's denn zu fassen?
ist die Welt von allen guten Geistern verlassen?
Ein Jüngling in knospender Mannesblüte

von schöner Gestalt, zarter Wangenröte,
fühlt bloß vom Reichtum sich angezogen
und sät seine Saat auf verödeten Boden:
eine alte Scharteke, knietief im Dunge
frömmlerisch und mit giftiger Zunge.

Missbilligende alte Jungfern, an Drahtseilen hochgezogen, stießen sie mit Besenstielen, doch sie machte sich über sie lustig.

Ach liebt' doch auch mich endlich irgendein Mann –
drall und gesund bin ich, schaut mich nur an:
Lippen zum Küssen, Zähne zum Lächeln,
Eine klare Stirn, zarte Haut zum Streicheln,
meine Taille muss jedes Mädchen mir neiden
und meine langen Beine, geschmeidig wie Weiden.
Wohlansehnlich mein Bauch und Po
und das Bestverborgene sowieso.

Nun stand einer der Ehemänner auf und begab sich stolpernd und wankend aufs Podium, um seine Meinung kundzutun. Er beklagte die Niedrigkeit der Frauen, die doch nicht mehr seien als Kratzpfähle vor den Kneipen, Herumtreiberinnen, die sich splitternackt in menschenleeren Mooren von Torfstechern reiten ließen. Er wies auf die geschminkten Circen und sagte, er könne sich nur zu gut die Schmutzschichten unter ihren Petticoats vorstellen, und dann griff er Winnie heraus, seine Frau, mit ihrer Ochsenhaut und ihren aufreizenden Hüften, die ihn in die Ehe gelockt habe, nur um ihn dann in der allerersten Nacht, als er sie nackt sah, mit der Tatsache zu konfrontieren, dass er Vater geworden war, bevor er überhaupt losgelegt hatte.

Die Königin tat sein Genörgel ab und trieb die

Meuterei weiter voran, indem sie ihn unter Buhrufen und Zischen zu seiner Bank zurückgehen ließ, wo er nun saß und schmollte.

Die Mädchen wurden waghalsiger, machten Kopfstand und schlugen Saltos, flirteten mit den Fiedlern, verhohnepipelten die Ehemänner und bejubelten die Geheimnisse, zu denen Eily sich bekannte.

Nachts schlief ich stets, ihr sollt es ruhig wissen,
mit einem Berg Äpfel unter dem Kissen
fastete täglich gehorsam drei Stunden
um bei den himmlischen Mächten Gehör zu finden
wusch mein Hemd, wo der Bach am tiefsten
zu hören im Schlaf die Stimme des Liebsten
verbrannte meine Wäsche, mein Haar, meine
Nägel
schob in den Kamin hinauf den Dreschflegel
fegte den Schuppen, als ging's um mein Leben
nahm den Spaten ins Bett, doch alles vergebens
meine Wolle versteckt ich im Ofenrohr
und meine Spindel hinterm Friedhofstor
wollt Droschken anhalten durch Flachs auf dem
Wege
schob Kohlköpfe tief ins Heu zur Genüge
und zu manch einer Stunde erschien es mir
lohnend
zu beschwören den Teufel und seine Legionen

Auf dem Bauch liegend, von Mücken geplagt, über sich das unheimliche Gewirbel von Fledermäusen, schien O'Kane den Kontakt zum Erdboden zu verlieren, als der Conférencier nun begann, sie nach ihren Lastern auszufragen.

»Bist du eine Hexe, Eily Ryan?«

»Vielleicht.«

»Versuchst du dich in schwarzer Magie?«

»Vielleicht.«

»Bist du mit dem Leibhaftigen befreundet?«

Sie ließ ihre Stola heruntergleiten, und Harry ächzte in gespieltem Grauen und führte sie herum, damit alle den Hufabdruck des Teufels auf ihrem Brustbein sehen und sich fürchten konnten – in tiefem Indigo war er eingegraben. Für die Zuschauer war das alles Spaß, Illusion, aber für O'Kane war es Wirklichkeit, sie war aus ihrer eigenen Welt hinaus und in seine hinein getreten, in seinen verwandelten Traum von ihr, allbemutternd, allsündigend. Teufelin.

Dann oblag es der Königin, ihr Urteil darüber abzugeben, welche Seite die verdienstvollere sei, und sie schlug sich auf die Seite der Frauen, verfügte, dass die ungestümen Jünglinge von Munster in den Kirchhof gebracht und in Ketten gelegt werden sollten, bis sie sich im Schlafgemach hervorgetan hatten – »In Mutter Naturens Schüttelkanne / werden Edler und Bettler zum selben Manne.«

Die Zuschauer applaudierten, stellten sich auf die Stühle, pfiffen, klatschten, entdeckten eine schlummernde Wildheit im Rhythmus der aneinander geschlagenen Hände, ihre heidnischen Triebe, die bei diesem rauschhaften Spektakel zum Leben erwachten.

Kraft der Vorhersage der Königin rissen sich die alten, ergrauten Ehemänner die Bärte ab, warfen ihre Westen zu Boden und wurden zu den ungestümen Jünglingen, die augenblicklich einen wüsten Tanz mit den Frauen begannen, aus Rache für all die Verleumdungen und Beleidigungen. Die Nonne kam auf die Bühne, einen Esel reitend, den sie mit ihrem

Rosenkranz antrieb, und als er den Schwanz hob, sich danebenbenahm und schrie, lachten alle, bis ihnen die Tränen kamen, Weinen und Lachen wie eins. Draußen wälzte sich O'Kane im Gras und wollte nur noch, dass es endlich aufhörte. Als die Leute schließlich herausgeströmt kamen, war der Mond aufgegangen, und er stand, ein fiebriger Schatten, seitlich am Ausgang, wissend, dass sie herauskommen würde, und sie kam, umringt von Lackaffen, die ihr gratulierten und sich darum drängten, ihr Feuer zu geben. Sie und die Männer gingen hinunter zum See, rauchend und lachend, und er wartete, bis die Leute sich zerstreut hatten und die Scheinwerferlichter die Straße jenseits des Sees entlangkrochen.

»Fangt mich doch, fangt mich doch«, neckte sie die Männer, und dann rannte sie plötzlich, rannte aus ihren Kleidern heraus und ans Wasser, und die Männer fingen sie und hoben sie hoch, ihr halb nackter Körper im Mondlicht bleich, eine lachende Königin, die in ihrer Sänfte eskortiert wurde.

»Drall und gesund ist sie, schaut sie nur an.«

»Wohlansehnlich ihr Bauch und Po.«

»Und das Bestverborgene sowieso.«

»Schande über sie.«

»Schande über euch.«

»Sie ist ein Kind des Wassers.«

»Schmeißen wir sie rein.« Ein Seemannslied erklang, während sie hin- und hergeschwungen wurde, und dann hörte O'Kane ein lautes Platschen, ihren Schrei, halb Angst, halb Jubel, als sie im Wasser landete, und ihr Japsen: »Das ist eiskalt ... das ist eiskalt, Jungs!« Die Männer zogen sich aus und sprangen ebenfalls hinein, schnaubten, wirbelten das Wasser auf. Er rannte mit wilden Augen und wildem

Zähneblecken, riss sich dabei das Hemd vom Leib, rannte ans Seeufer und tauchte das Gesicht ins Wasser, spähte nach ihr, nach ihrem weißen Körper, ihrem fließenden Haar. Sie hatten aufgehört zu lachen, es herrschte Stille dort unten. Sechs Männer und sie. Er konnte nicht schwimmen, also beugte er das Gesicht zum Wasser hinunter, trank und spuckte es wieder aus, und das Ufer saugte das Wasser ebenfalls an und rülpste es wieder hinaus, und er rief, drängend, doch keiner antwortete.

Es war vollkommen still, ihre Körper glitten zusammen dort unten umher, durch die Orgien der Tiefe.

IM WALD

O'Kane trabt über die Felder. O'Kanes Spiegelbild in stehenden Gewässern, von Schwimmpflanzen und Knöterichsamen eingetrübt. O'Kanes Schatten, dunkel und flüchtig, die gekalkten Mauern erklimmend, in einer Jacke, die er in einem Laden geklaut hat. Schnell wie der Wind. Die träge Tageszeit. Die Kinder in der Schule, die Mammys und Daddys auf ihren jeweiligen Wegen. Die Welt ist leer bis auf sie und den Kleinen und den Rauch aus ihrem Schornstein. Er weiß, an welchen Tagen sie unterrichtet und an welchen nicht. Felder und Straßen trocknen nach einer Regennacht. Er taucht sein Gesicht in eine braune Wasserpfütze, betrachtet in einer anderen Pfütze seinen feschen neuen Schnauzer. Steht ihm gut. Dann hört er ein Auto hupen und springt, Herrgott im Himmel, auf ein Tor, um sie vielleicht noch wegfahren zu sehen, bloß ist das gar nicht sie, nicht ihre cremefarbene Klapperkiste. Es ist ein Sportwagen, auf dessen Stoffverdeck sich Regenwasser gesammelt hat, und irgendein Drecksack wischt es gerade mit einem Zweig herunter. Verdammte Scheiße. Ein Übernachtungsgast, und er selbst hat in einer Scheune gepennt, wegen diesem verdammten Regen. Glatt rasiert, nicht dieser bärtige Blödmann, mit dem er sie in einem Pub hat herummachen sehen. An ihrer Fensterscheibe ein Schild. Privat. Betreten verboten. Verdammte Scheiße. Er schwenkt in wildem, wirbelndem Zorn die Arme.

»Einen wunderschönen guten Morgen.« Er steht

in der Küche, als Eily halb angezogen die Treppe herunterkommt, vollbusig im weißen Unterkleid.

Sobald sie merkt, dass sie einen Besucher hat, greift sie hinter sich ins Dachzimmer nach einem Pullover und streift ihn über. Beim Anblick des Fremden, seiner hektischen Bewegungen und begierigen Augen, schaut sie nach unten, dann wieder hinter sich und überlegt, ob Maddie und sie durch das Oberlicht entkommen könnten. Ihr Haar ist zu einem Zopf geflochten, und sie ist barfuß.

»Vorsicht auf der letzten Stufe ... die hätte der Mistkerl echt reparieren sollen«, er tänzelt zu ihr hinüber, stellt sich vor sie und wackelt mit der Zunge, weil sie sich nicht an ihn erinnert – »Wie bitte? Erzähl mir nicht, dass du dich nicht an mich erinnerst ... Wir sind doch alte Freunde. Vielleicht liegt es an meinem Schnurrbart. Gefällt er dir? Passt zu meinem coolen Haarschnitt ... Du hast mich also vergessen, tja, so ein Pech aber auch.« Die Worte überschlagen sich, als wären seine Gedanken zu schnell für ihn, ein Wirrwarr, Schaumbläschen auf seinen Lippen, und seine Augen rollen.

»Wer bist du?«, fragt sie so gefasst wie irgend möglich. Sie hört, wie Maddie oben aus dem Bett steigt und an den Treppenabsatz kommt, um hinunterzugucken.

»Setz Wasser auf ... das gehört sich doch so für eine Hausfrau«, sagt er, und dann, zu Maddie gewandt – »Wie heißt er ... Ben ... Caimin?«

»Nein ... er heißt Matthew, aber er wird Maddie genannt.«

»Maddie, Baddie, Daddie, und du bist Eily.«

»Und wie heißt du?«

»Frag nie einen Mann meines Berufs nach seinem Namen ... Als besondere Gefälligkeit darfst du mich

Iggy nennen, für Ignatius … Wie ich sehe, hast du den Kamin reparieren lassen.«

»Du warst also früher schon mal hier.«

»Früher!« Er geht hierhin, dahin, dorthin, schaut sich alles an, spricht schnell, wütend, nimmt zwei ihrer gesammelten Steine aus dem Korb, reibt sie aneinander und lacht leise, als er die Funken stieben sieht. Die Funken gibt es nur in seiner Vorstellung. Während er das alles tut, rennt Maddie hinaus und kommt mit einer Handsäge zurück, um ihn damit anzugreifen.

»Wir machen jetzt kein Holz, Schätzchen … das kommt später dran«, sagt sie, nimmt ihm die Säge ab und legt sie zur Seite.

Ihr Besucher steht vor dem Wandkalender, der eine Göttin zeigt, in ihrem Oberkörper ein Flammenkind, wie ein goldener Krokus.

»Bist du das?«

»Natürlich nicht.«

»Lies mir vor, was da steht.«

»Lies es doch selbst.«

»Hab meine Bifokalbrille nicht dabei.«

Er steht schrecklich dicht hinter ihr, während sie vorliest: *»Thetis war eine von fünfzig Schwestern und eine Gottheit des Meeres. Da sie Peleus, einen Sterblichen, nicht heiraten wollte, wechselte sie die Gestalt und wurde erst zu einer Welle, dann zu einem Fisch und dann zu einer lodernden Flamme. Cheiron, ein Zentaur, erklärte Peleus, wie er ihr Herz gewinnen könne. Sie gebar Achilleus, dessen Schicksal sie abzuwenden suchte, indem sie seinen Leib mit magischem Feuer und Wasser härtete.«*

»Hat ihr Herz gewonnen«, sagt er und lacht ein bizarr klingendes Lachen.

»Ich mach dir jetzt eine Tasse Kaffee, und dann

setze ich dich in der Stadt ab. Wir haben dort einen Termin«, sagt sie.

Ohne auch nur einmal in seine Richtung zu blicken, spürt sie, wie seine Augen ihr folgen, spürt seine irren, neugierigen Augen auf sich, während sie nach einem Becher und der Zuckerdose greift. Als sie an ihm vorübergeht, zieht er an ihrem Zopf.

»Na na na«, sagt sie tadelnd.

»Ich war voll am Arsch, war einsam, und da kam Rotzopf reinspaziert.«

»Bitte, es ist ein Kind im Zimmer«, sagt sie.

»Okay … okay … hab's kapiert. Ich verlier nicht den Überblick, darauf kannst du dich verlassen. Jesus, die arme Sau, der hat den Überblick verloren. Haben ab und zu mal was zusammen auf die Beine gestellt, er und ich. Und, seh ich cool aus?« Er hält ihr seinen Schnauzer dicht vors Gesicht und entblößt dann seine Zähne, die schimmlig grün sind.

»Fallst du denkst, die wären dreckig – das ist Moos … Kein fauler Zahn in meinem Schädel.«

»Der ist eklig«, sagt Maddie, der jetzt neben ihr steht, an ihrem Ärmel zupft, auf den Arm genommen werden will, und als sie ihn hochgenommen hat, geht sie zur offenen Tür, ruft Smokey, ruft Declan und tritt dann hinaus, um sich Socken und Gummistiefel anzuziehen.

Plötzlich schlägt der Besucher auf den Tisch, hämmert mit den Fäusten darauf, keine Zeit zum Kaffeetrinken, keine Zeit zum Pissen, höchste Zeit zu gehen. »Wir sind so weit, wir sind so weit«, sagt sie, während sie nach ihren Jacken und ihrer Umhängetasche greift.

»Das ist ein Räuber«, flüstert Maddie, »das ist ein Räuber«, und sie kneift ihn, damit er still ist.

Während sie das Feld überqueren, redet O'Kane mit den Vögeln, ruft ihnen zu, dass sie die Fresse halten sollen. Als sie die grasbewachsene Weggabelung erreichen, wo Eilys Wagen geparkt ist, rennt er an die Stelle, wo er es versteckt hat, und sie sieht den Kolben aus dunklem Holz mit der ledernen Stulpe und den in verschiedenfarbiges Plastik eingeschlagenen Lauf.

»Ich lasse mein Kind grundsätzlich nicht in die Nähe von Schusswaffen«, sagt sie.

»Onkel Rodney ... die Jungs im Norden, die mit den Kapuzenmützen, die wollen mich ... Ich bin ein erstklassiger Schütze, aber ich lass mich von niemandem herumkommandieren ... ich bin ein Einzelgänger ... ein einsamer Cowboy.«

»Falls dieses Ding geladen ist, möchte ich, dass du es entlädst.«

»Sei nicht so theatralisch ... steig in die verdammte Karre ein ... wir haben was zu erledigen, Fräulein.«

Maddie fängt an zu schreien und zu strampeln, er will den Räuber nicht auf den Rücksitz lassen.

»Das ist mein Platz ... das ist mein Platz ... der darf da nicht sitzen.«

»Ist ja gut, Schatz, ist ja gut ... Wir fahren nicht weit.«

»Schatz«, sagt der Fremde, und dann greift er nach ihrem langen Zopf, zieht ihn sich über die Lippen, knabbert daran.

Das Auto springt an, geht wieder aus und fährt schließlich unter laut knallenden Fehlzündungen los.

»Du hast ja selbst ein kleines Gewehr in deinem Auspuff«, scherzt er.

Sein Arm liegt auf ihrer Rückenlehne, und gelegentlich zupft er an ihren Haaren.

»Bitte lass das«, sagt sie.

»Wütend oder wie … Du solltest mal einen von diesen Wutmanagement-Kursen machen … Ganz schön laut, dein Auto.«

»Ja … man wird uns kommen hören.«

»Aber man wird uns nicht gehen hören, Baby. In den Sonnenuntergang … gefrühstückt hast du, oder?«

Kurz vor der Stadt kauert er sich auf dem Rücksitz zusammen und zieht sich die Jacke über den Kopf, und Maddie heult laut, versucht, die Gurte seines Kindersitzes zu lösen, schreit, dass er rauswill, weil sich der Räuber in ein Monster verwandelt hat. Vor dem Pub bremst sie ab, nur um festzustellen, dass er geschlossen ist, die grüne Jalousie ist heruntergezogen, und kein Mensch weit und breit bis auf eine Frau in der Ferne, die mit ihrem Hund den Hügel hinuntergeht. Unter den Palmen vor dem Postamt steht Birdies Transporter, und Birdie sitzt auf dem Beifahrersitz und sortiert einen Stapel Briefe. Sie richtet ihre gesamte Willenskraft darauf, die Frau zum Herschauen zu bewegen. Birdie schaut tatsächlich herüber und schüttelt kurz den Kopf zum Zeichen, dass nichts für sie dabei ist.

»Hier trennen sich unsere Wege«, sagt sie, zu ihm umgewandt.

»Drück aufs Gas … Aufs Gas mit deinem hübschen Füßchen«, ruft er unter der Jacke hervor, und sie spürt den kalten Gewehrlauf seitlich über ihren Hals streifen.

Sobald sie den Ortskern hinter sich gelassen haben, fängt er lauthals an zu lachen, ein markiges, schallendes Lachen, das Lachen von jemandem, der in ein Fass eingesperrt ist und mit aller Macht herauswill. Sie passieren das Rathaus, das Hurlingfeld, das Bestattungsinstitut mit dem erleuchteten Kreuz, Ponys auf einem Feld, Ginsterbüsche mit den ersten gelben Blüten. Ein Mann, der in einer Einfahrt steht, blickt in ihre Richtung und schaut dann wieder weg, als hätte er sie lieber nicht gesehen.

An der Kreuzung schwenkt sie auf die Teerstraße ein, die zur nächsten größeren Stadt führt, wo diese Nervenprobe, so hofft sie, ein Ende haben wird. Er schreit sie an, umdrehen, sofort umdrehen, verdammte Schnalle, verdammte Fotze. Sie setzt zurück bis zu der Stelle, wo zwei Wegweiser mit dem Namen des Waldes stehen – Cloosh Wood, einmal in schwarzer Schrift auf einem hohen weißen Schild und einmal in geschwungenen Buchstaben auf einem länglichen, fischförmigen Stück Eichenholz. Der erste unbefestigte Weg, der von der Straße abzweigt, ist durch eine rotweiße Schranke versperrt, und wieder schreit er sie an, weiterfahren, verdammt, weiterfahren. An der dritten Abzweigung befindet sich keine Schranke, er beugt sich vor, ergreift das Steuer und lenkt den Wagen über einen Rost, der von einem Teppich junger grüner Zweige bedeckt ist, auf den unbefestigten Weg.

»Wo sind wir?«, fragt sie.

»In Gottes eigenem Land«, sagt er prahlerisch.

Auf der einen Seite ist Wald, eine dunkelgrüne Düsternis, die sich hinzieht, so weit das Auge reicht, das Dorf und die heimischen blütenrieselnden Apfelgärten in weiter Ferne, eine Leere, die entsetzlich ist. Vergeblich horcht sie auf das Schlagen eines Hammers oder das Heulen einer Motorsäge, da ist nichts, nur sein Gejodel, als er jetzt herumrennt und ein imaginäres Lasso schwingt.

»Tirotirotirotiro«, sagt er, und sie versteht erst nicht, was das heißen soll.

»So scheuchen die Jäger die Vögel auf«, erklärt er, bloß gibt es keine Vögel, kein Vogelgezwitscher, kein Anzeichen von Leben, nur eine schwarze Tonne, auf der »Gift« steht, und einen Geräteschuppen aus sehr neuem Holz, sirupfarben im Sonnenlicht. Vielleicht hieß das, dass hier Arbeiter am Werk waren, und sie stellte sich darauf ein, jeden Moment einen Waldarbeiter aus dieser grünen Wildnis hervortreten zu sehen. An einem Baum in ihrer Nähe, neben dem Anfang eines schattigen Wegs, hängt ein runder Spiegel mit Gummirand, sein Überwachungsspiegel, und daran wie auch an den Zweigen, die über den Rost gestreut sind, erkennt sie, dass er diese Eskapade geplant hat. Sie erschrickt, als ihr ein gegabelter Zweig auf die Jacke fällt, und er schnippt ihn weg.

»Ist das Kelly-Grün?«, fragt er und fingert an ihrem Kragen herum.

»Wohl eher Königsblau«, sagt sie angespannt.

»Okay, okay … falsches Drehbuch … Löschen … löschen … Tilgen.«

»Wir sind gesehen worden, ist dir das klar«, sagt sie, und ihre ruhige Stimme steht im Gegensatz zu ihrem heftig pochenden Herz.

»Niemand sucht nach dir … und nach mir auch nicht, Sonnenschein«, sagt er.

»Ich habe Freunde … Ich arbeite für die Gemeinde. Ich unterrichte … Die sind uns bestimmt schon auf der Fährte«, sagt sie.

»Eine einsame Fährte«, sagt er. Er starrt sie an, seine Augen zugleich stechend und wie tot, wie altes Leder.

»Rauchen wir eine«, sagt sie.

»Wenn du welche hast«, sagt er, und sie setzen sich mit dem Rücken zum Wald auf einen Stamm, vor sich eine von Baumstümpfen und Aschehaufen übersäte Öde. Er sieht zu, wie sie das braune Zigarettenpapier aus dem Päckchen nimmt, es zu einer Rinne formt, etwas Tabak hineinkrümelt und das Ganze rollt.

»Leck daran ... leck daran«, sagt er und schaut zu, wie sie das Papier anfeuchtet, und dann sagt er, sie solle die Zigarette anzünden.

»So lässt sich's leben«, sagt er grinsend, wirft die Jacke ab und legt sich rücklings auf einen Baumstamm, Rauchschwaden über seinem jungen Gesicht und seinen irren, schelmischen Augen. Er ist noch keine zwanzig, schätzt sie, sein Adamsapfel beweglich wie ein Jo-Jo, seine Arme muskulös und sehnig. Seine kurzen Schnurrbarthaare, rötlich in diesem Licht, erinnern an die Stacheln eines in die Enge getriebenen Igels. Maddie sagt die ganze Zeit kein Wort, er hat das Gesicht in ihrem Schoß vergraben und linst ab und zu durch das Gitter seiner gespreizten Finger.

»Hast du mal *Sprung in den Tod* gesehen?«, fragt O'Kane.

»Glaub nicht.«

»Ein super Film ... Codys Mutter meinte, er wäre das kleine Lamm Gottes.«

»Das meinen alle Mütter.«

»Mütter, so 'n Quatsch. Alles Schwanzklemmen.«

»Bitte hör auf mit diesem ordinären Gerede«, sagt sie, und als sie dann aufsteht und zum Auto hinübergehen will, packt er ihr Fußgelenk und drückt zu.

»Da rüber«, sagt er und deutet zum Wald.

»Ich will da nicht rein ... da ist es dunkel ... düster«, sagt sie, und ihre Stimme hat etwas Stilles, Besänftigendes.

»Du gehst aber da rein, Ziegenmädchen … genau da geht's lang.«

Er wartet, bis sie zu der schmalen Öffnung in der Baumreihe gegangen sind, dann ruft er »Tschau« in Richtung des aschebedeckten Ödlandes und folgt ihnen.

Wie allverschlingend das Dunkel, wie unnütz ihre Spuren auf dem rostbraunen Leichenfeld alter toter Nadeln. Kiefern und Fichten dicht an dicht, ihre hohen, massiven Stämme endlos aufeinander folgend, wie eine unermessliche Armee, Furchen voll schlammigen braunen Wassers, keine Vögel und nichts zu hören als das Rauschen des Windes, unablässig wie das Rauschen eines fernen Meers. Doch es ist kein Meer, es ist Cloosh Wood, und sie werden gezwungen, hier entlangzugehen. Der Boden unter ihren Füßen ist aufgeweicht, hier und da nackter Fels, von schlüpfrigem Moos überzogen. Nicht einmal eine leere Zigarettenschachtel oder eine zertretene Plastikflasche, nichts: Leere, er, sie beide, Insekten, die wie Staubkörner in der Luft hängen, aber auch auf ihr herumkriechen und auf Maddie, der sich kratzt und wimmert, dass er nach Hause will. Sie trägt ihn und summt dabei, um ein gewisses Maß an Normalität vorzutäuschen. Sie denkt kurz nach, dann dreht sie sich um und fragt: »Was soll das alles?«

»Die sind hinter mir her.«

»Wer ist hinter dir her?«

»Die Gang aus Dublin … Diese Ätzer.«

»Die werden dich auch hier finden.«

»Garantiert nicht … Die haben Angst vor den Todesfeen.«

»Hör zu, ich fahr dich, wohin du willst … Ich fahr dich zur Fähre … Ich geb dir Geld.«

»Du hast doch gar kein Geld.«

»Ich habe bei der Bank eine Hypothek auf mein Haus aufgenommen … wir können hinfahren und etwas Geld abheben.«

»Zur Bank?«, fragt er verblüfft, dann ein flüchtiges Lächeln.

»Zur Bank«, sagt sie in sachlichem Ton.

»Übrigens ist das mein Haus, in dem ihr wohnt … Da hab ich drin gepennt … Das Armband in dem Kohleneimer war von mir.«

»Du kannst es wiederhaben … du kannst alles wiederhaben … das Haus, das Armband, das Land, alles.«

»Willst du mich einwickeln?«

»Ich will dich nicht einwickeln … dieser Junge ist nicht gesund … er muss alle vier Stunden Medikamente nehmen … sonst kriegt er Herzklopfen … es war abgemacht, dass wir dich in der Stadt absetzen. Stattdessen sind wir jetzt hier in diesem … Wald.«

»Dein Typ ist die ganze Nacht geblieben … unter der Bettdecke … bist du an ihm hoch oder an ihm runter … habt ihr ein Baby gemacht?«

»Das war ein Freund … ein platonischer Freund … Er hilft mir, das Haus in Ordnung zu bringen.«

»Scheißnutte.«

Mick Rafferty telefoniert mit seiner Frau, er hat sie im Laden angerufen, wo sie halbtags arbeitet. Er spricht leise und eindringlich, und sie antwortet ebenso leise, damit niemand mithören kann.

»Ich glaube, ich habe den Kinderschreck gesehen.«

»Oh Gott, war er wieder in der Scheune?«

»Nein … auf dem Rücksitz eines Autos … mit der Neuen, der Rothaarigen … er hat gelacht wie ein Irrer.«

»Bist du dir sicher, Michael?«

»Zu sechzig Prozent.«

»Gott beschütze uns.«

»Du fährst heute abend zu deiner Mutter … mit den Kindern … du kommst jetzt gleich heim und packst eure Sachen.«

»Und was ist mit dir?«

»Ich werde schon mit ihm fertig … Ich habe ja das Gewehr … aber wenn alle hier sind und herumkreischen, bin ich machtlos.«

»Warum hat er wohl gelacht, Michael?«

»Ich weiß nicht … vielleicht hat er ihr eine Gruselgeschichte erzählt.«

»Vielleicht … vielleicht verliebt sie sich ja in ihn … vielleicht nimmt sie uns die Sorge ab.«

»Das glaube ich eher nicht«, sagt er und legt langsam den Hörer auf. Er erinnert sich an den verzweifelten Gesichtsausdruck der Frau und an das Lachen des Kinderschrecks, das sogar dessen Backenzähne sehen ließ. Er kennt dieses Lachen. Er und seine Frau und Kinder haben es in jenen Nächten zitternd angehört, als der Kinderschreck in ihrem Heuschober übernachtete und er sich nicht traute, ihn fortzuschicken. Morgens deuteten nur Klopapier und leere Keksschachteln darauf hin, dass er da gewesen war.

Sie stehen da und diskutieren. O'Kane zieht eine runde Blechdose aus der Tasche, eine Dose, in der früher einmal Bohnerwachs war, und rasselt triumphierend damit. Maddie lauscht, mit den Augen, mit den Ohren, mit jeder Faser, während der Deckel langsam aufgedreht wird. Sie weicht erschrocken zurück, strauchelt, schnappt nach Luft, als sie die Menge dicht zusammengepackter messingglänzender Patronen sieht. Er drückt die Patronen ins Magazin, schiebt den Verschluss nach vorne, verriegelt ihn, spannt den Hahn, legt den Finger an den Abzug und mustert sie.

»Bitte … bitte, schieß nicht … rede mit mir.«

»Peng peng peng«, sagt er, und als er abdrückt, wird die unendliche Stille von einem markerschütternden, scharfen Krachen zerrissen, die Bleikugel jagt durch die Baumkronen, Nadeln rieseln herab, Brandgeruch.

»Stell dir vor, du wärst ein Kind und würdest das hören«, sagt sie.

»Nimm deine Finger da weg … Nimm die Finger weg, das sind meine«, schreit er plötzlich und beugt sich über Maddie, der vor dem Behälter mit den Patronen kauert und sie interessiert betrachtet.

»Lass ihn in Ruhe … er weiß doch gar nicht, was das ist … er hat so was noch nie gesehen … er ist noch ein Kind«, ruft sie.

»Solange du hier bist, benimmst du dich«, sagt er und hebt Maddie am Jackenkragen hoch, und sie stellt sich dazwischen und faucht, wenn er so ein tapferer Cowboy sei, solle er sie doch schlagen.

Ihr Wutausbruch scheint ihn zu belustigen – »Beruhige dich … Ziegenmädchen.«

»Jetzt hör mal … Hör zu … versetz dich mal in unsere Lage … unsere Bedrängnis.«

»Weißt du, was dein Problem ist?«

»Was denn?«

»Dein Problem ist, dass du kein Vertrauen hast.«

»Und was ist dein Problem?«

»Mein verdammter Kopf funktioniert nicht richtig ... Mit meinem Herz ist alles in Ordnung, aber meinen Kopf haben sie mir versaut.«

»Na gut ... Dann reden wir mit dem Herzen.«

»Gib mir ein Küsschen.«

»Werd nicht frech.«

»Das ist doch keine Herzensplauderei ... eine Scheißplauderei ist das ... gehen die Nerven mit dir durch?«

»Wo ist deine Familie?«

»Familie ... Das ist wohl ein Witz. Meine Mutter haben sie umgebracht ... und zwar genauso, wie sie auch Codys Ma umgebracht haben.«

»Irgendjemanden muss es doch geben.«

»Nur meine Granny ... und meine Schwester.«

»Und wo wohnen die?«

»In Loughrea.«

»Loughrea kenne ich. Ich habe Freunde dort ... Lass uns da doch hinfahren, und dann können wir auch deine Granny besuchen.«

»Zu riskant.«

»Weswegen wirst du eigentlich gesucht?«

»Diebstahl, Raub, unerlaubter Besitz von Schusswaffen ... Teufelswerk ... die Scheißkerle wollen mich mit Blei voll pumpen.«

»Aber es ist doch nicht fair, uns dafür zu bestrafen ... wir sind nicht deine Feinde ... wir wollen dich nicht mit Blei voll pumpen.«

»Du bist genau die Richtige«, sagt er, zieht einen zusammengefalteten braunen Umschlag aus der Tasche und reicht ihn ihr. Ihr Name ist mit Bleistift in das Innere eines ungelenk gezeichneten Kürbisses gekrakelt. »Lies ihn.« Sie schaut auf das fleckige linierte Blatt hinunter, auf die angestrengte, kindliche Handschrift und erkennt darin die Schrift auf dem Zettel wieder, den sie vor dem Campingplatz auf dem Fahrersitz gefunden hat. Sie liest rasch:

Ich bitte dich mitzukommen ich weiß du verstehst wahrscheinlich nicht was das heißt aber ich fände es gut wenn du ja sagst bitte sag ja zeig diesen Brief niemand und erzähl niemand davon denn die würden sich über uns lustig machen sag niemandem etwas bitte versteh mich wenn deine Antwort ja ist fangen wir sofort an bitte sag ja sei nicht verlegen
Gezeichnet Michen

»Der ist für dich«, sagt er, als sie ihm den Brief zurückgibt.

»Das ist ein alter Brief, und es steht Veronica drauf, Liebe Veronica.«

»Sie hat einen Rückzieher gemacht, verdammte Scheiße ... die wird noch was erleben ... ich hätte sie abknallen sollen.«

»Ich bin nicht Veronica ... Das weißt du genau.«

Da reißt er ihr wütend den Brief aus der Hand und schreit: »GibunsdasTelefon gibunsdasTelefon gibunsdasTelefon.« Er schnauzt seine Anweisungen hinein – »Krank gemeldet ... Metall im Erbrochenen. Aus der Krankenstation entlassen. Am Haupteingang mit Familie wieder zusammengeführt. Energielevel enorm. Chlorophyllzufuhr. C und D nicht notwendig. Weiterfahrt Richtung Nordwest gemäß Coda. Over. Over.« Er schaut sie an, ohne sie jedoch zu sehen, in heftiger Auseinandersetzung mit einer Vielzahl von Stimmen, seine Antworten breiig, vage.

Mick Rafferty packt Frau und Kinder ins Auto. Aoife, der Jüngste, weint, weil der böse Mann, der in ihrem Heuschober geschlafen hat, wieder zurück ist. Sein Vater sagt, dass er nicht in ihrem Heuschober ist und auch nie wieder dort sein wird.

»Bist du sicher, dass es der Kinderschreck war?«, fragt Tilly, seine Frau.

»Zu siebzig Prozent.«

»Vor einer Stunde waren es noch sechzig Prozent.«

»Ich bin mir ganz sicher.«

»Vielleicht solltest du zur Polizei gehen.«

»Wenn ich zur Polizei gehe, wird er bloß wieder bei uns aufkreuzen … die Polizei hat genauso viel Angst vor ihm wie wir.«

»Du hast doch gesagt, dass er gelacht hat.«

»Das Mädchen hat nicht gelacht. Sie sah aus, als hätte sie Angst … furchtbare Angst.«

»Gib Gott, dass ihn bald jemand stoppt.«

Sie gehen wieder, Eilys Gesicht ist schlammverkrustet und zerkratzt, denn sie ist zweimal gestolpert und hingefallen. Manchmal verschwimmt ihr alles vor den Augen. Endlose Reihen von Bäumen, Baumstämme, von denen dünne Äste abstehen wie Stacheln. Maddie rutscht ihr immer wieder auf die Hüfte, und sie hievt ihn sanft wieder an die Schulter hoch, versucht, ihn in Schlaf zu hüllen, denn wenn er schläft, weint er nicht, beunruhigt sich nicht, träumt, träumt vielleicht von zu Hause, von Elmer und dem Schwarzdornast, mit dem er den Kühen eins überzieht. Manchmal kommt es ihr vor, als wären die Nadeln und Äste in ihren Kopf und ihren Mund eingedrungen. Winzige Insekten kriechen in ihre Augenwinkel und nisten sich unter ihren Kleidern ein. Die Luft ist stickig. »Halt dich fest … Halt dich gut fest«, flüstert sie Maddie jedes Mal zu, wenn er anfängt zu rutschen. Manchmal ist sie eigenartig ruhig, sagt sich, dass es eine bestimmte Stelle gibt, einen Punkt, den sie aus irgendeinem absonderlichen Grund erreichen müssen, und das wird der Wendepunkt sein, dann werden sie nach Hause fahren. Sie fragt sich auch, warum das alles sein muss, warum gerade sie, und was sie daraus lernen sollte, irgendeine Wahrheit, eine unauslöschliche Wahrheit. Und manchmal beginnt sie zu halluzinieren, sieht die Apfelblüten durch ihren Garten schweben, sieht Declan und Cassandra und Sven, die ihr zuwinken und einen angebrannten Kessel hochhalten. Sie erinnert sich an die quälende Fahrt, an den Ginster, der gerade zu blühen beginnt, an die Postbotin in ihrem Transporter und an den großen Mann am Tor, der sie ignorierte. Sie hat keine Ahnung, wie viel Uhr es ist. Es ist nie und immer. Ihre etwas über zwanzig Jahre zusammengedrängt in diese wahnsinnige Gegenwart. Also tut sie den nächsten Schritt und den nächsten, dann den nächsten halben Schritt, und dann fängt Maddie an zu pinkeln, und sie führt ihn hinter einen Baum, der Dampf warm und süßlich, sein Gesicht kreideweiß, doch die Wangen rot wie Tomaten.

»Mama.« So hat er sie das letzte Mal genannt, als er noch ganz klein war, und jetzt, in dieser extremen Situation, steigt es wieder in ihm auf.

»Ich bin ja da ... ich bin ja da«, sagt sie und streicht sein verschwitztes Haar glatt.

»Kommen Cass und Sven und Declan und die anderen bald?«

»Ja.«

»Und dann fesseln sie den Räuber.«

»Genau, das machen sie«, sagt sie und hält ihn fest, noch fester, wünscht ihn mit aller Kraft wieder in sich hinein, in Sicherheit. Er sieht so klein aus, so hilflos mit der Latzhose um die Knöchel, wissend und doch auch nicht wissend, was vor sich geht.

»Und hoch mit dir«, sagt sie, während sie ihn wieder aufnimmt, sodass er an ihrer Schulter liegt. Wenn sie diese Dunkelheit hinter sich bringen und auf eine Lichtung gelangen können, so denkt sie, wird das Schlimmste vorbei sein. Das Undenkbare denkt sie noch nicht. Auf einmal bleibt sie stehen, wankt, dann knicken ihre Beine ein, weigern sich, sie weiter zu tragen. Sie sinkt auf den Boden, blickt zu O'Kane auf und sagt flehentlich – »Du würdest doch deiner Granny oder deiner Schwester so etwas nicht zumuten.«

»Wenn ich müsste, schon ... Ich habe meine Granny beinah mal umgebracht. Meine Stimmen haben es mir befohlen, die haben mich angestachelt: ›Mach sie fertig, mach sie fertig.‹«

»Was für Stimmen?«

»Ein Riesenkerl mit Hörnern ... als ich aus dem Gefängnis kam, drüben in England, da bin ich zu meinem Cousin ... und da wollte er, dass ich ein Tranchiermesser nehme und Anthony, meinen Cousin, zerstückele ... Ich bin aufs Klo gegangen und hab ihn reingelegt ... Ich hab gezählt ... Hab bis hundert gezählt.«

»Genau ... Das machen wir jetzt auch ... wir zählen bis hundert«, sagt sie, wieder auf den Beinen. Sie fängt an zu zählen, als stünde sie auf der Bühne, dann fällt Maddie ein und dann er, ein schwungvolles Trio, ein Chor in der endlosen Leere des gleichgültig dösenden mittäglichen Waldes. Als sie mehrere Hundert durchgezählt haben, sind sie alle außer Atem, er hört auf und lehnt sich an einen Baum, mit niedergeschlagener Miene. Sie weiß, dass sie zu ihm durchgedrungen ist, zu dem menschlichen Kern, den er, ja den der Mensch schlechthin, so glaubt sie, in sich hat. Selbst sein Blick ist nicht mehr so drohend, Verwirrung liegt darin. Er zittert, und sie denkt, dass die Angst, die ihre Adern, ihre Gedanken erfüllte, auch ihn erfüllt und dass es nun darum geht, das Kind in ihm zu erreichen, das Kind, das von dem gemarterten Jugendlichen abgeschnitten ist.

»Das war die Angstzone, in der ich gerade eben war«, sagt er und wischt sich mit einem schmutzigen Taschentuch den Schweiß vom Gesicht und von den Handflächen.

»Wir waren alle in der Angstzone ... aber jetzt geht es uns wieder besser.«

»Ich habe nur noch Nebel gesehen, ich war dabei auszurasten«, sagt er, schaut zum Himmel hoch und sagt dann lachend: »Doktor Arschloch ist durch den Schnee den Berg runtergeritten, hat einen Sack mit Botschaften gekriegt und ihn seitlich am Sattel festgemacht ... Du glaubst mir wohl nicht?«

»Doch, ich glaub dir.«

»Er wollte Beachtung. Willst du auch beachtet werden?«

»Manchmal.«

»Das war knapp mit meinem Cousin Anthony ...«

»Jetzt bist du wieder okay«, sagt sie sanft.

»Schick das Kind rodeln«, sagt er und setzt seine Fußspitze auf ihre.

»Wie soll er hier denn rodeln ... außerdem ist er völlig erschöpft.«

Er zieht sie an sich, etwas Dringliches in der Stimme: »Wir haben ja nicht geahnt, wie schön es sein kann ... wie wir uns hier oben in den Nadeln und im Schlamm gewälzt haben ... völlig fertig ... hast mir das Essen in den Mund geschoben wie eine Mutter ... wie eine Mutter. Ich muss zugeben, dass ich mich nicht oft verliebe, aber du gehst mir echt unter die Haut … eine magnetische Anziehungskraft.«

»Weißt du was … Lass uns in die Stadt zurückfahren, und ich spendier dir ein Bier.«

»Was bringst du diesen Kindern in der Schule eigentlich bei?«

»Spiele. Reime.«

»Armes Häslein bist du krank, dass du nicht mehr hüpfen kannst«, sagt er.

»Eins, zwei, drei, vier, fünf, sechs, sieben, eine alte Frau schnitt Rüben, eine alte Frau schnitt Speck, schnitt sie sich den Finger weg«, meldet sich jetzt Maddie zu Wort, der ihn übertreffen will.

»Torfkopp … Solange du hier bist, benimmst du dich.«

»Schatz, sag das Gedicht für ihn auf, das du neulich gelernt hast … na komm«, ermuntert sie Maddie, versucht so zu vermitteln. Maddie murmelt es vor sich hin, und sie wiederholt es mit gespielter Ruhe.

Ich ging hinaus zum Haselwald,
Weil mir im Kopf ein Feuer ging,
Und schnitt und schält einen Haselstab,
Am Faden eine Beere hing.

»Das würde ich auch gern lernen … der Lehrer hat uns eine Geschichte gelehrt über eine Prinzessin, die sich am Spinnrad in den Finger gestochen hat und eingesperrt wurde, und dann musste der Prinz kommen und sich durch das Dornengestrüpp kämpfen, um sie zu retten.«

»Die Geschichte haben wir auch … Wir können sie dir leihen, wenn wir zurück sind.«

»Wer sagt, dass wir zurückfahren?«

»Ich, denn ich bin der Boss … Ich bin die Mutter.«

»Okay … Freistoß für dich.« Er bricht in schallendes Gelächter aus, und Maddie starrt ihn an, ganz still, so still und weiß wie ein kleiner Schneemann.

»Diese schwedische Kuh aus deiner Schule ist hinter mir her … hat das Wort für Vogelbeeren in ihrer Sprache gesagt … hab ich dir je von meinem ersten Kuss erzählt … die hat mir einen Glücksbringer gekauft … eine absolute Schlampe … ich hoffe, du wirst mich nicht zum Tanzen auffordern.«

»Nicht auf diesem unebenen Boden, hier könnte kein Mensch tanzen.«

»Das ist eine von den Sachen, die mir entgangen sind, Tanzen, und Tauchen. Du gehst durchs Gefängnistor und wirst restlos ausgenommen. Die bohren ein Loch in dich rein. Kaufen dir den Schneid ab. Ich hab sie verarscht. Mich konnten sie nicht entlarven. Eine total attraktive Schwester auf der Station hat behauptet, ich simuliere. Meine Grimasse wäre nicht das Prodrom einer echten Psychose. Die haben mein Lachen untersucht, meine Grimasse. Jack Palance ist vorbeigekommen und hat sie für Shane geklaut … hab nie einen Penny dafür gesehen.«

»Bekommst du denn jetzt Hilfe, jetzt, wo du … frei bist?«

»Hilfe. Bockmist. Die haben mir die falsche Diagnose gestellt … Zwei Tage nachdem ich rausgekommen war, habe ich mein Gehirn wieder gehabt.«

»Ich habe in Dublin mit behinderten Kindern gearbeitet … Vielleicht könnte ich dir einen Tipp geben, wo …«

»Wer redet denn hier von behinderten Kindern. Ich bin ein Mann. Pass bloß auf, was du sagst, junges

Fräulein, dafür kannst du nämlich auch prodromiert werden.«

»Ich dachte, wir wären Freunde …«

»Sind wir auch … Ich hab ein Bild von dir an meiner Wand hängen … neben einem Bild von meinem Gewehr.«

»Was fasziniert dich bloß so an Gewehren?«

»Willst du ein Geheimnis wissen?«

»Erzähl.«

»Die Männer auf der Straße beobachten dich … Die wollen dich … deine Muschi …«

»Ich bin zuallererst Mutter … Mein kleiner Sohn ist mir näher als irgendjemand sonst auf der Welt. Er war eine Frühgeburt … Ich war mit meiner Schwester Cassandra im Urlaub, und da haben die Schmerzen angefangen, wir dachten, es wären Verdauungsstörungen … wir spazieren in Amsterdam einen der Kanäle entlang, ich klappe schier zusammen vor Schmerzen, da wedelt meine Schwester mit einem weißen Taschentuch zu dem Skipper auf einem der Schiffe rüber, und er hält an und nimmt uns an Bord … mein Kleiner ist mit einem gewaltigen Schwups auf dem Boden eines großen Schiffs rausgekommen … konntest es gar nicht abwarten, auf die Welt zu kommen, hm?« Sie massiert Maddies Kopfhaut unter seinem feuchten, verschwitzten Wuschelhaar.

»Ich bin manchmal total niedergeschlagen und einsam … die Leute stellen mir Milch und Brot hin wie einem Hund.«

»Wo wohnst du denn?«

»Hier in der Gegend … meistens hier oben … Ich hab mich schon als Kind hier versteckt.«

»Wie heißt du wirklich?«

»Mich … für Michen.«

»Michen, lass uns doch zu deiner Granny fahren, so wie wir es besprochen haben.«

»Peng peng peng«, sagt er und richtet das Gewehr abwechselnd auf sie beide und das Gitterwerk aus Zweigen, scheucht eine imaginäre Gang weg, piss off, verboten.

»Es ist alles in Ordnung … alles in Ordnung … das sind bloß Stimmen … die gibt es bloß in deinem Kopf.«

»Scheiß drauf … wir gehen jetzt die Ziege aus ihrem Elend befreien, du und ich … sie hat sich das eine Hinterbein gebrochen. Ich lass den Kleinen abdrücken …«

»Das wirst du nicht tun.«

»Es ist da drüben«, sagt er und zeigt auf einen Weg. »Ich habe auch einen Fuchs … einen männlichen Fuchs, er hat einen Sack … er kommt nur in der Dämmerung raus.«

»Ich dachte, wir fahren nach Loughrea.«

»Es liegt auf dem Weg nach Hause.«

»Auf dem Weg nach Hause, Maddie … *Home, home on the range* …« Sie singt verschiedene Lieder wild durcheinander, weiß, dass es ein irres Singen ist, doch es geht darum, sich von einer Minute zur nächsten zu hangeln, das seidene Fädchen zu erhalten, das O'Kane noch mit der Vernunft verbindet.

Sie kommen zu einem nicht mehr benutzten Kalkbrennofen, und er bleibt stehen und pfeift. Die Ziege ist verschwunden, nur ein ausgefranstes Schnurende zeugt noch davon, dass sie einmal da war. Im schräg einfallenden Sonnenlicht eine Ansammlung winziger Schirmlinge mit leise zitternden rehbraunen Hüten und ein weiß blühendes Unkraut, ein cremeweißes Spitzenmuster auf dem bröckelig auseinander gebrochenen Stein. In einer absurden Anwandlung bricht sie einen Stängel davon ab, er riecht unangenehm süß, und steckt ihn sich als Andenken in die Tasche.

Er pfeift nach seinem Fuchs, läuft hin und her, gafft. Ruben … Ruben.

Zu Hause angekommen, fühlt sich Birdie doch ein bisschen unbehaglich und beschließt, kurz aufzuschreiben, was sie gesehen hat, für den Fall, dass sie einmal danach gefragt werden sollte.

Ich bin Postbotin von Beruf und lebe allein. Ich bin für die Auslieferung der Post im Umkreis von ungefähr hundertfünfzig Meilen verantwortlich und benutze dazu einen Transporter von An Post. Es ist eine zum Teil sehr abgelegene Gegend, zu der auch ein sehr großes bergiges Waldgebiet gehört. Ich saß in meinem Transporter, den ich unter den Palmen gegenüber vom Postamt geparkt hatte, als ich ein helles Auto um die Ecke biegen sah. Man könnte es wohl cremefarben oder beige nennen, aber auf keinen Fall weiß. Es fuhr an mir vorbei, sodass ich ins Wageninnere hineinsehen konnte. Eily Ryan saß am Steuer, und sie schaute mich nicht an. Es kam mir vor, als würde sie möglicherweise von der Seite daran gehindert, in meine Richtung zu schauen. Sie sah aus wie jemand mit einem steifen Hals. Ich fand es seltsam, dass sie nicht anhielt und nach Post fragte, manchmal tut sie das nämlich, sie hält an, wenn sie mich sieht, und fragt, ob ich Post für sie habe. Ihr Gesichtsausdruck war gequält, schmerzvoll. Ihr Haar erschien mir wirrer als sonst. Auf dem Beifahrersitz war irgendetwas, wohl ein Kind. Auf dem Rücksitz lag ein unförmiges Trumm. Es hatte die Farbe von grünlichem Segeltuch. Das Trumm zeigte sein Gesicht nicht.

Das Auto machte einen Schlenker auf meine Straßenseite, dann heulte der Motor auf, und es schien noch einmal zu beschleunigen. Als der Wagen herübergeschwenkt war, konnte ich die Person auf dem Rücksitz sehen. Jetzt war mir klar, dass es Michen O'Kane war – der, den sie hier den Kinderschreck nennen. Er hatte sehr kurze Haare und einen Schnurrbart. Ich kenne ihn seit dem Tod seiner Mutter. Eine Woche nach ihrem Tod begann die ganze Familie, also sein Vater, er und seine Schwester, fünfmal in der Woche zum Essen zu mir zu kommen, und das taten sie bis kurz vor der erneuten Heirat seines Vaters. Ich bin nicht mit der Familie verwandt. Als frommer Christenmensch betrachte ich es als meine Pflicht, Bedürftigen zu helfen. Als er sich das erste Mal in Schwierigkeiten gebracht hatte und dann aus irgendeiner Besserungsanstalt entlassen wurde, hörte ich, dass er hungerte und draußen im Freien lebte, und da habe ich ihm immer auf einem Torpfosten Milch und Kekse hingestellt. Nach ein paar Wochen hörte ich dann, dass er wieder wegen irgendetwas geschnappt und eingesperrt worden war.

Danach hatte ich praktisch keinen Kontakt mehr mit ihm, und letzte Ostern, am Dienstag, habe ich ihn nach zwei Jahren zum ersten Mal wieder gesehen. Ich war unterwegs, um die Post auszufahren, da kam er an der Derrygoolin-Brücke hinter einem Baum hervor und hielt mich an. Er erzählte mir, er hätte seit zwei Tagen nichts mehr gegessen und sei völlig ausgehungert. Er tat mir Leid. Er sagte, er hätte ein paar Münzen in der Tasche und ob ich ihm etwas zu essen besorgen könnte. Ich sagte, das würde ich auf eigene Rechnung machen. Er sagte, er werde sich hier ver-

steckt halten und warten, bis ich wiederkäme. Ich kaufte Kekse, Süßigkeiten, Brötchen und Orangen. Um diese Dinge hatte er gebeten, denn er hatte kein Messer, mit dem er hätte Brot schneiden oder sich ein Sandwich machen können. Er bat mich, niemandem zu verraten, dass ich ihn gesehen hatte, und sagte dann: »Ich weiß, dass ich dir vertrauen kann … du warst gut zu mir, als ich klein war.«

Wahrscheinlich ist er getrampt und hat sich von der Frau mitnehmen lassen, die womöglich demnächst hier wegzieht, denn dieser Tage herrscht in dieser Gegend ein ständiges Kommen und Gehen, ganz anders als früher in den alten, den anständigen Zeiten.

Er liegt auf dem Bauch, das Gewehr an die Brust gepresst, die Nase in die Erde gedrückt, Lehmkrümel an den Nasenlöchern, und seine Augen sehen schwarz aus, als er in die Ferne starrt.

»Komm, wir fahren nach Loughrea«, sagt sie zum x-ten Mal mit schwacher, heiserer Stimme.

»Au ja, können wir das machen?«, fragt er begeistert, so als käme er gerade zu sich.

»Wir müssen sogar. Der Kleine hier fällt fast um, und Hunger hat er außerdem.«

»Hunger«, er sieht Maddie an, als hätte er ihn die ganze Zeit überhaupt nicht wahrgenommen. Dann zieht er ein paar Kekse aus der Hosentasche. Sie sind mit etwas Weichem gefüllt und mit Schokoladenguss überzogen. Sie schmecken alt und modrig, aber aus Pflichtgefühl essen die beiden sie.

»Ich hab mal Rattengift gegessen … Hab meine Wundnaht aufgebissen … Grund der Nahrungsverweigerung, will sterben … Märtyrerstatus verwehrt … Scheiße. Du bist doch nicht nervös?«

»Nein … Ich bin nicht nervös … Aber für Maddie war das schon alles ein Schock.«

»Er und ich kommen prima miteinander aus … Ich hab keine Probleme mit ihm … Alles okay«, er fährt über Maddies Haare.

»Wie gesagt, er muss alle vier Stunden Medikamente nehmen … und wir haben nichts dabei.«

»Er wird sie kriegen.«

»Du würdest einem Kind doch nichts antun«, sagt sie.

»Nur ein Tier würde einem Kind etwas antun«, sagt er, und als sie merkt, dass er doch Gefühl in sich hat, tief in seinem Innern, da wird sie schwach, und plötzlich weint sie, den Kopf im Schoß, Tränen rinnen ihr ins Haar und auf die Kleider. »Tut mir Leid, tut mir Leid«, sagt sie, und Maddie streichelt sie bestürzt. Sie hatte bis dahin keine Schwäche gezeigt, den ganzen Morgen nicht, weder, als sie an den Ponys vorbeifuhren und dem Mann am Tor, noch, als sie die Hauptstraße nahm und er sie daraufhin eine Scheißzicke nannte, eine Niete, und sie zwang umzudrehen. Sie hatte gezittert, aber nicht geweint, hatte hinausgestarrt in die Öde, auf Baumstümpfe und verkohlte Äste, in der Erkenntnis, dass etwas Drastisches begonnen hatte.

»Sie quälen mich wieder«, sagt er, und dann steckt er sich die Finger in die Ohren und rennt zwischen den Bäumen herum, schlägt dagegen und brüllt seine Angreifer an.

»Ich höre gar nichts«, sagt sie, während sie auf ihn zugeht.

»Er flüstert … damit ihn keiner hören kann.«

»Und was flüstert er?«

»Er ist nicht zufrieden mit mir.«

»Woher weißt du das?«

»Wenn er zufrieden ist, lächelt er … aber jetzt lächelt er nicht … er schäumt vor Wut … er sagt, dass wir nicht umdrehen dürfen.«

»Sag ihm, dass er eine Belohnung bekommt … eine dicke Belohnung.«

»Psst«, sagt er und schließt die Augen, um zu horchen.

Sie kniet nieder und betet, nicht die bekannten Gebete, sondern eine direkt an Gott gerichtete Fürbitte, jedes Wort aus der Tiefe ihres Seins geklaubt, herausgepresst, und dann dreht er sich um, schüttelt den Kopf und greift nach dem Gewehr – »Wenn es nach mir ginge, würde ich umdrehen.«

»Und nach wem geht es?«

»Nach meinem Gebieter.«

»Ich flehe dich an … Ich bin dir auf Gedeih und Verderb ausgeliefert, und ich flehe dich an«, sagt sie, als betete sie immer noch, doch er scheucht sie vorwärts.

Sie sind wieder unterwegs, kriechen durch einen Tunnel, ein Dunkel im Dunkeln, rutschen auf den Knien, sie stoßweise atmend, Maddie mit glühendem Gesicht und am ganzen Leib zitternd.

»Der hat gar keinen Fuchs«, flüstert er ihr zu.

»Nein, aber zeig ihm nicht, dass du es weißt.«

»Rotschopf«, ruft O'Kane, als er herausgekrochen kommt, und sie erkennt an seinem vielsagenden Ton, dass er sie jetzt allein haben will.

Sie führt Maddie zu einem mit schlammigem Wasser gefüllten Graben, in dem abgebrochene Zweige schwimmen, nimmt ein paar davon heraus und sagt – »Schau mal, hier kannst du Bötchen spielen.«

»Da sind doch gar keine Bötchen.«

»Tu einfach so … sei ein guter Kumpel, es dauert nicht mehr lang.«

»Ich will nach Hause.«

»Ich weiß. Wenn wir wieder zu Hause sind, mach ich dir einen großen Teller Pommes.«

»Ich will keine Pommes«, quengelt er, verstimmt, weil sie ihn allein lässt. »Ich hab dich nicht mehr lieb … Ich hab dich nicht mehr lieb.«

Auf dem Weg zurück sieht sie, wie O'Kane etwas Sperriges zwischen ein paar jungen Bäumen hervorholt, das er nun herüberschleppt und vor ihr aufstellt. Es ist eine Figur der Jungfrau Maria unter einer Glashaube, wie sie sie von den Schreinen am Straßenrand kennt.

»Das ist Unsere Liebe Frau«, sagt er.

»Ich weiß.«

»Verehrst du Unsere Liebe Frau?«

»Früher in der Schule schon.«

»Super Frau. Hat noch nie versagt. Sie hat mir zu Weihnachten einen Früchtekuchen gebacken.«

»Du verehrst sie also.«

»Oh, sie ist klasse«, er fährt über den Faltenwurf des gipsernen Körpers und stößt die Figur dann um – »Kannst mich mal, Unsere Liebe Frau.«

Als Nächstes holt er einen Strauß welker Lilien hervor und verstreut sie auf dem Boden, dann ein zusammengeknülltes grünes Kleid, einen Schal, einen Regenschirm, einen großen weißen Kamm und eine Kassette, aus der Bandgewirr heraushängt. Er faltet das Kleid auseinander, hält es ihr vor, sodass die zerknitterten Ärmel herunterbaumeln, und wartet auf ihre Zustimmung.

»Gefällt es dir?«

»Es ist sehr schön.«

»Wenn's um Mode geht, kenn ich mich aus … Zieh es an.«

»Jetzt nicht … später.«

»Du wirst darin heiraten.«

»Oh nein«, sagt sie über die Maßen sanft.

»Lass dein Haar runter«, sagt er, und sie löst hastig ihren Zopf, damit er sie nicht anfasst.

»Bis zum Hintern«, sagt er und zieht dann den Kamm durch ihr Haar, wobei er in seiner Besessenheit ein paar Zinken abbricht.

»Bin ich fett? Bin ich hässlich?«, fragt er.

»Nein … das bist du nicht.«

»Rennst nackt in deiner Küche rum … in dem Sumpf hier in der Nähe gibt es einen Mann, der isst Würmer … ist total scharf auf Frauen … das hat mir dieser Monaghan erzählt … fieser Bursche … Schizo … sehr gefährlich … sehr, sehr gefährlich … Und, wie blickst du in die Zukunft?«

»Voller Zuversicht«, sagt sie. Als sie ihn den Ehering hervorziehen sieht, schreit sie fast. Es ist ein schmaler, messingfarben glänzender Ring, und sie macht eine Faust, als er versucht, ihn ihr überzustreifen.

»Ich habe schon einen Ring vom Vater meines Kindes … Ich kann nicht zwei Ringe haben … das ist Bigamie … heb ihn auf, für deine … Liebste.«

»Liebste, so 'n Scheiß. Warum mach ich mir wohl die Mühe … schlepp den ganzen Kram hier hoch … die Ausrüstung … Blumen … Musik … Fisch oder Fleisch, Fräulein … Ist das klar?«

»Ja.«

»Dann sag ja.«

»Hör zu, ich bin nicht die, für die du mich hältst … du bist verwirrt … du verwechselst mich mit jemandem … dein Kopf ist in Aufruhr.«

»Bist du auf meiner Wellenlänge, bist du auf meinem EKG?«

»Nicht ganz.«

»Ich rede mit dir, Ziegenmädchen.«

»Ich weiß, ich weiß.«

»Was heißt das – ja oder nein?«

»Ich kann nicht«, sagt sie, und da sie denkt, es werde ihn vielleicht besänftigen, nimmt sie das blühende Unkraut aus der Tasche und reicht es ihm.

»Du Fotze ... du interessierst dich doch einen Scheiß für mich ... bist ja nicht mal zu meinem Geburtstag gekommen. Verschwinde. Los, verschwinde.«

Nervös, aber zielsicher sucht sie sich ihren Weg zu Maddie, zieht seine Hände aus dem schlammigen Wasser und nimmt ihn auf den Arm. Sie rennt los. Der Boden fühlt sich leicht an, wie gefedert, und ihre Gedanken sind unglaublich ruhig, als sie nun beginnt, sich markante Stellen in Erinnerung zu rufen, den Tunnel, die Schirmlinge, eine alte Socke, das ausgebrochene Wurzelwerk des umgestürzten Baums und den langen steilen Pfad, der vom Waldrand hochführt.

Er hat sie fast eingeholt. Wutentbrannt ruft er nach ihr, wie ein von der tobenden Schlacht aufgeputschter, irrer General. Man kann es kilometerweit hören, muss es kilometerweit hören können.

Sie dreht sich um, dann dreht auch Maddie sich um. »Der will Eily erschießen«, sagt Maddie.

»Das werde ich nicht zulassen, und ich werde auch nicht zulassen, dass er dich erschießt ... ich weiß, was wir machen ... du versteckst dich hier, und ich bin gleich wieder zurück, in ein paar Minuten ...« Sie bettet ihn auf die Erde, legt zur Tarnung ein paar Kiefernzweige über ihn, küsst ihn und sagt: »Keinen Mucks ... keinen Mucks.«

Ruhe, eine tödliche Ruhe hat O'Kane erfasst, sie wirkt wie Bedächtigkeit, doch das ist sie nicht, seine Jacke liegt auf dem Boden, das Gewehr darauf, er hat die Ärmel hochgekrempelt, seine Augen ein geschmolzenes Schwarz, das sie förmlich aufsaugt.

Reglos, kaum atmend, weiß sie, dass sie an der Schwelle des Grauens angelangt ist, doch immer noch, immer noch versucht sie, den inneren Krater seines Denkens und Fühlens zu erreichen, sagt: »Verschone mich … verschone mich, ich werde mich dafür revanchieren.« Aber er hört sie nicht, längst schon vollzieht sich der große Plan, der große Plan, der sich in dem Spiegel am Baum manifestierte, in den Zweigen, die über den Rost gestreut waren, sie ist das Werkzeug von etwas außerhalb ihrer selbst, ikonisch, ihr Gesicht aus tausend Gesichtern herausgegriffen, zum schamlosen Ritual.

»Was hast du mit mir vor?«, fragt sie.

»Alles.«

»Gott sieht dich«, sagt sie mit flacher, gedämpfter Stimme.

Er schubst sie vorwärts in Richtung eines aufgeschütteten Hügels, der von einem Hufeisen aus Kiefern umgeben ist, die Zweige ein junges Grün, sanft schwankend, so als unterhielten sie sich. Auf der einen Seite sieht sie eine Schaufel und einen frisch gezogenen Graben, etwas Unvermeidliches in allem. Das Blut gefriert ihr in den Adern, denn es gibt nur noch jetzt und hier, die hohen Fichten, schräg zum Hang geneigt, die stehende Luft, selbst scheinbar kurz vorm Aufschrei.

»Bitte setz das Kind vor dem Laden ab.« Jedes einzelne Wort ganz langsam, über die Maßen ruhig ausgesprochen, mit stillem, beschwörendem Nachdruck. Er scheint darauf zu hören.

In diesem zeitenthobenen Moment rasen ihre Gedanken voraus, sie blickt durch die Bäume und sagt:

»Da kommt jemand«, und als er losläuft, um sich dessen zu vergewissern, tritt sie auf das Gewehr, springt darauf herum wie auf einem Trampolin, mit verschwenderischer Kraft und äußerster Entschlossenheit. Er stürzt sich auf sie, empört, dass sie ihn getäuscht hat, und jetzt bricht schließlich rasende Wut aus dem blutigen, geschundenen Torso seines verpfuschten Lebens hervor, und er reißt in einer Ekstase des Hasses an ihren Kleidern, so als risse er dem weiblichen Geschlecht an sich die Glieder aus.

Als er sie zu Boden wirft, spürt sie die Harmlosigkeit der feuchten Erde, sein Wahnsinn sperrt die Welt aus, sperrt das Licht aus, ein winziger Perlmuttknopf von ihrer Bluse springt davon, sein Mund, sein Speichel auf ihr, überall, und noch immer fleht sie ihn an, doch ihre Worte werden verschluckt: »VersprichmirdassdudasKindvordemLadenabsetztVersprichmirdassdudasKindvordemLaden absetztVersprichmirdassdudasKindvordemLadenabsetzt.«

Die Erde, die Luft, der Wald ist angefüllt von Maddies Schreien, er ruft nach ihr, kommt angerannt, kniet sich neben sie, Kind und Krieger in einem, schleudert fäusteweise Lehm auf ihren Angreifer, Lehm, der in dicken Medaillons herunterplatscht, eine sich bekriegende, wild um sich schlagende Dreiheit, ihr Körper ins Joch gezwungen, Maddie an sie geklammert, und beider verzweifelte Schreie steigen wie einer in die Baumkronen empor, sinken hinab in die letzten feinen Tautröpfchen, die den Morgen überlebt haben, schwellen an und vergehen, ersterben und werden bewahrt in jener grünen Katakombe dort oben am Rand der Welt, kurz vor der Opferung.

WILDE PONYS

Vordämmerung, die Welt grau und umnebelt, eine eben verschwindende Mondsichel, Regen, der von den Ästen tropft.

O'Kane erwacht auf dem Rücksitz des Wagens, streift die Decke herunter und setzt sich mit verknittertem Gesicht auf, er sieht sich um, tastet nach dem Gewehr und lauscht, dann steigt er aus.

Seine Pisse trifft in einem langen, dampfenden Bogen auf die grünen Flechten am Baumstamm, und er atmet tief und langsam in die neutrale Gräue, lässt nicht einmal den Anflug eines Gedankens zu, sagt sich, dass es an der Zeit ist zu fahren.

Das Auto holpert die schmale, hohlwegartige Teerstraße entlang, geht schwankend in die Kurven, hinauf und hinunter, hier an einem Bungalow vorbei, dort an einem Tor, einem roten Briefkasten, einem Wohnwagen, Kühen. Noch etwa eine Meile, dann gelangt er auf den ungeteerten Fahrweg und schließlich, über ausgefahrene Radspuren ruckelnd und holpernd, auf einen Pass. Keine Polizisten, keine Lastwagen, keine Drecksäcke, Banditenland. Er ist in seinem Element, pfeift und jubelt, als hätte er ein Rennen gewonnen, ein gewaltiges High, seine gebündelte Energie allein ins Fahren umgesetzt, die letzte Fahrt in dieser kleinen Klapperkiste, und bald kommen sie in eine andere Grafschaft, menschenleeres Hinterland, das Ende dieser kleinen Kiste, ein letztes Hurra im Auflohen der Flammen. Er ist unberührbar.

Als er bremsen muss, denkt er: Verdammte Scheiße, und greift nach dem Gewehr. Überall durchgedrehte Ponys, sie bocken und springen, und er erwägt, sie alle zu erledigen, stellt sich vor, wie sich ihre Kadaver auf der Straße türmen, aber dann denkt er, dass das verdammte Auto stecken bleiben wird und die Drecksäcke ihm auf die Spur kommen werden. Es sind Shorties Ponys, dunkelbraun, rehbraun, grau, gestreift, sie springen in die Luft, rempeln gegen das Auto, allein oder zu zweit, wiehernd und mit wildem Blick. Es wird ihm nichts anderes übrig bleiben, als sie von der Straße zu treiben, also pflügt er in fieberhafter Eile durch sie hindurch, und sie zerstreuen sich in Richtung des Berges. Auf der kaputten Brücke bei Shorties Grundstück hält er an. Shorties Transporter ist fort. Auf dem Hof ein Haufen Schrott und die zweirädrigen Pferdewagen für seine Spazierfahrten im Sommer, an der Eingangstür Hennen und zwei Fohlen, die gerade ihre Visitenkarte hinterlassen und mit ihren kastanienbraunen Schweifen schlagen.

Er nimmt ein paar Kleider und das abgerissene Nummernschild aus dem Kofferraum, riecht an den Kleidern und wirft sie auf die Rückbank, stellt sich auf die wackelige Brücke aus Eisen und Zementblöcken und sieht ins Wasser hinunter, das die Farbe von Porter hat und genauso schäumt. Gerade will er das Schild hineinwerfen, da packt ihn von hinten ein junger Hund an der Wade. Er brüllt auf. Es ist der Hund, der sich immer bei ihr herumtreibt und ihn nun mit giftigem Wolfsblick anschaut, ein Auge braun, eins blau, er knurrt nicht, er bellt nicht, er schaut ihn nur an.

»Du Teufel«, sagt er und schlägt ihm mit dem Metallschild auf die Schnauze, doch der Hund kriecht jaulend fort, und jedes Mal, wenn er ihn zu packen versucht, rutscht er ihm wieder aus den Händen, als wäre er mit Öl oder Fett eingeschmiert. Dann versucht er es mit einer anderen Taktik, versucht, ihn zu sich zu locken. Er fischt ein paar Kekskrümel aus der Tasche, hält sie ihm in seiner Pranke hin, ruft: »Smokey, Smokey.« Das Tier kommt nicht. Es liegt jetzt auf dem Bauch, zusammengekauert, die schwärzlichen Zähne gebleckt. Er verpasst ihm ein paar Fußtritte, und der Hund nimmt sie hin, und als er ihn bewusstlos getreten hat, springt er von der Brücke, rutscht den Abhang hinunter und schleudert das Nummernschild in den Fluss. Er sieht zu, wie es davongetragen wird, wie es zwischen den Steinen auf und ab hüpft, im Schaum verschwindet und wieder auftaucht, von der Strömung mitgerissen wird und in einer Kurve bei ein paar Weiden schließlich außer Sicht gerät, und in diesem Moment ist der verdammte Hund plötzlich wieder da, springt hinein und folgt dem Schild den Fluss hinunter.

Als er wieder im Wagen sitzt, ist er verdrossen und hungrig.

Fiona, die junge Verkäuferin, fand, dass er vollkommen irre aussah, wie er da in den Laden gepest kam, mit den Armen wirbelnd und grundlos lachend. Sie war früher gekommen, um Ware auszupacken, und rief: »Wir haben zu, wir haben zu!« Seine Stiefel waren dreckig, in seinem kurzen, bräunlichen Kraushaar hingen Kiefernnadeln, ein Ärmel seines Anoraks war hochgeschoben – als käme er direkt von einer Schlägerei. Ein Wahnsinniger.

»Wir haben zu.«

»Jetzt habt ihr auf, Muschi«, sagt er, während er

durch den Laden flitzt und Zigaretten, Kekse, Cremetörtchen und Klopapier aus den Regalen nimmt, und sie starrt auf die Lücken und versucht sich vorzustellen, wie Mrs. Morrissey toben und sie ausschimpfen wird, wenn sie feststellt, dass sie ausgeraubt worden sind. Als er vor dem Getränkekühlschrank steht, ruft er sie mit einer Kopfbewegung zu sich.

»Fanta«, sagt er, und als sie zögert, ruft er: »Santa Fanta, du blöde Fotze!«

Sie nahm so viele Flaschen und Kartons heraus, wie sie in den Armen halten konnte, und stellte sie ihm in einen Einkaufskorb. Er wuchtete einen großen Schinken in Musselinhülle auf die Schneidemaschine und kicherte, als sie sich beim Aufschneiden vor lauter Aufregung fast verletzte. Er schnappte sich die Scheiben, sobald sie geschnitten waren, und schlang sie herunter.

»Wie heißt du, Puddinggesicht?«

»Fiona.« Es war das Erste, was sie sagte, seit er hereingekommen war, und ihre Stimme klang gacksend wie die eines Huhns.

»Mach die Kasse auf, Fiona.«

»Da ist nichts drin«, sagte sie und zog die stählerne Schublade heraus, die Halteklammern ohne Geldscheine, die Fächer leer.

»Du verstehst mich falsch, Fiona.«

»Ich habe nichts für dich«, rief sie schrill.

»Du hast eine ganze Menge für mich ... Mach deine Handtasche auf, du Fotze.«

Als sie den Inhalt ihrer Handtasche auf die Theke kippte, rollte ein winziges blaues Medaillon auf den Boden, und sie rief kläglich: »Nimm das nicht mit ... das ist für eine Novene.«

Seine rechte Hand fuhr ihr über den Hals, und ein

Schwall übler Obszönitäten ergoss sich direkt in ihr Ohr, doch sie rührte sich nicht und schrie auch nicht, spürte allerdings, wie ihr unter dem langen Tweedrock die Beine nachgaben.

Sie konnte Mrs. Morrissey nicht genau sagen, wann der Verrückte gegangen war, denn sie war ohnmächtig geworden, man fand sie zusammengesunken auf dem gefliesten Boden unter der offenen Kasse.

Er fuhr aus dieser Grafschaft weiter in die nächste. Steinmauern anstelle von Wald und Bäumen, keine Deckung. Er fuhr stundenlang im strömenden Regen, kam durch Moorland, überquerte, während es weiterhin goss, Bäche am Straßenrand und bog schließlich, viel später, auf ein Feld, in seinem Inneren nichts als Leere. Über einen verrottenden hölzernen Rost ging es auf ein weiteres Feld und ein weiteres, und nun saß er im Auto und wartete darauf, dass der verdammte Regen nachließ.

Es war ein langsames, unwilliges Feuer, die Flammen zogen nicht richtig, knisterten nicht, tosten nicht. Im Nieselregen flackerten sie auf und erstarben wieder. Er musste das Auto mehrmals neu übergießen. Die Auskleidung wollte nicht brennen, wie aus Trotz. Das High war jetzt nicht mehr ganz so gewaltig, und er fror erbärmlich.

Er setzte sich neben das hässliche Gerippe des ausgebrannten Autos und sagte ihren Namen, als könnte sie antworten. Als er gehen wollte, wurde er aufgehalten. Nebel stand plötzlich über dem Feld und um das Feld herum, und er war darin gefangen. Er versuchte, durch eine Lücke hinauszugehen, doch auf dem nächsten Feld war es auch neblig, und dann kam die Stimme: »Verwisch deine Spuren, mein

Sohn, verwisch deine Spuren, mein Sohn.« Es war ein großer breiter Mann mit Schutzhelm, der anzüglich grinste – »Verwisch deine Spuren, mein Sohn.«

Er lief los, um die Kleider aufzusammeln, die er in die Bäume und Gräben geschleudert hatte, trug sie zur Glut zurück, zündete ein neues Feuer an, kauerte sich nieder und sah zu, wie sie verbrannten. Sie rochen so, wie wenn man Hühnerfedern verbrennt. Er hatte seine Spuren verwischt, mein Sohn.

WACHE

Cassandra geht in Eilys Küche auf und ab, bei offener Haustür, damit sie sich besser bemerkbar machen kann, wenn sie zurückkommen. Irgendetwas stimmt mit der Küche nicht. Ein Kessel steht auf dem Gas, noch dazu ein neuer, und es riecht nach verbranntem Gummi. Außerdem liegen Eilys Handtasche und Maddies Medikamente herum, und Elmer lehnt an der Anrichte, was alles darauf hinweist, dass sie in Eile aufgebrochen sind. In einer Ecke steht Maddies dunkelroter Rolls Royce, sein »Oldtimer«, wie er ihn nennt, und ein Stapel Bauklötze. Sie denkt, dass Eily vielleicht mit ihm zum Arzt musste, und überlegt, ob sie in der Praxis anrufen soll, bremst sich dann aber.

Ohne Eily in Eilys Küche zu sein, ist irgendwie irritierend. Das Gelächter fehlt, das Rauchen, das Gekabbel. In einem Korb die Steine, die Eily auf ihren Reisen gesammelt hat, manche im Taumel der Liebe. Sie nimmt einen davon in die Hand – rund, massig, grau, unergründlich, sein steinernes Leben in seinem Innern eingeschlossen, sodass er nichts über sein Woher verrät. Sie ist nervös, zwischendurch auch gereizt, und ihre Augen sehen im Spiegel gepeinigt aus, als hätte jemand versucht, sie auszukratzen. Dann durchzuckt sie Erleichterung, denn sie hört sie kommen, draußen neben dem Haus. Es ist Smokey, schwarz und schmierig, als hätte man ihn in ein Fass Öl getunkt, und er stößt seltsame kurze Jauler aus.

»Smokey … Smokey, wo warst du denn?«, fragt sie und horcht nach ihren Schritten vom Feld, nach ihrem Summen und ihrem Geplapper, sagt übungshalber schon mal mit vorwurfsvoller Stimme: »Du hast mich gestern versetzt … Verdammt noch mal, du hast mich versetzt.« Eily und sie hatten verabredet, sich morgens in der Stadt zu treffen, um in einer Auktionshalle ein paar Möbel zu kaufen.

Während der folgenden Wartestunden erfindet sie Gründe für Eilys Abwesenheit, erinnert sich daran, wie eigenwillig sie ist, dass sie oft spontan weggeht, vielleicht ist sie in die Stadt gefahren, vielleicht hat sie sich mit Sven getroffen, der womöglich ihre Gunst zurückgewonnen hat. Sie steigt die Treppe hinauf, um nachzusehen, ob Eilys türkische Reisetasche an ihrem Platz unter dem Bett liegt, und zuckt zusammen, als sie die Tasche sieht. Sie ruft bei drei Freundinnen an, von denen nur Hildegard zu Hause ist, und als sie ihre Angst äußert, kommt sie sich selbst lächerlich vor. Sie muss sich einen Vortrag darüber anhören, dass Eily ein freier Geist sei, ein Wechselbalg, wahrscheinlich gehe sie gerade mit Maddie und irgendeinem neuen Verehrer am Flussufer spazieren.

Sie hält es keine Sekunde länger drinnen aus. Mehrere Stunden sind verstrichen, sie hat geraucht, den Kessel geschrubbt, sich ein paar Tassen Tee gekocht, sinnlos dies und das geputzt. An der Gabelung, wo die grasbewachsenen Wege aufeinander treffen, entdeckt sie einen Männerhandschuh, dick und schwarz, wie ein Boxhandschuh, der etwas Bedrohliches, Entschlossenes ausstrahlt, als wäre in ihm eine Faust geballt. Sie weicht zurück, traut sich nicht, ihn anzufassen oder gar aufzuheben.

Die Dämmerung senkt sich nieder, dicke, finstere

Wolken kündigen Regen an, und die neugeborenen Lämmer auf Dessies Feld blöken. Es geht zu wie auf einer Entbindungsstation, auch die Mütter blöken und rennen hinter ihren vertrottelten Jungen her, die auf ihren einknickenden Neugeborenenbeinen kaum stehen können.

»Seid still«, ruft sie, »seid still«, aber eigentlich ruft sie nach Eily. Sie erinnert sich daran, wie sie früher, als sie klein waren, immer in einem alten Fort Verstecken spielten und Eily stets die besten Verstecke fand.

»Ich mache dieses Spiel keine Sekunde länger mit … komm zurück, komm zurück, wohin du dich auch verkrochen hast«, und während sie das sagt, hebt sie wie zum Gebet die Arme, die Handflächen nach oben, und als die Wolken sich öffnen und sie die ersten dicken Tropfen spürt, hält sie das für die Antwort auf diese elenden Stunden, in denen ihre Gedanken aus dem Lot waren und sie das Schlimmste befürchtete.

In zärtlicher Umkehrung ihres Zorns und ihrer Ungeduld denkt sie nun, wie dankbar sie sein wird, wenn sie die beiden wieder sieht, und wie stark doch das Band ist, das Eily und sie verbindet.

Als sie auch am nächsten Morgen nicht zurückgekommen waren, fuhr Cassandra zur Polizeiwache, nur um festzustellen, dass sie geschlossen war. Sie musste einen eisernen Hebel umlegen und in einen Apparat hineinsprechen, musste einem gesichtslosen Polizisten in acht oder zehn Kilometern Entfernung ihre Verzweiflung vermitteln. Er wiegelte ab, wies sie darauf hin, dass hier eine erwachsene Frau, sollte heißen, ihre Schwester, wahrscheinlich einfach übers lange Wochenende weggefahren sei, was ja wohl nahe liegend sei bei dem vorhergesagten herrlichen Wetter. Sie stellte sich den jungen Mann vor, unerfahren, kribbelig und gereizt, weil er bei dem herrlichen Wetter, das angekündigt war, nicht draußen sein konnte.

»Ich möchte sie als vermisst melden«, sagt sie mit Nachdruck.

»Vermisst ist man erst nach sieben Tagen.«

»Sie ist ein sehr verantwortungsvoller Mensch ... Sie würde nicht einfach so verschwinden, ohne mir, ihrer Schwester, Bescheid zu sagen.«

»So, so ... ich habe sie ein paar Mal wegen überhöhter Geschwindigkeit angehalten ... Künstlertyp, was?«

»Was ist daran so schlimm?«

»Na, na, gleich werden Sie mich noch bitten, sie zur Hausfrau des Jahres zu erklären.«

»Oh bitte ... bitte ... es ist wirklich ernst«, sie versucht, zu ihm durchzudringen, versucht, ihren Ärger zu unterdrücken, und plötzlich kniet sie jämmerlich auf dem Kies, den Mund direkt vor dem Apparat, fleht ihn an, doch wenigstens herzukommen und mit ihr zu Eilys Haus zu fahren, um nach verdächtigen Anzeichen Ausschau zu halten.

»Ich habe keinen Streifenwagen ... und ich kann nicht von der Wache weg ... wir sind unterbesetzt, wegen dem Feiertag.«

»Was soll ich denn tun?«

»Suchen Sie selbst nach ihr, wenn Sie wollen«, sagt er, und dann ist die Verbindung unterbrochen, und der Apparat ist auf diese schreckliche Art tot, wie Apparate es eben sind. Hinter der Wache hört sie einen Rasenmäher anspringen, irgendein Polizist oder Sergeant muss also da sein, und sie ruft, ihre Stimme schrill und bebend über dem massiven Dröhnen der mal nahen, mal weniger nahen präzisen Messer, da ist jemand jenseits des Zauns, der ihr Schreien hört und es ignoriert. Sie klettert auf den Zaun und sieht ihn, in Hemdsärmeln, teilnahmslos wie ein Brett, und als er sich umdreht, scheint er sie nicht wahrzunehmen, mit blicklosen Augen bückt er sich und leert einen Behälter voller jungem Gras aus, dessen Limonengrün von zerhackten Gänseblümchen gesprenkelt ist.

In der Nacht geschieht etwas Seltsames. Cassandra liegt da, wartet auf den Schlaf und weiß doch, dass sie nicht schlafen wird, im Kopf Gedankensplitter, der Apparat, in den sie hineingesprochen hat, und dann der Polizist, den sie auf einer anderen Wache antraf und den ihre Nöte ebenfalls kalt ließen. Sie denkt an den Moment, wo sie es ihren verzweifelten Eltern wird erzählen müssen, stellt sich deren Gesichter vor, den Unglauben, den Schock.

Als sie im Garten Schritte hört, überrascht sie das nicht, es ist, als hätte sie darauf gewartet, dass dieser Namenlose kommt und auch sie holt. Sie zieht sich, nackt, die Decke bis unters Kinn, und nur ihre Augen lauschen, hören das Klopfen an der Tür, das geradezu schüchtern klingt. Der Besucher hat nicht den Türklopfer benutzt, sondern nur vorsichtig an das Holz gepocht. Sie wartet auf eine Stimme, auf einen Befehl.

Sie steht jetzt in der Küche, in die nur ein schwacher Lichtstrahl aus dem Flur fällt, sodass sie für die Person da draußen dunkel ist. Das Telefon steht drüben beim Kamin, das grüne Licht des Anrufbeantworters wie eine kleine Perle. Sie glaubt, dass sie auf dem Weg dorthin erschossen werden wird. Das

Klopfen wird etwas beharrlicher, doch ist es immer noch sanft, als ob der Mensch auf der anderen Seite sie bitten wolle, ihm zu vertrauen. Sie kniet sich neben die Tür und fragt mit erstickter Stimme: »Wer ist da?«

»Könnten Sie die Tür aufmachen?«

»Wer ist da?«

»Declan.«

»Und wie weiter?«

»Ich bin ein Freund von Eily … Ich hab ihr das Dach gemacht … Wir kennen uns.« Als sie die Tür öffnet, sieht sie einen jungen Mann mit hagerem, angsterfülltem Gesicht, eine Zigarette im Mundwinkel, die jeden Moment herauszufallen droht.

»Wir glauben, dass der Kinderschreck sie vielleicht verschleppt hat.«

»Wer?«

»Ein Mann hier aus der Gegend … ein Wilder … er ist erst vor ein paar Wochen aus dem Gefängnis entlassen worden … er verbreitet Chaos, seit er wieder zu Hause ist, hat Autos gestohlen, einen Rentner verprügelt … ein Gewehr geklaut …«

»Warum glauben Sie, dass er Eily und Maddie verschleppt haben könnte?«

»Wenn ich es Ihnen sage, versprechen Sie mir, niemandem zu verraten, dass Sie es von mir haben? Ein Mann hat sie letzten Freitag gegen Mittag gesehen … genau an dem Tag, seit dem sie vermisst werden … seine Frau hat es im Laden ausgeplaudert … der Mann ist schier am Durchdrehen, er hat zu viel Angst, um zur Polizei zu gehen, denn er befürchtet, der Kinderschreck könnte zurückkommen und ihn umbringen.«

»Wer ist der Mann, der sie gesehen hat?«

»Er heißt Rafferty … sie wohnen anderthalb Kilometer außerhalb des Orts ... auf der rechten Seite ... haben einen schönen Blumengarten.«

»Und der hat Eily mit diesem wilden Mann im Auto gesehen?«

»Sagen Sie niemandem, dass Sie es von mir haben.«

»Warum denn nicht? Warum nicht, Declan ... wir sollten uns alle zusammentun.«

»Es ist wegen meiner Mutter ... Ich bin den ganzen Tag auf der Arbeit, und sie hat Angst, dass er kommt und sich rächt ... Er hat geschworen, dass er die Stadt unsicher machen will, verstehen Sie ...«

Sie fröstelt, hat das Gefühl einer Vorwarnung, weiß, dass der Schwebezustand der letzten drei Tage nicht mehr als ein Vorspiel zu etwas Schrecklichem war. Sie weiß es. Und doch sind sie in ihrer Vorstellung noch lebendig, Eilys Seele hätte sonst zu ihr gesprochen, ihr irgendein Zeichen geschickt, eine Vorahnung, als sie in dieser geballten Dunkelheit dalag und Schritte auf dem Kies unter ihrem Fenster erwartete.

»Wir müssen die Polizei dazu bringen, diesen Wilden aufzuspüren«, sagt sie.

»Wir müssen Himmel und Erde bestürmen«, sagt er kleinlaut.

Er ging nicht fort, er verschwand wie ein Fisch, der in die Tiefen eines Flusses davonschießt, und sie stand da, blickte in den Himmel, eine sternengetupfte Tapisserie, und hörte Seemöwen schreien, das einsame, eisige, fast menschliche Kreischen von Seemöwen, die neunzig oder hundert Kilometer weit vom Meer herbeigeflogen waren. Und warum?

Sie stehen geschlossen auf dem Zementweg und beschwören Mrs. Rafferty, die in der Tür steht. Cassandra, Delia, Hildegard und Kim. Es ist schon Abend, denn sie mussten warten, bis Delia aus der Schule kam, die rundliche, kräftige, selbstzufriedene Delia, Bindeglied zwischen den Einheimischen und den Außenseitern. Der Garten ist ein Farbenmeer, winzige blaue Blumen, fein wie Sprühregen, große weiße Gänseblümchen und feuerroter Fingerhut, und in den Beeten wie bukolische Wächter rot bemützte Gartenzwerge. Der Rauputz des Hauses ist ein Mosaik aus Ziermuscheln und tiefblauen Glasscherben, in denen blaues Licht steht. Mrs. Rafferty ist verständnislos, weicht aus, behauptet, sie wisse von nichts, begreife nicht, warum sie gekommen seien. Dann plötzlich wird sie lebendig, sagt, dass Läden, Postämter, Bars und Restaurants für ihre Nachforschungen mit Abstand die besten Orte seien. Sie hat sogar einen Namen parat, Celine, der Besitzer einer neuen internationalen Bar, der über das Kommen und Gehen der Reisenden hier in der Gegend bestimmt Bescheid wisse.

»Eily Ryan ist keine Reisende ... sie ist hierher gezogen«, sagt Kim.

»Ach ja?«, sagt Mrs. Rafferty ausweichend.

»Ihr Mann hat jemanden in ihrem Auto gesehen«, sagt Cassandra.

»Bin ich mein Mann?«

»Ich bin ihre Schwester ... Ich bin völlig verzweifelt ... auch meine Mutter und mein Vater sind verzweifelt ... versetzen Sie sich doch mal in unsere Lage ... helfen Sie uns.«

»Das kann ich nicht«, sagt Mrs. Rafferty, tritt rückwärts ins Haus und stößt dabei fast mit ihrem Mann zusammen, der offenbar zugehört hat. Er begrüßt sie mit angststarrem Blick, als kündige sich in ihrem Kommen sein Verhängnis an. Er spricht hastig, wie jemand, der im Zeugenstand steht und eine vorbereitete Aussage verliest: »Ich habe sie letzten Freitag gegen zwölf Uhr mittags hier vorbeifahren sehen. Auf der Rückbank saß ein etwa zwanzigjähriger Mann mit dunkelbraunen Haaren, der eine grüne Jacke anhatte«, und dann zeigt er auf Hildegards Gummistiefel und erklärt, deren Grün entspreche dem der Jacke, die der Mann angehabt habe, ein Armeegrün, ja, Armeegrün.

»Können Sie uns seinen Namen nennen?«, fragt Delia freundlich.

»Nein … ich kann Ihnen nur die Buchstaben auf dem Nummernschild sagen … es waren die gleichen wie bei meinem Pick-up, TZY.«

»War es O'Kane?«, fragt Cassandra.

»Das könnte ich nicht sagen.«

»Aber Sie kennen ihn doch, Mick«, sagt Delia.

»Viele Leute kennen ihn … Sie kennen ihn ja auch … er ist eine wahre Pest.«

»Ich habe ihn eine Weile unterrichtet«, sagt sie. Sie hat auch Mick Raffertys Kinder unterrichtet und hat das Gefühl, dass er ihr am ehesten freundlich gesinnt ist.

»Ich habe Ihnen alles gesagt, was ich weiß«, sagt er und reicht ihr versöhnlich die Hand.

»Es war meine Idee, hierher zu kommen«, sagt sie, und ihre braunen Augen, groß wie Unterteller, blicken bittend in die seinen.

»Unbehagen macht sich schnell breit«, sagt er mit monotoner Stimme, wie jemand, der im Schlaf redet.

»In welche Richtung ist das Auto gefahren, Mick?«, fragt sie.

»Nach Portumna vielleicht … oder vielleicht auch

da hoch«, und er zeigt auf den breiten Streifen von Nadelbäumen.

Da fuhren sie zum Wald, einem Ort unbeugsamer Einsamkeit, riesengroß und still, sie stiegen aus und starrten auf das grüne Hinterland, Bäume dicht an dicht, der darin gefangene Wind wie das Schluchzen der See, starrten hinein und dann auf die verkohlten Baumstümpfe auf der anderen Seite, und dann warf Cassandra die Arme in die Höhe und fragte: »Und wo sollen wir anfangen ... Wo sollen wir mit der Suche anfangen?«

»Wir fangen damit an, dass wir uns das Wohlwollen der Polizei sichern ... und der Alteingesessenen, der Förster, all der Leute, die diesen Wald kennen wie ihre Westentasche«, sagt Delia.

Sie standen schweigend da, wollten nicht gehen, fanden es alle irgendwie unehrenhaft, sich wieder auf den Weg zu machen.

Als sie die Straße wieder zurückfahren, sehen sie, ein Stückchen vom Tor entfernt, Mrs. Rafferty mit einem Karton. Sie bedeutet ihnen zu bremsen, und sagt dann mit sich überstürzender Stimme: »Mein Mann ist sich zu siebzig Prozent sicher, dass es der Mann war, den Sie genannt haben.«

»Zu siebzig Prozent«, sagt Delia.

»So hat er es mir gegenüber ausgedrückt ... Es lastet ihm auf dem Gewissen«, sagt sie, und ihre dunklen Augen huschen hin und her.

»Wird er zur Polizei gehen?«

»Ich versuche, ihn dazu zu bringen, aber er hat Angst ... Wir fürchten alle um unser Leben«, sagt sie, und tief aus ihrem Innern steigt ein seltsamer, quälender Husten auf, wie ein Todesröcheln.

Kim überlegt laut, ob sie ihnen etwas erzählen soll, was nur sie weiß.

»Kim, bitte!«

»Letztes Jahr im September war ich zum Brombeerenpflücken in der Nähe von Eilys Haus, und da hat sich O'Kane auf seine typische Art an mich herangeschlichen und mich gezwungen, mit ihm zu dem Haus zu gehen ... Er hat gesagt, das wäre sein Hauptquartier und es solle verkauft werden, aber wenn jemand dafür bieten würde, dann würde er denjenigen erschießen.«

»Da haben wir's«, sagt Hildegard und bekreuzigt sich.

»Könnten wir vertraulich mit Ihnen sprechen?«, fragt Delia den großen Polizisten auf der anderen Seite der Theke.

Er weiß, dass sie wegen der vermissten Personen gekommen sind, und hat schon auf Abwehr geschaltet.

»Nur zu«, sagt er, macht jedoch keine Anstalten, sie ins Hinterzimmer zu führen, an dessen Tür »Privat« steht. Seine Ungeduld ist nicht zu übersehen, er klickt ständig mit dem Kugelschreiber und sortiert Unterlagen, während er so tut, als hörte er ihnen zu.

»Wir wollen, dass in Cloosh Wood eine Suchaktion durchgeführt wird«, sagt Cassandra.

»Cloosh Wood ... das sind über tausend Morgen. Es dauert allein vierzig Minuten, hin und wieder zurück zu fahren ... und wir haben nur vier Beamte auf dem Revier.«

»Es muss sein«, sagt sie.

»Warum gerade dort?«

»Es ist O'Kanes Gebiet«, sagt Kim.

»Das O'Kane-Fieber ... Warum denken alle nur noch an diesen Halunken? Wir behandeln das nicht als Entführungsfall ... es geht um eine Mutter und ihren Sohn, die irgendwohin gefahren sind.«

»Man hat ihn letzten Freitag in ihrem Auto gesehen«, sagt Delia sehr ruhig.

»Das heißt doch nichts ... Er trampt andauernd.«

»Aber er ist gefährlich«, sagt Kim.

»Das sind doch bloß Mickymaus-Verbrechen.«

»Mrs. Slaterys Auto zu verbrennen ist kein Mickymaus-Verbrechen ... auch, einen Rentner bewusstlos zu treten, ist kein Mickymaus-Verbrechen.«

»Wer hat ihn denn in ihrem Auto gesehen ... Ein Visionär?«, fragt er pampig.

»Nein, ein Farmer in der Nähe des Ortes ... Mick Rafferty ... aber er hält sich bedeckt ... seine Frau hat es uns gesagt.«

»Hm, das könnte ein Anhaltspunkt sein«, sagt er und schweigt kurz, dann greift er nach einem Block, um Namen und Adresse des Farmers zu notieren, und verwünscht dabei die Einheimischen – im Vergleich zu denen sei O'Kane doch nur eine halbe Portion, und trotzdem böten sie ihm Unterkunft mit Frühstück, statt ihn auszuliefern.

»Glauben Sie, er ist bewaffnet?«, fragt Kim.

»Nicht mit einer Schusswaffe ... vielleicht hat er eine Axt oder ein Messer.«

»Wenn sie tatsächlich bei ihm ist, was wird er dann wohl mit ihr machen?«

»Nicht viel ... er ist ein Einzelgänger, er würde sie wahrscheinlich dazu benutzen, von A nach B zu kommen, und dann verschwinden ... Frauen sind nicht seine Sparte«, sagt er, etwas verlegen, dieses Thema anschneiden zu müssen.

»Das stimmt nicht«, sagt Kim schroff.

»Wieso?«

»Vor zwei Jahren war ich mit dem Wohnwagen auf einem Campingplatz, auf dem er auch eine Weile war … an den Sommerabenden haben wir immer draußen an einem Picknicktisch gesessen, und da hat er eines Abends etwas gesagt, was ich lieber nicht gehört hätte.«

»Über Frauen?«

»Über Frauen und darüber, was er am liebsten mit ihnen machen würde«, sagt sie und senkt verschämt den Kopf.

»Würden Sie mit uns zu diesem Rafferty rausfahren und mit ihm sprechen?«, fragt Delia.

»Später … ich muss mir erst von einem Vorgesetzten das Okay geben lassen, und dann fahre ich hin und nehme seine Aussage auf.«

»Das ist meine Schwester«, sagt Cassandra und hält ein Foto von Eily hoch, da sie glaubt, es werde ihn erweichen, ihn zur Mitarbeit bewegen, diese riesigen, zutraulichen Augen unter der Krempe eines Strohhuts, das Gesicht blass und markant.

»Schöne Frau«, sagt er.

»Wir hätten das gern in der Zeitung.«

»Das wird Sie einiges kosten, sofern Sie nicht mit einem der Redakteure befreundet sind.«

»Und was ist mit dem Fernsehen?«

»Damit die anbeißen, muss sie seit mindestens einer Woche verschwunden sein.«

»Wissen Sie, Guard Tighe«, sagt Delia und legt die flachen Hände auf die Theke, ihr üppiger Körper weich und feminin, ihre bittenden Augen direkt auf seine gerichtet, sodass er nicht ausweichen kann, »Eily ist in ein Haus gezogen, das O'Kane als seins betrachtet.«

»Seine Höhle«, sagt er nüchtern.

»Die Höhle des Löwen«, gibt sie zurück.

»Und dort findet er Frau Löwe vor.«

»Und das Löwenkind«, sagt Delia, und ihre Stimme verklingt.

Auch er verstummte, doch sein Verstand arbeitete jetzt schneller, und sein schmales, bleiches Gesicht war von einem Netz feinster Fältchen überzogen.

VERDACHT

Schon auf den ersten Blick sah Aileen, dass etwas mit ihm nicht stimmte, sie spürte es, sobald er hereinkam, triefnass, die Haare angeklatscht, die Augen rußschwarz und hohl. Hin und her, hin und her, vom Küchenfenster zum Seitenfenster, von der Hintertür zur Flurtür, nervös horchte er auf das geringste Geräusch, öffnete mit einem Fußtritt die Schranktüren, denn es könnte sich ja jemand dahinter verstecken. Er wollte saubere Unterwäsche, und zwar schnell. Sie zankten sich deswegen. Sie erklärte, er sei jetzt nicht mehr in einem englischen Hotel, sollte heißen, im englischen Gefängnis, und seine Granny sei keine Wäscherin.

»Wo ist meine Granny überhaupt ... schließlich wohnt sie hier, nicht du.«

»Ich komme dienstags immer her, um ihr zu helfen.«

»Wo ist sie?«

»Sie ist draußen auf dem Feld, um einem kranken Kalb Medizin zu geben ... muss die Arbeit von einem Mann tun, eine Frau in ihrem Alter. Wo warst du die ganze Zeit?«

»Im Wald.«

»Und was hast du im Wald gemacht?«

»Das wüsstest du wohl gerne, was?«

»Ich sehe schon, du bist mal wieder in deiner gehässigen Stimmung.«

»Gib mir endlich die Scheißunterhosen«, schreit er, während sie in einem Wäschekorb wühlt und verschiedene Kleidungsstücke herauszieht, Socken, Kissenbezüge, Lappen. Er streift seine Jeans ab und wringt sie über dem Fußboden aus, und als er ein Auto vorbeifahren hört, schrickt er zusammen, rennt in den hinteren Flur und ruft ihr zu, sie solle verdammt noch mal die Türen abschließen, damit die Bullen nicht reinkämen. Als er die gestreifte Unterhose über seine dreckige weiße zieht, fragt sie ihn, ob er denn völlig übergeschnappt sei, und versucht, sie ihm wieder herunterzuziehen, denn, so sagt sie, wenn ihm irgendwas passiere, wenn er zum Beispiel einen Unfall habe, würden ihn die Leute sonst für abartig halten. Er lachte und zog sich die Unterhose bis zur Taille hoch, und für den Bruchteil einer Sekunde erkannte sie den Clown seiner Kindertage in ihm wieder. Als sie seinen Anorak aufhob, um ihn vor dem Kamin zu trocknen, fiel er ihr fast wieder aus der Hand, so schwer war er.

»Meine Güte, wie kannst du denn den tragen … der wiegt ja eine Tonne«, sagte sie, und er riss ihn ihr aus der Hand und sagte, sie solle die Finger von seinen Sachen lassen, solle sich um ihren eigenen Kram kümmern. »Was ist denn bloß mit dir los?«

»Die sind mir auf den Fersen … die kommen mich holen.«

»Niemand kommt dich holen … da draußen ist niemand … das ist nur Regen, der aus der Dachrinne tropft.«

Sie musste die Tür öffnen und zur hinteren Mauer gehen, um nachzusehen, ob dort jemand lauerte. Und da entdeckte sie es, an ein Rohr gelehnt, mit verschiedenfarbigem Plastik umwickelt und mit unterschiedlichen Schnüren zusammengebunden. Sie blieb stehen, schaute es an und rief: »Was ist denn das?«

»Eine Angel.«

»Eine Angel ... du angelst doch gar nicht.«

»Es ist Saison ... Die Eintagsfliege ... Lauter Franzosen und Deutsche und Holländer im Hotel ... Die werden mich als Angel-Gehilfen anheuern.«

»Das ist keine Angel«, sagt sie, während sie es mustert.

»Es ist eine Vorhangstange.«

»Wozu solltest du denn eine Vorhangstange brauchen, du kampierst doch draußen im Wald.«

»Ich habe eine schöne Wohnung ... Die renoviere ich gerade ... ich und noch jemand.«

»Ich hoffe, sie bringt dich wieder auf die richtige Bahn ... Vater hat hier angerufen und erzählt, du hättest ihn bei der Straßenarbeit fast überfahren, ihn und noch drei andere ... Du klaust also immer noch Autos ... du wirst bald wieder Ärger am Hals haben.«

»Niemals ... Ich spiele jetzt in der ersten Liga.«

Sie bat ihn eindringlich, es nicht hereinzuholen, denn sie wusste sehr wohl, was es war. Er legte es mit großer Geste auf den Tisch, löste langsam die Knoten und wickelte es noch langsamer aus, als wäre Weihnachten und er würde ein Geschenk auspacken. Er schaute sie an, während sie ihm zuschaute, und seine Augen leuchteten auf. Beim Anblick der grauen Gewehrmündung entfuhr ihr ein Schrei. Als er es vollständig ausgepackt hatte, legte er den Finger auf den Abzug und ließ ihn dort liegen, spielerisch, quälend, und während dieser unendlich langen Minute stand sie nur da und guckte, wagte nicht, etwas zu sagen, sah es nur an und wartete darauf, dass es losging. Als er sicher war, dass er ihr Angst eingejagt hatte, nahm er den Finger vom Abzug, entspannte den Verschluss, und es lag da wie ein zerbrochener Ziergegenstand, der bräunliche Kolben mit schwarz eingraviertem Schriftzug, der silbrige Hahn, der metallene Lauf wie ein Fernrohr, dessen Objektiv sie und alles, was sich in der Küche befand, erfasste.

»Pack es wieder ein und schaff es raus«, sagte sie.

»Du willst, dass ich geschnappt werde, stimmt's?«

»Ich will nicht, dass du geschnappt wirst, ich will, dass du mit mir redest ... Ich will, dass du mir sagst, ob du dabei bist, dich in eine Lage hineinzumanövrieren, aus der du nicht mehr rauskommst.«

»Ich schieb nie wieder Knast ... weder ich noch Onkel Rodney«, sagte er, streichelte es und legte seine Wange daran, und da wusste sie, dass hier etwas nicht stimmte, dass hier etwas sehr eigenartig war.

»Warum hast du diesen Jemand nicht mitgebracht?«

»Sie schläft den ganzen Tag.«

»Oh, ein Dornröschen.«

»Ein Dornröschen«, sagte er zum Spiegel und fragte ihn, ob er ihn attraktiv finde oder ob er zu fett sei.

Als sie ihre Großmutter und den Hund hörte, sagte sie ihm, er solle um Himmels willen das Ding wegpacken, es verstecken. Seine Großmutter hatte kaum die Küche betreten, da war sie auch schon zu ihm gelaufen, umarmte ihn, fragte, warum er nicht schon früher gekommen sei, warum Aileen ihm noch kein Abendessen gemacht habe, warum er einen Schnurrbart habe, warum das kleine Bärtchen. Sie schaute ihn immer wieder an, bedauerte, dass er älter aussah, und hoffte bei Gott, dass er jetzt auf dem richtigen Weg sei und ein ganz neues Leben anfange.

»Die haben mir in diesem Scheißengland meinen Kopf versaut«, sagte er.

»Drück dich nicht so unflätig aus, mein Sohn.«

»Aber mein Herz nicht«, sagte er und ließ zu, dass sie die Umrisse seines Schnurrbarts nachfuhr.

»Dein weiches Herz«, sagte seine Granny, und dann erzählte sie von jenem Tag in der Leichenhalle, als seine Mutter gestorben war, es habe damals geschneit, und er sei das Treppengeländer heruntergerutscht und hinausgegangen, um einen Schneeball zu holen, mit dem er seiner Mutter dann übers Gesicht gefahren sei, um sie wiederzubeleben.

»Sie wiederzubeleben!«, sagte Aileen und beobachtete ihn, während er die Türen und Fenster beobachtete.

Als ein Auto in den Hof einbog, rief er ihnen zu, sie sollten die Tür abschließen.

»Das ist doch nur Tom ... dein Cousin Tom ... er kommt, um den Rasenmäher abzuholen«, sagte seine Granny und befahl ihm, sich hinzusetzen.

»Was ist denn dieses Ding da draußen, mit dem Plastik drüber?«, fragt Tom, als er in die Küche kommt und dort O'Kane vor einer Tasse Tee und einem Stück Apfelkuchen sitzen sieht.

»Ein Gewehr«, sagt Aileen scharf.

»Ein Gewehr!«, ruft seine Granny aus.

»Ich würde es niemals benutzen, um jemandem was zu Leide zu tun ... niemals.«

»Du solltest es besser verschwinden lassen ... Ich bin ein paar Kilometer von hier an einem Streifenwagen vorbeigekommen«, sagt Tom.

»Wohin sind die gefahren?«

»Vielleicht dich suchen«, erwidert Tom, er klappt die Ofentür auf und zu, um seiner Besorgnis Ausdruck zu verleihen, dann geht er an die Anrichte, nimmt aus einer Suppenterrine den Zeitungsausschnitt heraus und legt ihn auf den Tisch.

»Gute Arbeit«, sagt er und hält das von einer Videokamera aufgenommene Bild hoch, auf dem man sieht, wie O'Kane eine alte Dame überfällt.

»Eine arme Frau ... so alt wie ich«, sagt seine Granny mit Tränen in den Augen.

»Das war ich nicht ... Das haben sie mir angehängt ...«

»Du hast hier nichts verloren«, sagt Tom zu ihm.

»Ich bin gekommen, um meine Granny zu besuchen.«

»Und ich bin froh, dass du gekommen bist, mein Junge ... wir haben eine sehr harte Zeit hinter uns ... du hast uns einen ganz schönen Schrecken eingejagt, als du damals mit dem Messer auf deine Schwester losgegangen bist ... hast uns allen Angst gemacht ... und immer läufst du weg.«

»Kann ich bleiben, bis es ganz dunkel ist?«

»Ich weiß nicht ... Es hat sich einiges verändert, seit du in England warst.«

»Keiner hat mir geschrieben ... nicht mal du.«

»Ich wusste nicht, was, mein Sohn ... Jetzt wird mir klar, dass ich hätte schreiben sollen.«

»Ich verschwinde, bevor es hell wird.« Er schaut seine Großmutter zärtlich an, dieser Blick, mit dem er verspricht, dass er nichts Böses tun wird, und sie schaut zerquält zurück, dann greift sie in eine Schublade, zieht Geld heraus und steckt es ihm in die Tasche.

»Ich hab vor einer Weile im Wald ein Auto abgebrannt.«

»Wessen Auto?«, fragt Aileen.

»Eine alte Kiste ... die Gangschaltung hat nicht funktioniert ... und der Auspuff hatte ein Loch.«

»Komm mit raus«, sagt Tom und nimmt die schwere Jacke von der Stuhllehne.

Er sitzt hinten in Toms Auto, das Gewehr unter einem Sack auf dem Boden des Wagens, Tom hat das Radio voll aufgedreht und tritt aufs Gas.

»Wofür hast du das Gewehr überhaupt?«

»Um Kaninchen zu schießen.«

»Und wo hast du es her?«

»Ich hab es einem Mann namens Gleeson abgekauft … zwanzig Pfund hab ich dafür bezahlt.«

»Du meinst, du hast es gestohlen.«

»Ist das eine Falle … fährst du mich zur Polizeiwache?«

»Grundgütiger Gott … Ich wollte dich am Kreisverkehr absetzen.«

»Halt an … Ich geh lieber zu Fuß.«

»Nur zu gern«, und während Tom bremst, endet mit einem Mal die Musik, und eine Nachricht wird durchgegeben. Sie hören, dass in einem etwa fünfzehn Kilometer entfernten Bezirk eine Frau und ein Kind vermisst werden. Der Ansager nennt den Namen der Frau, Größe, Alter, Beruf sowie die Marke des Autos, in dem sie zum letzten Mal gesehen wurde, außerdem Alter und Haarfarbe des Kindes.

»Das sind heilige Bande zwischen Mutter und Kind«, sagt O'Kane.

»Was weißt du denn von heiligen Banden«, sagt Tom, der ihn nun bei laufendem Motor aus dem Auto schiebt und ihn verflucht, weil er sie alle unglücklich macht.

O'Kane geht, das Gewehr verbergend, die Straße entlang, schrickt jedes Mal zusammen, wenn ein Auto vorbeiflitzt, weiß nicht, ob er es riskieren soll, in die Stadt zu gehen, in seinem Innern wieder die Stimme, die sagt: »Bring das in Ordnung … bring das in Ordnung.« Als er die Ampel sieht, bleibt er stehen und überlegt. Er erinnert sich an einen

Fish & Chips-Laden und an das Haus des Priesters, wo er früher öfter den Rasen gemäht hat.

Das Haus des Priesters liegt an der Zufahrtsstraße zur Stadt, eine kurze Allee führt zu ihm hin. Die Lichter sind alle aus, und das Auto ist nicht da. Er überlegt, ob er durch das hintere Fenster einbrechen soll, aber das könnte Komplikationen geben, also begibt er sich stattdessen zum Warten hinter eine niedrige Mauer. Dort kniet er im peitschenden Regen, Regengüsse aus den Bäumen über ihm, sauberer Regen, der ihn reinwäscht, er streckt ihm Gesicht und Körper entgegen, lässt ihn in sich eindringen, sich ganz von ihm durchdringen, sodass ein unschuldiger Sohn aus ihm wird.

Es war ein anderer Priester, jung und dunkelhaarig, mit einer goldenen Uhr und einer schicken Wildlederjacke.

»Helfen Sie mir?«, fragte er ihn.

»Wer bist du?«, fragte der Priester leicht gereizt.

»Ich kannte Father Hayes ... Ich habe früher hier ausgeholfen ... Habe den Rasen gemäht.«

»Father Hayes ist verstorben. Was kann ich für dich tun?«

»Da ist jemand im Wald, dem geht es gar nicht gut ... Sie müssen mich hinfahren.«

»Was heißt das, dem geht es gar nicht gut?«

»Er ist hingefallen und hat sich den Hals gebrochen.«

»Aber warum kommst du gerade zu mir, und das auch noch um diese Zeit?«

»Sie sind Priester ... Gottes Bruder.«

»Ich kenne dich doch nicht einmal.«

»Wenn wir nicht fahren ... dann wird das eine finstere Nacht.«

»Wie meinst du das?«

»Er braucht die letzte Ölung.«

»Na gut, wenn es so schlimm ist ... dann müssen wir wohl fahren«, sagte der Priester und öffnete zögernd die Tür, um ihn einzulassen.

FATHER JOHN

Ich schreibe dies in einem leeren Haus, während der junge Mann neben mir liegt und schläft. Draußen vor den ladenlosen Fenstern einsame Stille und der riesige Wald, Schauplatz irgendeines schrecklichen Ereignisses, von dem er mir nichts erzählen will. Einmal hat er gedroht, mich umzubringen. Ich glaube nicht, dass er es tun wird. Ihn zu fragen, warum er mich umbringen will, ist völlig sinnlos, genauso gut könnte ich ihn fragen, warum seine Augen dunkel sind und meine grau. Aber er behauptet, mich zu mögen, sagt, er möge mich seit unserem kleinen Zwischenfall, weil ich keine Angst gezeigt hätte. Ich bin mir ziemlich sicher, dass er aus einer Irrenanstalt ausgebrochen ist und in einer der Grafschaften gesucht wird.

Er sieht so jung aus, wie er da auf dem Boden liegt und schläft, mit Kuchenkrümeln in den Mundwinkeln. Ein Biskuitkuchen war es, den mir Baba Melody mitgegeben hat, als ich am frühen Abend von ihr wegging. Ein Biskuitkuchen und elf Enteneier. Er hat mich im Regen erwartet, als ich in meine Einfahrt gefahren kam. Ich konnte es kaum glauben. Er behauptete, er sei gerade aus England zurückgekommen, und bei ihm in der Gegend sei jemand in Schwierigkeiten und brauche die letzte Ölung. Auf der Fahrt fragte ich ihn, warum er an so einem ungemütlichen Abend draußen unterwegs sei, und er sagte: »Das ist alles das Werk des Teufels«, und plötzlich befahl er mir zu wenden. Zuerst dachte ich, er macht Witze, aber dann schob er den Lauf seines Gewehrs unter seinem Anorak hervor, und ich weiß gar nicht, was mir am meisten Angst machte: das, sein zusammenhangloses Gerede oder seine so genannten Witze. Als wir an dem mit hohen Zedern bestandenen Grundstück eines Hotels vorbeikamen, warf er die Enteneier aus dem Fenster und lachte dabei unbändig. Er fragte, ob die Eier ein Geschenk meiner Freundin seien. Ich sagte, ich hätte keine Freundin, ich sei Priester und hätte das Keuschheitsgelübde abgelegt. Er machte sich darüber lustig und sagte, unter dem Habit seien wir doch alle gleich. Dann fragte er, wer das Spiel gewonnen habe, und ich sagte, es habe kein Spiel gegeben, es sei ein normaler Wochentag und nicht Sonntag. Er sagte, ihm seien ein paar Tage durch die Lappen gegangen, er habe sich irgendwo in einem Loch verkrochen, und eines Morgens sei er dort aufgewacht und ein junges Fohlen habe ihm das Gesicht geleckt. Er sagte, er müsse in den Wald, Wälder seien die einzigen sicheren Orte.

Der erste Wald, mit dem wir es probierten, war durch eine verschlossene Schranke abgesperrt, und er sagte, das würden die noch bereuen, der Förster würde es bereuen, er würde wiederkommen und ihn fertigmachen. Er redete und redete und redete. Das Seltsame ist, dass es eine Verbindung zwischen uns gibt, wie ich nach einer Weile entdeckte, und zwar über seine Schwester. Ich habe ihr Kind getauft, seinen Neffen, und auf einem der Fotos ist auch er zu sehen, in einem sauberen Anzug, das Kind auf dem Arm. Er fragte mich, ob ich fände, dass er gut aussehe. Ja, sehr, sagte ich. Er erzählte, seit damals sei er mehrfach im Gefängnis gewesen und dort zu einem ziemlichen Rowdy geworden. Forderte mich immer wieder auf, schneller zu fahren.

Als wir zu dem Weg kamen, der in den Cloosh Wood hineinführt, wurde er sehr aufgeregt und fragte, ob ich ihm helfen würde. Er nahm mir das Versprechen ab, ihm auf jeden Fall zu helfen, egal, wie furchtbar der Schock sein würde. Ich gab ihm mein Wort. Wir gingen, oder ich sollte wohl besser sagen, stolperten auf tückischem Boden durch einen sehr dunklen, sehr matschigen Wald, der riesengroß schien. Plötzlich rannte er zur einen Seite davon und kam mit einer Taschenlampe wieder, die er offenbar dort versteckt hatte. Sie flackerte und erlosch bald ganz. Plötzlich überkam mich eine eisige Kälte. Ich kann nicht sagen, was es war, denn er ließ mich nicht näher heran. Ich hatte einfach das Gefühl, dass wir uns einem Ort fürchterlichen Unheils näherten, und begann instinktiv ein paar Gebete für das Geschöpf zu sprechen, das womöglich dort lag, an diesem unendlich einsamen Ort. Er wurde fuchsteufelswild, behauptete, ich wolle ihm etwas anhängen, genau wie all die anderen »Arschlöcher«. Irgendwie gelang es mir, ihn zu beruhigen, und wir schlugen uns durch Unterholz und Dunkelheit zu einem leer stehenden, gespenstisch wirkenden Haus durch, in dem er angeblich als Kind gewohnt hatte. Er sagte, das sei die glücklichste Zeit seines Lebens gewesen, weil der Wald so nah gewesen sei. Ich glaube, er hatte mich eigentlich hergebracht, damit ich irgendjemandem die letzte Ölung verabreichte, hatte es sich dann aber verwirrenderweise doch anders überlegt. Er sagte immer wieder: »Ich bin ein Tier … Ich bin ein Tier.« Als ich vorschlug, ihm die Beichte abzunehmen, explodierte er, sagte, ich solle mich um meinen eigenen Mist kümmern, behauptete, ich sei Teil eines Geheimbundes, der ihn kaschen wolle. Ich erinnerte ihn an das Beichtgeheimnis und sagte, ich würde niemandem verraten, was er mir anvertraute. Daraufhin sagte er, er habe mich irregeführt. Die gefährdete Person befinde sich in einem ganz anderen Wald und werde dort von einer Bande gefangen gehalten. Ich hatte den Eindruck, dass er log. Ich sagte ihm, dass es das Beste wäre, wenn wir uns zusammensetzten und über alles redeten, bis es hell werde. Ich sagte, nachts sei alles schlimmer, jede Angst sei schlimmer, jeder Verdacht sei schlimmer. Ich fragte ihn, ob er Hunger habe, und er sagte, ja, und wie. Ich schickte ihn zum Auto, den restlichen Biskuitkuchen holen, und er kam kauend zurück. Es war richtig unnatürlich, wie er den Kuchen betatschte, und während er ihn aß, saugte er ihn zugleich ein, so als nehme er Essen und Trinken in einem zu sich.

Wir saßen auf dem Dielenboden, und ich versuchte, seinen Zustand etwas zu stabilisieren, erzählte ihm Neuigkeiten aus der Gemeinde, von den Kindern, die kurz vor der Erstkommunion standen, einem Hurlingspiel, das ich am Sonntag gesehen hatte, und dem Urlaub, den ich im Herbst im Heiligen Land machen werde. Plötzlich nahm er sein Gewehr und hielt es sich an den Kopf, und ich sprang auf und versuchte, es ihm aus der Hand zu winden. Wir kämpften wie Soldaten, zerrten einander durch den ganzen Raum, und er bat mich, ihn zu erschießen, ja, er flehte mich an, sagte, er verdiene zu sterben und wäre besser dran, wenn er nicht mehr auf dieser Welt sei. Ich fragte ihn, wie er das meine, und erregte damit unglücklicherweise erneut seinen Zorn. Er griff nach dem Gewehr, spannte fachmännisch den Hahn, zielte auf mich, den Finger auf dem Abzug, und sagte: »Fröhliche Weihnachten ... Das ist für dich, Weihnachtsmann.« Das Krachen, die Wucht, mit der das Blei durch die Täfelung jagte, das winzige Loch, das alles war eine Sache von kaum einer Sekunde. Wie schnell doch ein Leben beendet werden kann, und wie unüberlegt. Ich fragte nach dem Grund dieses Wutausbruchs. Er sagte, ich hätte ihn mir selbst zuzuschreiben, ich sei in böse Umtriebe verstrickt, sei mit dem Teufel verbündet, insbesondere einer Teufelin, sei im Begriff, die Kinder des Teufels zu taufen. Ich wies ihn darauf hin, dass ich ihn dann doch in jenem Moment der Verwundbarkeit, als er mich selbst darum gebeten habe, hätte töten können. Er dachte darüber nach und schien es zufrieden, zog aber trotzdem eine Schachtel Munition hervor und lud das Gewehr vor meinen Augen nach. Ich verbarg meine Angst, da ich annahm, sie zu zeigen werde ihn nur provozieren.

Er entschuldigte sich dafür, dass er mich ausgewählt habe, sagte immer wieder, niemand sei auf seiner Seite, wiederholte die Namen von christlichen Brüdern und Gefängniswärtern, die ihn angeblich brutal behandelt hätten. Er fragte, ob wir am nächsten Morgen zum Grab seiner Mutter gehen könnten, er wolle mit ihr sprechen, wolle beten, sich alles von der Seele reden. Bevor er einnickte, bedankte er sich bei mir und sagte, ich sei tapfer gewesen, als er den Schuss abgefeuert habe. Ich glaube nicht, dass er mich töten wird, deshalb bin ich geblieben. Ich glaube, ganz tief in seinem Innern braucht er einen Freund, und dieser Freund werde ich sein. Er hat gesagt, ein Hund hätte ein besseres Leben als er. Mein ganzes Priestertum, so glaube ich jetzt, war auf diesen Moment ausgerichtet, auf diese dunkle Seelennacht, die Wache über einen Jungen in großer Seelenqual.

SCHATTEN

Sie erschrecken vor den Schatten ihrer Schatten und den dichteren Schatten der Grabsteine, die, umhüllt von der Abenddämmerung, zusammenzustoßen scheinen. Es hat wieder angefangen zu regnen, und der See ist aufgewühlt wie ein Meer, stürmische Wellen schlagen ans Ufer, und die alten verkrümmten Dornensträucher knarren und quietschen, ein Quietschen wie von Feldmäusen.

Es sind alles Frauen, alle nervös, müde, mit schmerzenden Füßen; ihr Argwohn ist gewachsen, seit sie am Morgen mit ihrer Suche begannen, alles durchkämmten, leer stehende Häuser, Wohnwagen, Nebengebäude, Pferdeboxen, unbenutzte Lehmöfen, die schmalen Buchten entlang des Seeufers, wo kleine Boote in ihrem Schilfbett schlingerten und wippten.

Sie waren zum Grab seiner Mutter gegangen, was einige richtig fanden und andere nicht, bildeten einen Kreis darum, so als glaubten sie, dort irgendeinen Anhaltspunkt dafür finden zu können, dass er kürzlich hier gewesen war, als erwarteten sie, dass von dem hohen Grabstein und dem feuchten Erdhügel irgendetwas emporschweben würde, eine geflüsterte Botschaft aus einer anderen Welt, eine Erlösung. Zugleich haben sie Angst, dass O'Kane hinter einem der Grabsteine lauern und jeden Moment auf sie schießen könnte. Gladys erzählt, ihr Bruder, ein Polizist, habe gesagt, wenn jemand erst einmal einen Menschen erschossen oder verstümmelt habe, sei es ganz einfach, das wieder zu tun.

»Wer redet denn von erschießen oder verstümmeln? Niemand«, sagt Lorna, die wegen ihrer entfernten Verwandtschaft mit O'Kane gereizt ist, sie ist eine Cousine dritten Grades.

»Fragen wir doch seine arme Mutter«, sagt Martha, kniet nieder und winkt den anderen, sich ebenfalls hinzuknien.

»Frag sie, warum sie ihn so beschissen aufgezogen hat«, sagt Nancy.

»Psst, psst.«

Sie wollen gerade anfangen, den Rosenkranz zu beten, da steht Ming plötzlich auf, schaut aufs Wasser hinaus und sagt mit schriller, hysterischer Stimme: »Warum sind wir hier, auf einem Friedhof? Das ist so negativ.«

»Es ist notwendig«, faucht Lorna.

»Ihr Frauen seid alle verrückt ... ihr fällt alle viel zu schnell ein Urteil«, sagt Ming daraufhin, und sie können es nicht glauben, dass ausgerechnet sie ihnen Vorwürfe macht, sie, die doch immer so höflich, so reserviert, so artig war und nie unaufgefordert über die Schwelle getreten ist, wenn sie mal bei ihnen vorbeikam, nie.

»Es war dumm, hierher zu kommen«, sagt sie trotzig.

»Wie kannst du das sagen? Wir haben unsere Arbeit liegen lassen ... haben unsere Kinder bei anderen untergebracht«, sagt Nancy.

»Ihr macht das alle nur aus Pflichtgefühl ... wegen eurem Ruf ... ihr seid Heuchlerinnen ... ihr, ihr, ihr«, sagt sie, kreideweiß im Gesicht, ihr schwarzes Haar vor Nässe triefend, wie eine Tragödin in einem Schauspiel.

»Was ist los, Ming?«, fragt Martha und streckt ihr die Hand hin.

»Sie ist nicht hier am Wasser … Ich bin mir hundertprozentig sicher.«

»Du bist bloß aufgeregt … bist einfach ein bisschen überreizt.«

»Ming ist Ausländerin … sie fühlt nicht so wie wir … die haben kein Herz, keinen Glauben … die kommen bloß in unser schönes kleines Land, um uns auszunehmen«, sagt Lorna.

»Lorna, bitte … bitte … wir sind schon angespannt genug.«

»Ihr geht alle so schnell«, sagt Ming. »Ihr kennt die Gegend … Ich kenne sie nicht … Ich stand plötzlich allein auf einem nassen Feld und dachte, ich müsste nach Norden … Ich habe euch gebeten, auf mich zu warten, und eine von euch hat es mir versprochen, aber dann ist sie verschwunden … Ich habe mich gefürchtet … ich hatte Angst.«

»Was wissen wir denn, wo Norden oder Süden ist … wir sind keine Kompasse, wir sind Menschen«, gibt Lorna scharf zurück.

»Das ist alles Eilys Schuld«, sagt Ming.

»Du bist wütend auf sie … du, die Frau, die sie wirklich kannte … ihre Freundin, ihre Vertraute!«, sagt Gladys.

»Ich kannte sie nicht … niemand kannte sie … sie hatte Geheimnisse, von denen sie nie sprach.«

»Zum Beispiel?«

»Das darf ich nicht sagen … bitte, verzeiht mir … In meinem Kopf geht es ganz wirr zu im Moment«, und sie verbeugt sich zerknirscht vor jeder von ihnen.

»Auch in unseren Köpfen geht es wirr zu, aber wir gehen irgendwie damit um«, sagt Martha müde.

»Du hast doch bei Eily gewohnt, stimmt's?«, fragt Nancy.

»Ja, letztes Jahr … Ich habe komische Geräusche bei mir im Garten gehört und konnte nicht schlafen … wahrscheinlich Füchse … Ich habe das Eily gegenüber erwähnt, und am nächsten Morgen habe ich auf meiner Fußmatte einen Zettel gefunden: Wenn ich wollte, könnte ich mit in ihrer Wohnung wohnen, hier in der Nähe, mit Blick auf den See. Sie war sehr liebenswürdig … hat mich sehr herzlich aufgenommen … aber dann kam eines Abends ein junger Mann mit kurzen blonden Haaren, und sie hat versucht, mich ihm nicht vorzustellen … Sie wollte nicht, dass ich wusste, dass er ihr Freund war, und genauso wenig wollte sie, dass er wusste, dass sie Mutter war … Sie hat viel verborgen.«

»So … womöglich bist du ja der gleichen Ansicht wie die Polizei … womöglich liegen die gar nicht so falsch mit ihrer Behauptung, dass sie sich bloß ein vergnügliches Wochenende mit irgendeinem Kerl macht.«

»So habe ich das kein bisschen gemeint. Sie hat viel verborgen, aber eine Hure ist sie nicht.«

Ming wünscht jetzt, ihre strapazierten Nerven hätten sie nicht im Stich gelassen. Sie hat das Gefühl, dass sie irgendetwas sagen muss, um Eilys Ruf zu retten, und so fügt sie fast großspurig hinzu: »Sie hatte eine sehr ausgeprägte spirituelle Seite … sie hat immer in einem heiligen Buch gelesen, bevor sie ins Bett ging.«

»Klar – mit einem Kerl im Schlepptau.«

»Entschuldige, aber du hast keine Wahrheit«, sagt Ming zu Lorna.

»Wie meinst du das?«

»Sie hat nach Höherem gestrebt.«

»Und zwar nach was?«

»Nach dem Guten … nach Spiritualität.«

»Sie hat sich's gern gut gehen lassen.«

»Das ist deine Sichtweise ... aber nach der buddhistischen Lehre enthält die unbeschriebene Schriftrolle den wahren Sinn.«

»Du spinnst ja.«

»Die spinnt ja.«

Plötzlich schreien sie alle, fallen über sie her, jede von ihrer eigenen Angst gequält, der Vorstellung, die eigenen Kinder wären mit einem Mal aus ihren Betten verschwunden und lägen in irgendeinem Moorloch. Als sie jenseits des überdachten Friedhofstors eine Gestalt sehen, schrecken sie zusammen, horchen auf das Schaben von Metall über der grasbewachsenen steinernen Stufe.

»Das ist er. Das ist O'Kane«, sagt Lorna.

»Bleibt zusammen«, sagt Martha und winkt sie näher zueinander.

»Los, wir rufen«, sagt Nancy, und sie stehen im Pulk da, während die Gestalt zwischen den Grabsteinen langsam auf sie zukommt, den Hut ins Gesicht gezogen, was ihre Ängste noch steigert, bis Lorna erkennt, dass das Milo ist, ihr Mann, und ruft: »Was machst du denn hier?«

»Ich habe Hunger ... Die Kinder haben Hunger ... es steht kein Essen auf dem Tisch.«

»Und dafür erschreckst du uns zu Tode«, sagt sie.

»Eure Suche ist jedenfalls abgeblasen worden.«

»Hat man sie gefunden?«

»Nein, aber ihr Auto ... ausgebrannt, auf einem Feld knapp vierzig Kilometer von hier.«

»Das sollte uns aber nicht davon abhalten, hier weiterzusuchen ... in dieser Gegend.«

»Jedenfalls sagt die Polizei, sie hätten eine Spur, und durch Fußspuren und so was könnte wichtiges Beweismaterial zerstört werden, und deshalb ist eure Suche abgeblasen worden.«

»Wer hat das angeordnet?«

»Es wurde im Radio bekannt gegeben ... allerdings habe ich im Ort einen jungen Polizisten getroffen, und der wusste von nichts ... er hat behauptet, die Polizeiaktion sei in vollem Gange.«

»Wer weiß denn hier überhaupt etwas ... Wer trägt die Verantwortung ... Wer sagt, wo's langgeht?«

»Alles ungeklärt.«

»Alles Murks«, sagt Milo, und mit einem Gefühl des Versagens und der Vergeblichkeit ziehen sie davon, ihm nach, merken nicht einmal, dass Ming am Grab zurückbleibt.

Sie folgte ihnen nicht. Sie hatte Angst vor ihnen, ihrem Körperumfang, ihrer Härte, der Art und Weise, wie sie sich alle auf sie gestürzt hatten. Sie hätte gern geweint, denn innerlich weinte sie, doch irgendetwas sagte ihr, dass sie nicht weinen dürfe – »Wenn ich Tränen vergieße, wird eine Tragödie geschehen«, sagte sie laut zu dem Grab und den raunenden Bäumen. Wenn sie ihre Tränen unterdrücken könnte, würde Eily sicher sein.

Als sie aufblickte, sah sie menschliche Gesichter zwischen den Grabsteinen, lustige, lachende Gesichter, und in diesem Moment wusste sie, dass auch sie im Begriff war, wahnsinnig zu werden. Sie stand auf, schaute hinaus auf das dunkle Blau des Wassers, ein Preußischblau, und sagte sich immer wieder, dass sie nicht weinen dürfe, denn wenn sie Tränen vergoss, würde eine Tragödie geschehen, wiederholte es ein ums andere Mal und starrte hinaus auf das Eisenblau des Wassers.

SUCHE

Am nächsten Morgen in aller Frühe zog wieder eine Gruppe Frauen los, der Nebel ein wattiges Weiß, eine Präsenz, es war, als bahnten sie sich ihren Weg durch Netzgewebe. Sie waren unterwegs zum Cloosh Wood.

Im Wald flüstern sie, bewegen sich leise, vorsichtig, manchmal notgedrungen kriechend, unter einem Strebewerk aus abgebrochenen, hängenden Ästen hindurch, von jeder Regung in Angst versetzt, voller Grauen vor dem, was sich hinter dem nächsten oder dem übernächsten Baumstamm verbergen mag, ein wenig atemlos in der schwülen, stillen Luft, und dann fährt ihnen der Schreck in die Glieder, denn sie haben einen Wildvogel aufgescheucht, gesprenkelte Federn in panisch verstörtem Flug. Ängstlich und doch von einer Art blinder Intuition getrieben, überzeugt, dass ihre Entschlossenheit sie zu Mutter und Sohn führen wird, stolz, sich von der Polizei und den anderen Freiwilligen aus der Gegend abgesetzt zu haben.

Sie haben sich verteilt, haben versprochen, einander zum Beistand in regelmäßigen Abständen zuzurufen. Unendliche Einsamkeit, die Bäume wie Säulen, ehern und erhaben, Bäume, die nicht von Menschenhand gepflanzt zu sein scheinen, Gräben voll braunem Wasser, von Insektenschwärmen überzogen, ein erdrückender Ort.

Plötzlich hören sie Josephine rufen: »Kommt her … Kommt her, schnell!« Sie rennen durch das Unterholz zu ihr und sehen sie mit dem Regenschirm auf etwas zeigen, das auf dem Boden liegt. Es ist ein Kinderschuh aus rosa Leinen, schlammverkrustet und ohne Schnürsenkel. Der Anblick lässt sie erschaudern. Sie bilden einen Kreis darum, halten einander fest, und er spricht ihnen von einem Kind, das vor kurzem hier war, das seinen Schuh verlor und ihn nicht wieder anziehen durfte. Er spricht von Eile und Gefangenschaft und sogar von Gewalt. Sie suchen jetzt im Gebüsch, knien sich hin und graben in vielen Jahren übereinander geschichteter feuchter Kiefernnadeln, greifen in die unteren Zweige der Bäume und schütteln sie in der Hoffnung, einen zweiten Schuh zu finden, eine Strickjacke, einen Mantel, irgendeinen Hinweis darauf, dass sie hier vorbeigekommen sind.

Anya ist die Erste, die ruft. »Maddie«, sagt sie, dann »Eily«. Sie klingt gedämpft, nervös, sieht die anderen an und erwartet beinahe, getadelt zu werden, doch dann fasst sie Mut, schreit kühn die Namen heraus, Eily und Maddie, und die anderen schließen sich an, sodass der schläfrige Wald durch die Wiederholung der beiden Namen aus seinem Dämmerzustand gerissen wird, die Rufenden zwischen Angst und Hoffnung schwankend. »Wo seid ihr? Wo seid ihr?«, ertönen ihre Schreie, werden weitergetragen von Baum zu Baum, von Furche zu Furche, hinaus in die Ferne, und ihr Echo kommt als matter, verzweifelter Abklatsch zurück.

Sie beschließen, den Schuh zur Wache zu bringen, tragen ihn wie eine Trophäe auf dem Regenschirm vor sich her, und als sie im Ort angelangt sind, ziehen sie langsam und ein bisschen triumphierend zur Wache.

Furcht, Hysterie und zunehmende Spekulationen. Der Schuh liegt auf dem Schreibtisch des Sergeants, lächerlich klein und verdreckt, und stellt keinerlei wie auch immer gearteten Hinweis dar, denn der Sergeant hat erklärt, dass es sich um einen Schuh für ein sechs- bis siebenjähriges Kind handele, außerdem trage das vermisste Kind blaue Gummistiefel.

Die Habseligkeiten der Frau, das bisschen Schmuck, Kleidung und Unterwäsche, befinden sich in einem Karton auf dem Fußboden, und ganz hinten in seiner Schreibtischschublade liegt ihr Tagebuch, das er gelesen und das ihn an den Stellen, wo sie dem Buch ihre Gedanken über Männer und Begehren anvertraut, moralisch abgestoßen hat.

»Sie hat mit dem Feuer gespielt«, denkt er und schaut erst auf ihre Kleider hinunter und dann hinaus zu den Leuten am Tor, die neugierig die Hälse recken und bald anfangen werden, Krach zu schlagen, denn angeblich wird nicht genug getan, um die Vermissten aufzuspüren. Sie stehen da draußen, manche gar im Sonntagsstaat, als warteten sie auf ein Wunder. Er muss daran denken, wie er einmal mit seiner Frau im Urlaub in Italien war und sie in einer Kirche in eine Menschenmenge gerieten, die darauf wartete, dass das erstarrte Blut einer Heiligen wieder zu fließen begann. Es geschah einmal im Jahr, im August. Er erinnert sich an das dunkle Kirchenschiff und das riesige Gemälde von der Jungfrau mit dem Kind, das sie dort sahen, so lebensecht, dass das blaue Gewand der Jungfrau Maria von ihrem Atem zu erbeben schien, erinnert sich an Vasen voller Blumen, frischer Rosen und verwelkter, die man aufgehoben hatte, für das Wunder des fließenden Madonnenblutes. Seine Frau Ellen hatte das alles mit Hilfe eines Wörterbuchs von den Wartenden in Erfahrung gebracht, und so warteten sie ebenfalls, und als bei Anbruch der Dämmerung Kerzen angezündet wurden, hefteten sich aller Augen auf diesen Würfel aus Blut, solides Siegelwachs in einem länglichen Glaskasten. Plötzlich wurde es kalt, ein Schauder durchlief die Luft, und nun begannen die Menschen zu zittern und hinter dem mit Troddeln besetzten Absperrseil hervorzudrängen, weinend und mit den Zähnen knirschend angesichts der bevorstehenden Offenbarung.

Ohne dass er Schritte gehört hätte, stand plötzlich seine Frau vor ihm, ganz aufgeregt.

»Jetzt wird auch noch ein Priester vermisst.«

»Wo?«

»In Eyre Court ... ein junger Priester ... Father John Fitzgerald.«

»Woher weißt du das?«

»Er ist nicht zur Messe gekommen ... Er sollte eigentlich mit den Kleinen für die Erstkommunion üben ... als er nicht auftauchte, ist seine Haushälterin rübergegangen, und weil sie die elf Enteneier und den Biskuitkuchen, die sie ihm geschenkt hatte, nicht im Kühlschrank fand, hat sie Verdacht geschöpft ... Sie hat den Gemeindepfarrer benachrichtigt, und der hat dann die Polizei gerufen.«

»Woher weißt du das?«

»Von einem jungen Polizisten von dort, der als Verbindungsmann zur hiesigen Polizei hierher geschickt worden ist.«

»Die hätten zuerst mich unterrichten sollen.«

»Da ist noch was.«

»Was?«

»Es geht das Gerücht, dass Father John Eily Ryan kannte ... dass sie ein Liebespaar waren ... man hat ihn in Tipperary mit einer rothaarigen Frau in ein leeres Haus gehen sehen … angeblich haben sie ihr Verschwinden geplant … und jetzt sind sie vielleicht in Berlin oder Paris oder Amsterdam«, er spürt ihre wachsende Begeisterung, während sie das sagt, sieht dieses seltsame, trunkene, frivole, so gar nicht ehefrauengemäße Grinsen und schickt sie den verantwortungslosen Polizisten holen, der ihm Rechenschaft ablegen soll.

Er öffnete wieder die Schublade und zog das Tagebuch heraus, dessen geblümter Papiereinband es so unschuldig wirken ließ, ganz im Gegensatz zu dem Gesäusel innendrin. Er beschloss, es zu gegebener Zeit zu verbrennen. Er hatte das Gefühl, das sei die richtige Maßnahme. Weiblicher Unflat – Eva, aus Adams Rippe geschaffen, nur um Unkeuschheit über die Welt zu bringen.

Eine Auktionshalle ist zur Einsatzzentrale und Sammelstelle für die Suchmannschaften umfunktioniert worden. Sie sind mit Stöcken, Essen, Wasser und Hunden gekommen, größtenteils Settern, die jaulend und kläffend an der Leine zerren und in den Wald gelassen werden wollen. Auf der einen Seite des Raums hat man ein kleines Schulzimmer mit Buntstiften, Schreibheften und Puzzlespielen eingerichtet, und Vanessa, eine Studentin, ist mit der Betreuung der kleinen Kinder beauftragt, deren Mütter sich an der Suche beteiligen. Zwischen Schränken, Sofas, Spiegeln, Garderobenständern und Dekorationsstücken, die alles noch unwirklicher erscheinen lassen, herrscht unruhiges Gewusel, die Leute wollen endlich los. Sie ärgern sich über die Polizisten, doch Bobby, die Amerikanerin, ist die Einzige, die ihrem Zorn Luft macht. Sie ist eine wahre Geißel für den Sergeant, und zwar schon seit dem Moment, als sie den Fuß zum ersten Mal in die Grafschaft setzte. Erst beschwerte sie sich über die Luftverschmutzung durch die Fabrik, dann hatte sie Einwände gegen eine neue Straßenlampe, die nicht dem rustikalen Stil der anderen Lampen entsprach, und jetzt fragt sie, warum er nicht früher etwas unternommen habe. Sie stellt sich direkt vor ihn, den Zeigefinger anklagend erhoben.

»Wir unternehmen doch etwas ... es werden gerade über hundert Polizisten zusammengezogen ... Infanterie, Hubschrauber, systematische Befragung der Bevölkerung, eine Unterwassereinheit, Spürhunde ... was wollen Sie denn noch?«

»Dreieinhalb Tage sind verstrichen, seit Eily verschwunden ist ... vierundzwanzig Stunden, seit Sie gehört haben, das O'Kane aus nächster Nähe auf der Rückbank ihres Autos gesehen wurde ...«

»Wie ich gehört habe, wirkte sie sehr entspannt, als man sie mit ihm im Auto sah.«

»Quatsch ... Sie hatte eine Sterbensangst, aber sie war Ihnen einfach nicht wichtig genug.«

»Wir behandeln alle Fälle mit der gleichen Aufmerksamkeit.«

»Aber Sie haben nichts getan.«

»Hören Sie, wir haben keinerlei Hinweise auf eine Entführung ... nichts ...«

»Wo ist sie denn Ihrer Meinung nach ... vielleicht am Swimmingpool eines Hotels? Und was glauben Sie wohl, wo er ist?«

»Bobby ... Hier habe ich das Sagen, nicht Sie.«

»Einer Ihrer Beamten hat gestern zu ihrer Schwester gesagt, als Nächstes würden wir sie wohl noch zur Hausfrau des Jahres erklären.«

»Das reflektiert nicht die Haltung der Polizei.«

»Erst als der Priester verschwunden ist, sind Sie hellhörig geworden.«

»Wie ich bereits im Radio gesagt habe, und ich sage es gern noch einmal: Bei grenzüberschreitenden Fällen ist immer alles komplizierter ... da müssen Polizisten aus verschiedenen Revieren zusammenarbeiten.«

»Wo ist O'Kane also?«, fragt sie.

»Es gib zwei oder drei Wälder, in denen er sich häufig aufhält ... in einem davon ist er.«

»Finden Sie ihn!«, sagt sie voller Nachdruck.

Er wendet sich von ihr ab und verweist auf Joseph, einen der Förster, der mit dem Rücken zu den anderen dasitzt, über eine Reihe von Landkarten gebeugt, auf denen er besonders dicht bewaldete Bereiche mit einem roten Stift markiert.

»Warum haben Sie gestern unsere Suche abgeblasen?«, fragt Vera, etwas nervös und etwas pikiert.

»Weil Sie da oben planlos herumgeirrt sind ... das hatte keinen Sinn, so erreicht man nichts ... keine Organisation, keine Strategie ... heute haben wir eine Strategie, und Joseph bringt die besten Voraussetzungen mit, um alles zu koordinieren ... Er kennt diese Wälder, hat die Bäume gepflanzt, macht immer wieder Kontrollgänge ...«, er dreht sich zu Joseph um und bittet ihn, sie zu instruieren.

Joseph ist etwas schüchtern, er hustet ein paar Mal und beginnt dann: »Wir gehen folgendermaßen vor ... wir bilden Reihen ... pro Reihe zehn Leute ... die Person am Anfang jeder Reihe übernimmt die Führung, läuft in den Wald hinein und ruft nach ungefähr fünfzig Metern ALLES KLAR. Der oder die zweite übernimmt, folgt nach und wiederholt die Losung, dann kommt Nummer drei, vier, fünf, und so geht es weiter ...«

»Hat sie womöglich Schmuck getragen?«, fragt jemand.

»Eine gute Frage«, sagt der Sergeant und bittet diejenigen, die sie kannten, zu überlegen, was für Schmuckstücke sie an ihr gesehen haben. Vera erinnert sich an einen hölzernen Anhänger an einer Lederschnur, und Madge setzt an, etwas zu sagen, wird dann aber von ihren Gefühlen überwältigt und wiederholt bloß ein ums andere Mal: »Ich hab ein loses Mundwerk ... ich weiß, dass ich ein loses Mundwerk hab, aber ich bin ihre Freundin ...«

»Gehen wir jetzt vom Worst-Case-Szenario aus oder wie?«, fragt Declan, der nicht mehr ganz nüchtern ist und nun schwankend zu dem Tisch hinübergeht, auf dem die Karten der Förster ausgebreitet sind.

»Nein ... O'Kane ist ein übler Geselle, aber töten würde er nicht«, sagt ein junger Polizist und wendet sich Zustimmung heischend an den Sergeant, der bereits dabei ist, Leute abzuzählen und in Zehnergruppen einzuteilen. In diesem Moment kommt ein Fremder in rauschhafter Erregung in den Raum gestürmt, er schwenkt ein Blatt Papier und hält in der anderen Hand einen Ebereschenzweig, als wäre es ein Zauberstab. Er ist groß und fahl, trägt ein langes weißes Gewand unter seinem Regenmantel und hat die Haare zum Pferdeschwanz gebunden.

»Sie ist hier«, sagt er und deutet auf ein Sternchen auf seiner selbst gefertigten Zeichnung, der gekonnten Darstellung einer ländlichen Szene, der Wald grün, die buckligen Brücken braun, dazu die Umrisse eines leer stehenden Hauses, von dessen Dachkanten Kletterpflanzen herunterhängen.

»Wo ist ›hier‹?«, ruft Vera.

»Ich kenne die Ortsnamen nicht ... Ich war noch nie hier ... Ich bin hierher geleitet worden.«

»Es hat doch in jeder Zeitung gestanden ... eine Frau, ein Kind und ein Priester werden vermisst ... Es kam auf sämtlichen Radiosendern«, sagt man ihm.

»Ich höre kein Radio ... Ich höre auf meine Träume ... Ich habe meditiert, und da kam mir die Antwort.«

»Was für eine Antwort?«

»Eine Frau in einem Waldstück, die am Schreien gehindert wird.«

»Wer sind Sie?«, fragt ihn der Sergeant, den seine Arroganz, seine Sandalen, sein Apostelgewand irritieren.

»Ich bin ein Glied in der Kette ... eine Verbindung zwischen der vermissten Frau und euch allen«, sagt der Mann gelassen und geht mit derselben lächelnden Verzückung wieder hinaus, mit der er hereingekommen ist, von irgendeiner inneren Berufung getrieben.

DONNAGH

Es ist, als suchten wir nach einem Wolfsmenschen, der seine Spuren hinterlässt und verschwindet. Die Frage ist, werden wir ihn je erwischen? Hat er übernatürliche Kräfte? Das sagt man ihm nämlich nach. Tatsache ist, dass wir alle unsere Ängste pflegen, Männer und Frauen gleichermaßen, uns in Blindheit zurückziehen wie in eine dunkle Höhle. Als Liam Purcell und ich am Kuhweg auf eine leere Zigarettenschachtel und eine Bananenschale stießen, fuhren wir sofort unsere Antennen aus.

Zuerst machten wir am Glebe House Halt, wo schon seit Jahren niemand mehr wohnt. Ein gutes, ziemlich neues Wohnwagenpolster lag auf dem Boden. Brauner Cord mit Lederknöpfen. Liam sagte, als er vor zwei Tagen durch genau dasselbe Fenster hineingeschaut habe, sei es noch nicht da gewesen. Er hat dort oben Kühe stehen, die er morgens und abends füttert, sodass es ihm auffällt, wenn etwas anders ist als sonst. Neben dem Weg in den Wald lag ein schwarzer Damenpullover, ich hob ihn mit einem Stock auf und legte ihn hinten ins Auto, um ihn später zur Polizei zu bringen. Als wir etwa sechzig Meter in den Wald hineingefahren waren, fanden wir die Überreste eines Vespers – eine leere Keksschachtel und eine Sardinenbüchse. Auch die nahm ich als Beweismaterial mit. Wieder ein Stückchen weiter entdeckte ich in einer Pfütze eine blaue Taschenlampe mit roter Batterie. Als ich sie anschaltete, leuchtete sie nur schwach.

Nicht weit davon lag ein Düngersack. Dies und das eben.

Meine Frau, ihre Freundin Josie und ich haben unsere Cousine Mary Kate am Seeufer besucht, denn sie fühlt sich da unten ernstlich bedroht, weil in derselben Wohnung auch Eily Ryan mal für kurze Zeit gewohnt hat. Die ganze Unterhaltung drehte sich nur um das Verschwinden von Eily, ihrem Sohn und diesem Priester und um die Frage, inwieweit O'Kane damit zu tun hat.

»Ich frage mich, ob er auch mich holen wird«, sagte Mary Kate und schaute zum Fenster hinaus.

»Sag doch nicht so etwas ... Sag um Himmels willen nicht so etwas«, beschwor meine Frau sie.

»Ich weiß, dass er kommen wird«, sagte Mary Kate und ging zum x-ten Mal die Treppe hoch, um nachzusehen, ob ihr Kind in Sicherheit war.

Wir saßen da und rauchten, tranken eine Tasse Kaffee nach der anderen, schalteten zur Nachrichtenzeit das Radio ein, warteten auf einen Lagebericht. Einmal spürte ich, dass O'Kane in der Nähe war. Ich weiß nicht, wie oder warum ich das spürte, ich wusste es einfach. Ich öffnete das Wohnzimmerfenster, hörte, wie sich rechts davon etwas bewegte, und sagte den anderen, sie sollten still sein.

»Ist er da?«, fragte Mary Kate.

»Irgendjemand ist da jedenfalls«, sagte ich und rief hinaus, dann schalteten wir die Außenbeleuchtung ein und gingen mit Stöcken in der Hand nach draußen, alle laut rufend, aber er war verschwunden. Wir blieben noch eine Stunde, damit Mary Kate wieder etwas Mut fasste, aber irgendwann mussten wir doch gehen, weil es am nächsten Morgen wieder Arbeiten hieß.

Als wir an Tuoheys Melkstall vorbeikamen, war

die Sicherheitsbeleuchtung an, und ich sagte, das fände ich seltsam, da sie über einen Bewegungsmelder gesteuert werde und während unseres Besuchs bei Mary Kate kein Auto vorbeigefahren sei.

»Das ist doch nicht normal«, sagte ich.

»Zurzeit ist nichts normal«, sagte meine Frau, und Josie und sie drängten sich auf dem Rücksitz aneinander und kreischten, als würden sie gleich erschossen werden.

An Houlihans Pier sahen wir eine riesige blaue Flamme, und ich dachte zuerst, es sei ein brennender Rettungsring, und wollte rechts rüberfahren, um mir das genauer anzusehen, aber die Frauen ließen mich nicht, sie sagten: »Fahr weiter, fahr weiter.« Sie beharrten darauf, dass es eine Gruppe Betrunkener sein müsse, die im Hafen ein Feuer angezündet habe, und dass es doch unmöglich wäre, so spät am Abend noch die Polizei anzurufen.

Tief in unserem Innern glauben wir, dass Gott ihn zu uns geschickt hat, um uns zu bestrafen.

HOULIHANS PIER

»Mensch ... ein tanzendes Mädchen«, sagt Frank und bremst, um zu gucken.

»Eine Meerjungfrau«, sagt Paddy, während sie auf das kugelförmige blaue Leuchten starren, das direkt über dem Wasser zu hängen scheint, es fast berührt.

»Das ist bestimmt eine Gasexplosion auf diesem Hausboot ... wir sollten die Feuerwehr rufen«, sagt Frank, nicht mehr ganz so albern.

»Ich bin doch von der Feuerwehr«, prustet Paddy heraus. Sie sind beide angetrunken und genießen es. Es ist schon deutlich nach Mitternacht, und im Pub hatte jeder dem anderen versprochen, dass sie nach dem nächsten Drink gehen würden, und dann wurde es noch einer und noch einer, und Franks Onkel schaute immer wieder auf die Uhr und bat sie, ihn nach Hause zu bringen, er wolle ins Bett.

»Wir sollten hinfahren und uns das mal genauer ansehen.«

»Nein, sollten wir nicht ... wir sollten lieber zu Lawler's Pub zurückfahren und die Feuerwehr rufen ... das Seltsame ist nämlich, dass es vor fünf Minuten, als wir runtergefahren sind, noch nicht da war ...«

»So ist das eben mit Feuer ... es ist ein Phänomen«, sagt Paddy, der das ungewohnte Wort nur mit Mühe über die Lippen bringt.

Auf dem Weg zurück in den Ort treffen sie Charlie, der gerade ein trächtiges Schaf in seinen Hof trägt, und sie rufen ihm zu, dass ein Boot brennt und sie zu Lawler's fahren, um zu telefonieren.

»Telefoniert doch von hier aus … das geht schneller«, ruft er zurück.

Die drei Männer warten zunächst auf die Feuerwehr, beschließen dann aber, doch wieder zu dem Feuer zu fahren, und nachdem sie ein Stück gegangen sind, dicht zusammengedrängt über ihre erleuchteten eigenen Schatten stapfend, sehen sie ein Auto, das halb über dem Pier hängt, so als hätte jemand erfolglos versucht, es ins Wasser zu schieben. Es zieht sie magisch an, sie gehen näher und näher heran wie Menschen, die noch nie Feuer gesehen haben, der Schein der züngelnden Flammen tanzt über ihre Gesichter, der Ruß schwärzt ihre Hände, und nun ahnen sie Schlimmes.

»Das ist O'Kanes Stil«, sagt Paddy, und während sie mit offenem Mund gaffen, hören sie das scharfe, ohrenbetäubende Krachen eines Gewehrschusses, und eine Kugel landet irgendwo in den Ziersträuchern neben der Ruine eines alten Hauses.

»Er ist in der Nähe …«

»Hauen wir bloß ab.«

Sie warteten bei Charlie zu Hause, bis die Polizei kam, und als sie dann wieder hinfuhren, war das Feuer fast erloschen, das Auto nur noch ein schwarzes Gerippe, das nichts mehr vorzuweisen hatte, keine Fenster, keine Sitze, keine Nummernschilder, ein Hohlraum mit einem verkohlten Armaturenbrett, von dem ein Rosenkranz herunterbaumelte.

Wenig später kam das Feuerwehrauto, allerdings ohne Sirene, und die Feuerwehrmänner sprangen heraus, noch im Halbschlaf, aber in voller Montur, bereit, ihr nobles Werk zu vollbringen, und daher etwas betrübt, als sie feststellen mussten, dass nur noch ein paar kleine Flämmchen vor sich hin zuckten und schließlich erloschen. Sie gingen darum herum, alle mit den gleichen bedauernden Worten, und das Feuerwehrauto sah mit seiner stummen Glocke, seiner festgezurrten Leiter und seinen aufgerollten Schläuchen wie ein großes Spielzeug aus, geradezu lächerlich an dieser Stätte des Unheils.

Einer der Polizisten entdeckte eine in die Heckscheibe geprägte Registriernummer, und sie beäugten sie der Reihe nach, im Licht der Taschenlampe und aus nächster Nähe, versuchten, die rußumkränzten Buchstaben und Zahlen zu entziffern. Er entfernte einen Teil des Rußes unendlich sorgfältig mit einem Klebeband, und die anderen Männer sahen ihm in angespannter, atemloser Bewunderung zu. Sie berieten kurz, dann nannte jeder Mann die Ziffern und Buchstaben, die er zu erkennen meinte, und ihre Vermutungen stimmten überein.

In Charlies Haus ging es plötzlich zu wie in einer Kantine. Diverse Nachbarn hatten sich eingefunden, weil sie die Autos und den Feuerwehrwagen gehört hatten, und Charlies Frau, die mit ihrem offenen, fliegenden Haar aussah, als sei sie direkt einem antiken Drama entstiegen, setzte ihnen Unmengen warmer Scones vor und erzählte immer wieder von dem Wunder, das sich zugetragen habe, während die Männer weg gewesen seien, ein krankes Schaf nämlich, mit dessen Tod sie eigentlich gerechnet hätten, habe Zwillinge zur Welt gebracht. Das sei doch erstaunlich, Zwillinge, dabei habe das Schaf eine abgesenkte Gebärmutter gehabt, wenn das mal kein gutes Omen sei. Erst als der Polizist, der im Flur mit der Wache telefoniert hatte, wieder hereinkam, schien sie die Tragweite dessen, was hier vor sich ging, zu begreifen.

»Es ist der Wagen des Priesters«, sagte der Polizist.

»Father Johns Wagen ... Father Johns Wagen.« Die Nennung seines Namens jagte ihnen Schauer über den Rücken, und eine, die ihn kannte, erzählte, was für ein freundlicher, erdverbundener Mann er sei, er gehe unter die Leute und spiele Hurley wie ein ganz normaler Mensch. Man wollte mehr von ihr wissen, aber das Einzige, was ihr noch einfiel, war, dass er sich zu kleiden wusste und dass er eine schöne goldene Uhr trug.

»Es sieht nicht gut aus«, sagte Charlie.

»Wir haben das mit den Vermissten viel zu lange schleifen lassen«, sagten die Männer, und jetzt hätten sie am liebsten auf der Stelle eine verwegene nächtliche Suchaktion begonnen.

Rund zwanzig Schaulustige fanden sich in der traurigen Morgendämmerung an der kalten Anlegestelle ein, und was sie sahen, war eine zerknitterte Plastikplane, die wie ein Leichentuch über einem Autowrack lag. Sie wussten, dass es das Auto des Priesters war, genau, wie sie auch von dem Rosenkranz wussten, der nicht verbrannt und von dem Schuss, der nach Mitternacht ein paar Meter weiter abgefeuert worden war. In fürchterlicher Anspannung blickten sie immer wieder auf den See hinaus, denn sie glaubten, dass Father John dort unten war, bei den Geistern anderer, die ertrunken waren – Fischer, die eine Windbö erwischt hatte, besoffene Jugendliche auf dem Heimweg von der Disko und Fidelma, die ihren Mann nach der Hochzeitsnacht verlassen hatte. Niemand sprach es aus, aber alle hatten das Gefühl, dass er dort unten war, und wie sie so in der Kälte standen, blickten sie auf und sahen zum ersten Mal den Helikopter, lärmend, aufdringlich, ein riesiger bedrohlicher Vogel, der Unbehagen über die Äcker und Wiesen brachte, über die von blühendem Ginster gesäumte Feldwege und den sanft wirkenden Dunstschleier am schützenden Berg.

GEFANGENNAHME

»*Der Fuchs ist unsichtbar.*« Er schreit es immer wieder aus der Tiefe eines Grabens, in dem er sich die ganze Nacht versteckt hat, schreit es und leert das Regenwasser aus seinen Stiefeln.

Die Jagd ist eröffnet. Sie durchsuchen Boote, den Hafen, Felder, Schuppen und machen sich schier in die Hosen, weil sie ihn nicht finden. Er hat in der Zeitung ein Bild von sich gesehen, daneben die Frau, wie ein Hochzeitspaar. Sie hat beide Augen weit aufgerissen. Außerdem ein Bild von diesem verdammten Hund mit dem Nummernschild im Maul. Und ein Bild von dem Priester, er hält einen Hurleyschläger in der Hand und eine Locke fällt ihm in die Stirn.

Hier im Graben vor dem Morgengrauen erlebt er zum ersten Mal, wie es ist, vom Hubschrauber gesucht zu werden. Er merkt ihnen an, dass sie verzweifelt sind, merkt es an der Art und Weise, wie sie über die Felder jagen, wie sie im Steilflug hoch und runter, hin und her sausen, über die Baumwipfel gleiten, ihn aufzuspüren versuchen.

»Ihr könntet mich kriegen, aber ihr habt Angst vor mir … ihr Drecksäcke!«, schreit er zu dem Hubschrauber hoch, der jetzt zum See und der Insel hinüberfliegt, wo die Kühe des Metzgers weiden. Er kriecht aus seinem Loch und geht zu einem Zauntor, lehnt sich dagegen, wartet darauf, dass jemand vorbeikommt. Ein Molkereilaster nähert sich, der Fahrer starrt ihn an, Angst und vages Wiedererkennen im Blick, fährt weiter. Er stellt einen alten Eimer kopfüber mitten auf ein Feld, noch ein Trick, um sie durcheinander zu bringen.

»Der Fuchs ist schnell wie der Wind«, sagt er zu den Büschen, zum Weißdorn und in Richtung des Hauses, das er sich ausgeguckt hat. Er wartet nur noch darauf, dass der Mann oder die Frau herauskommt, die Straße hinaufgeht, ein Tor aufmacht und die Kühe allein zum Melkstall laufen lässt. Er hat beobachtet, dass sie das jeden Morgen so machen, einer von ihnen geht hoch und öffnet das Tor, und der andere geht zum Melkstall hinunter, um die Geräte vorzubereiten, während Kitty, die Tochter, weiterschläft. Sie hat auch rotes Haar, aber nicht golden wie die Frau, sondern brandrot, ein Füchschen. Beim Gedanken an ihr Schreien bricht er in schallendes Gelächter aus.

Als sie etwas zerbrechen hört, schreckt Kitty hoch und denkt *Herrje, das Geschirr, ich habe es nicht ordentlich im Schrank gestapelt, Mutter wird mir den Kopf abreißen.* Ihre kleine Schwester Deirdre und ihre Großmutter sind im anderen Flügel des Hauses, und ihre Eltern sind beim Melken, so wie immer, und dann nicht mehr so wie immer.

Die Tür wird eingetreten, und sie schreit auf, schreit, denn da ist ein Gesicht, das mit einem schwarzen Nylonstrumpf maskiert ist und ihr zuruft, sie solle aufstehen, aber schnell. Hinter dem Nylongewebe erkennt sie O'Kane, seine Augen wie Kohlen, an den Lippen Speichel und jedes zweite Wort Scheiße, Scheiße. Um ihre Großmutter vor einem Herzinfarkt zu bewahren, steht sie auf und sagt beherzt: »In diesem Haus ist nichts für dich zu holen, O'Kane.«

Der Boden der Küche, wo er eine Scheibe eingeschlagen hat, ist von Glassplittern übersät, und sie muss aufpassen, wo sie hintritt, als sie zur Schublade geht und wie verlangt die Autoschlüssel herausholt.

»Da«, sagt sie und schleudert sie ihm über die Arbeitsfläche zu.

»Du kommst mit, Karotte«, sagt er.

»Ich habe heute eine Prüfung … heute ist ein wichtiger Tag für mich«, sagt sie, schon eine Spur weniger frech.

»Die wird ohne dich stattfinden.«

»Lass mich wenigstens etwas anziehen«, sagt sie und klappt die Aufschläge ihres Pyjamaoberteils vor der Brust übereinander.

»Schluss mit dem Scheiß – raus, los jetzt.«

Er setzt sich neben sie, das Gewehr über seinen gespreizten Beinen, und ein paar Meter hinter dem Tor sieht sie ihre Mutter, die wiederum sie sieht und entsetzt die Arme in die Luft wirft. Er hat sich schon eine Route zurechtgelegt.

»Nach rechts.

Nach links.

Am Pier entlang.

Bis zu der Esche.

Zu Dick's Cross.«

»Du denkst wohl, meine Mutter hätte dich nicht erkannt … Du denkst, deine Maske tarnt dich … aber das tut sie nicht«, sagt sie ihm.

»Du bist eine beschissene Autofahrerin …«

»Du warst in der Schule nur eine Klasse über mir … ein schüchternes kleines Kerlchen … wolltest nicht auf den Spielplatz … hast immer auf deine Mutter gewartet … und was ist aus dir geworden … das ganze Land hältst du in Schach …«

»Halt an«, befiehlt er ihr, und als er aussteigen will, denkt sie, dass sie ein paar Sekunden Zeit hat, um das Weite zu suchen, aber damit hat er gerechnet, er setzt die Gewehrmündung auf ihre Stirn, schiebt sich rückwärts hinaus, öffnet die hintere Tür, schwingt das Gewehr über ihren Kopf, und dann macht er es sich auf dem Rücksitz bequem und zieht sich die Nylonstrumpfhose vom Kopf. Er lässt die beiden Strumpfbeine von seinen Schultern herunterbaumeln, und ab und zu zieht er neckisch daran. Er vergräbt sein Gesicht in ihnen, und sie denkt *Ich weiß, wessen Strümpfe das sind.* Ohne die Strumpfhose über dem Kopf sieht er nicht mehr ganz so gruselig aus, und sie versucht, mit ihm zu reden, als hätte sie keine Angst.

»Du hast ja ganz schön Eindruck gemacht.«

»Wirklich?«

»Du wirst gesucht … dein Bild ist in der Zeitung … wo hast du gestern Nacht geschlafen?«

»In einem Loch.«

»Und warum bist du zu uns gekommen?«

»Wegen diesem Scheißhubschrauber.«

»Alle fragen sich, was mit den Vermissten ist.«

»Was für Vermisste?«

»Eine Frau, ein Kind und ein Priester.«

»Ich weiß nichts von einem Priester.«

»Von einer Frau und einem Kind aber offenbar schon.«

»Sie hat mich vor einer Woche im Auto mitgenommen … Ich bin bei einem Laden ausgestiegen … mehr weiß ich nicht.«

»Da hört man aber anderes.«

Plötzlich schreit er sie an, sie solle nach links abbiegen, nach links, und jetzt ist sie auf einem ungeteerten Fahrweg, und auf der Windschutzscheibe setzt sich säckeweise aufgewirbelter Staub ab, so als wäre hier seit ewigen Zeiten niemand mehr gefahren.

»Hier müssen mal Leute gewohnt haben«, sagt sie und deutet auf die Mauerreste eingestürzter Häuser, ein Versuch, so etwas wie Normalität herzustellen.

»Das ist jetzt mein Gebiet.«

»Und deswegen sind wir hier?«

»Ich will nach Frankreich.«

»Was ist bloß mit dir passiert, dass du zu einem Irren geworden bist?«

»Die haben mir Säure ins Gehirn gekippt. Vorher haben sie mich mit Schlaftabletten benebelt und mir geschmolzenes Plastik über die Füße gegossen, damit ich mich nicht von der Stelle bewegen kann.«

»Du solltest deinen Kopf mal untersuchen lassen.«

»Will ich nicht. Ich arbeite jetzt mit dem Chef zusammen.«

»Wer soll denn das sein?«

»Der mit den Hörnern. Der würde jederzeit nachts deine Titten lutschen ... oder die von deiner Schwester oder deiner dämlichen alten Großmutter.«

»Du hast zu viele Horrorfilme gesehen, O'Kane.«

»Mein Arsch blutet. Ich hab mich geschnitten, als ich bei euch eingestiegen bin.«

»Hättest du mal geklopft, wie es sich gehört.«

»Du bist witzig. Wie geht's dir übrigens?«, fragt er und stupst sie in den Rücken.

»Mir ist eiskalt. Könnte ich vielleicht meine Jacke haben?«, bittet sie, und als er ihr die Jacke reicht, lässt sie einen Moment lang das Lenkrad los, und das Auto macht einen Schlenker, gerät auf lehmigen Boden, ein Schmatzen der Räder, dann sinken sie ein.

»Du miese Zicke, das hast du absichtlich gemacht.«

»Wenn ich das absichtlich gemacht hätte, dann aber bestimmt auf der großen Straße …«

»Setz zurück.«

»Das geht nicht. Wir stecken fest.« Sie steigen aus, um zu schieben, und er versucht, Steine unter die Räder zu legen, aber es nützt alles nichts, und schließlich nimmt er wütend eine alte Zeitung aus dem Kofferraum, rollt sie zu dünnen Würsten zusammen, und als er den Tank aufschraubt, um das Papier mit Benzin zu tränken, stößt sie einen Schrei aus. »Nein! Mein Vater liebt sein Auto … seine kleine Minny.«

»Er wird sich eine andere kleine Minny besorgen«, sagt er, und als sie weggehen, sieht sie an der Zögerlichkeit der Flammen, die nicht recht auflodern wollen, dass Minny nicht in Brand geraten wird. Sie wird dort stehen bleiben und ein Hinweis sein, wenn ihre Eltern und die Polizei ihrer Spur folgen.

Nichts, kein Vieh, einfach Leere, irgendwo mittendrin eine runde, rostige, leere Futterraufe, sie laufen jetzt über Moorboden, und Steine und Dornen schneiden ihr in die nackten Füße. Auf der einen Seite des Moors stehen Telegrafenmasten mit durchhängenden Leitungen, auf denen sich Vögel für ein paar Momente niederlassen, Vögel, denen sie zuflüstert: »Sagt ihnen Bescheid, sagt ihnen, wo ich bin.«

»Meine Scheißfüße«, sagt er.

»Meine Scheißfüße«, sagt sie ebenfalls. Sie versucht stehen zu bleiben, aber er scheucht sie weiter, und nach einem langen Abstieg kommen sie an eine Stelle mit Blick auf das glitzernde, sich kräuselnde Wasser eines Sees.

»Man kann sogar den Shannon sehen«, sagt er.

»Ich brauche den Shannon nicht zu sehen … Ich

wohne direkt daneben ... Wie lange willst du mich noch festhalten?«

»Solange ich Lust habe.«

»Falls du vorhast, mich umzubringen, kann ich dir nur sagen, dass ich nicht bereit bin zu sterben.«

»Hast du Angst?«

»Jeder hat Angst vorm Sterben, Sonnyboy ... sogar du ... auch wenn du mit Jeremiah Keoghs Gewehr den starken Mann markierst.«

»Woher weißt du, dass das Jeremiah Keoghs Gewehr ist?«

»Von seiner Schwester. Er ist zu feige, um zur Polizei zu gehen.«

»Was sagen die Leute sonst noch über mich?«

»Sie sagen, dass du am besten wegkommen würdest, wenn du dich stellst.«

»Niemals ... Ich schieb nie wieder Knast.«

»Den Wagen des Priesters hat man ausgebrannt auf dem Pier gefunden ... Es war kilometerweit zu sehen ... alle wissen, dass das dein Werk war.«

»Da werden sie meine Fingerabdrücke nie finden«, sagt er triumphierend. Sie bleibt stehen, fasst ihn am Arm und hebt ein Bein an, um ihm zu zeigen, dass ihre Füße bluten. Er wird fuchsteufelswild, schreit, sie solle das abwaschen, los, abwaschen, sonst würden die verdammten Hunde sie aufspüren.

»Ich kann es nicht abwaschen ... hier gibt es kein Wasser ... nirgends ... es ist wie auf dem Mond hier«, sagt sie.

»Du bist ganz schön frech.«

»Du bringst mich doch nicht um, Michen, oder?«, fragt sie in fast kumpelhaftem Ton.

»Wenn es sein muss, schon ... es wird ein schnelles Ende ... kurz und schmerzlos.«

»Meine Güte, für die Menschen, die mich lieben,

ist das bestimmt nicht schmerzlos … aber wenn du mich umbringst, hast du keine Deckung mehr … Ich bin schließlich deine Deckung.«

»Miese Zicke.«

Sie laufen und laufen. Bronzefarbener Adlerfarn, struppiges strohgelbes Gras und Stechginster reißen ihr die Füße auf. Redeschwälle, dann wieder Schweigen. Plötzlich bleibt er stehen, denkt nach, ein Aufruhr in seinem Kopf, und nun beschließt er, dass sie kehrtmachen und eine andere Route einschlagen werden. Sie merkt, dass er langsam in Panik gerät.

»Hör mal … wir laufen im Kreis.«

»Halt's Maul.«

»Du wirst damit nicht durchkommen, niemals.«

»Halt's Maul, verdammt.«

Jetzt fängt er an, den Kopf zu schütteln, er schüttelt wild den Kopf und flucht auf irgendeine plötzlich aufgetauchte Erscheinung, strauchelt, als wäre er blind oder betrunken, und stolpert dann auf sie zu.

»Ich kann dich nicht mehr sehen … Ich kann dich nicht mehr sehen«, ruft er.

»Was ist denn mit dir los?«

»Ich bin blind geworden.«

»Hier bin ich.«

»Führ mich«, sagt er und greift nach ihrem Arm, und während sie ihn durch die Öde führt, denkt sie, was für ein trügerisches Bild, was für ein Tableau, müde Pilger mit wunden Füßen auf dem Weg zur Herberge.

»Da drüben steht eine Regentonne … Ich will was trinken«, sagt sie gereizt.

»Wo … wo …«

»Streck die Hand aus«, sie führt ihn hin, und er

taucht den Kopf unter und trinkt zugleich, wie ein Höhlenmensch, dann sagt er, sie solle gefälligst ihre Füße waschen, damit die Spürhunde sie nicht fänden. Sie schöpft mit den Händen das schmutzige Wasser und trinkt. Es schmeckt nach Eisen. Dann gießt sie etwas Wasser über ihre Füße. Er kann wieder sehen und beobachtet sie grinsend.

Von irgendwoher ist jäh und donnernd der Helikopter zu hören, er durchschneidet den Himmel, ein riesiger Vogel, der Motor dröhnt, die Rotorblätter zersäbeln die Luft, und ihre Augen saugen ihn förmlich auf, folgen ihm, als er den Horizont hinter sich lässt, über Cloosh Wood hinwegschwebt und dann auf der Höhe des farnbestandenen Geländes in ihre Richtung schwenkt. Außerstande, ihre Freude zu verbergen, winkt sie, ihre weißen Ärmel leuchten, und schreit: »Hier, hier!«

»Verdammte Scheiße, runter mit dir.«

»Verdammte Scheiße, nein«, doch er stößt sie brutal nieder und schlägt sie ins Gesicht, sie liegen auf dem nassen, huckeligen Boden, O'Kane über ihr, denn er glaubt, seine grüne Jacke tarne sie, und ihre Herzen, ihre sich bekriegenden Herzen pochen wild wie die Herzen Liebender. Der Helikopter tanzt über ihnen, kommt näher, näher, bis die Besatzung in Rufnähe ist, und sie denkt *Die müssen uns bemerken … die müssen uns spüren,* er steht in der Luft, sackt ab, fliegt Wellenlinien, und dann auf einmal knattert er selbstzufrieden davon. Nach seinem Verschwinden eine schreckliche Stille, bis auf das Beben und Vibrieren der Telegrafenleitungen.

»Scheiße, war das knapp«, stößt er hervor.

Sie schließt die Augen, denn sie will nicht, dass er ihre Tränen sieht. Schließlich löst er sich von ihrer Brust, und sie steht taumelnd auf, untröstlich.

Sie gehen weiter bergab, beide hinkend, streiten jetzt nicht mehr, die Sonne brennt herunter, ab und zu ein Haus in der Ferne, Ponys, die sich um ein paar Arm voll Heu zanken, das Leben, wie es eben sein sollte. Er braucht ein Auto. Und zwar schnell.

»Gleich wirst du die Fahrt deines Lebens mitmachen«, sagt er.

Als sie sich einem zweistöckigen Haus nähern, warnt er sie, sie solle bloß nichts Dummes tun oder sagen. Sie sieht seinen Finger auf dem Abzug, sieht das Dach eines Heuschobers, dann stößt er mit dem Fuß die hölzerne Flügeltür auf, und drinnen bellen Hunde. Die Hunde liegen an der Kette. Im Hof steht neben einem Blumenkübel ein großer neuer Jeep, ein Glanz geht von ihm aus, eine Bereitschaft, der Drang loszufahren. Er schreit, man solle ihm den Schlüssel herunterwerfen. Über dem Bellen der Hunde ist jetzt die Stimme eines Mannes zu hören, den sie nicht sehen können, er fordert sie auf, von seinem Grundstück zu verschwinden. Er hat einen ausländischen Akzent.

»Wirf die Autoschlüssel runter«, ruft O'Kane zu ihm hoch.

»Ich habe die Schlüssel nicht.«

»Wirf die Scheißautoschlüssel runter!«, und nun überschütten sie einander mit obszönen Schimpfwörtern, die gleichen Worte und doch verschieden in den beiden Sprachen, dann ragt plötzlich ein Gewehrlauf oben aus dem Fenster, Schüsse fallen, zwei orangefarbene Patronenhülsen landen neben ihr im Kies, und die Hunde drehen endgültig durch. O'Kane, dessen Wut jetzt nicht mehr zu besänftigen ist, packt sie am Arm und hält sie als Schutzschild vor sich, während sie rückwärts zu dem Tor gehen, das sich öffnet und wieder schließt.

»Sag ihm, dass er das noch bereuen wird, und seine Frau und Kinder auch.«

»Das werden Sie noch bereuen, und Ihre Frau und Kinder auch«, sagt sie mit schriller Stimme. Sie ist wie eine Marionette, nein, wie ein Roboter, sie erlebt das alles, als würde es nicht wirklich passieren, als wäre es außerhalb von ihr – wie sie die Auffahrt hinuntergehen, wie er sie zwingt, über einen Stacheldraht zu springen, wie er seine vorquellenden Augen verdreht.

Schwärme geschäftiger Vögel flitzen auf Nahrungssuche in den Hecken herum, einer mit einem besonders gelben Schnabel bringt einen Wurm zu dem Nest mit seinen Jungen, Vogelgesang, so fröhlich, so munter, bald wird er verstummen in dem sich anbahnenden Tumult, auf der Straße nähert sich eine Kolonne von Polizeiwagen, ein älterer Mann tritt aus einem kleinen Cottage, rückt seine Mütze zurecht, als wäre es ein ganz normaler Morgen, will die paar Kilometer zu seinen Kühen fahren, um sie zu füttern, und sie denkt, *oh, du armer Mann, gleich wirst du dein blaues Wunder erleben, und du ahnst es nicht einmal.* Sie kriechen wieder unter Draht hindurch, dann geht es einen steilen Hang hinunter bis zu einem Weiderost. Alles ist von einer gespenstischen Klarheit, der ältere Mann steigt in sein Auto und setzt zurück, blaue Schnur mit einem ganzen Sortiment weißer Plastiktüten, um Tiere fernzuhalten, und unter dem Rost ein Regenwassertümpel, in dem Brunnenkresse wächst, auf der Straße nähert sich eine Wagenkolonne, und aus den Wagen springen Polizisten, mehr als dreißig bewaffnete Polizisten, auf der Straße, auf der Mauer, und sie rufen laut und energisch, aber noch konziliant: »Lass das Mädchen los, lass die Kleine los«, worauf O'Kane antwortet, wenn sie auch nur einen Zentimeter näher kämen, werde er ihr den Kopf von den Schultern pusten. »Ich kenne dein Gesicht doch aus dem Fernsehen ... Du wirst polizeilich gesucht«, sagt der ältere Mann aus dem Auto heraus, baff, ungläubig.

O'Kane stößt sie hinten ins Auto und hechtet hinterher, und die Polizisten brüllen: »Schmeiß den Autoschlüssel raus, Pat!«

»Das geht nicht ... versteht ihr, es geht nicht«, antwortet Pat hilflos.

Sie fahren über den Weiderost, entfernen sich von dem Wagenkonvoi und den Männern, alle drei schreiend, O'Kane, Kitty und der Fahrer, draußen vor den Autofenstern Gestalten in wilder Bewegung, dann ein lautes Knirschen, das Auto schleudert auf eine Abflussrinne zu, kommt dort zum Stehen, und Pat ruft: »Man hat auf uns geschossen ... Man hat auf uns geschossen.«

Die hintere Tür wird aufgerissen, und jemand wirft sich auf sie, ein vielstimmiger Schrei, als das Gewehr im Wagen losgeht, und als sie die Augen wieder öffnet, sieht sie, wie Pat nach dem aufragenden Gewehrlauf greift, ihn umklammert, die Stoffbespannung des Dachs in Fetzen, Schießpulvergeruch. »Wir haben ihn ... wir haben ihn.« Die Schreie der Polizisten steigen wie aus einer einzigen Kehle empor, gehen durch alle Ränge, Jubel und Unglaube, man zerrt ihn aus dem Auto, sein wildes, wundes Gesicht, seine wilde, unverbrauchte Stimme, die jetzt in einem kurzen, schnell verebbenden Ausbruch ertönt – »Ich weiß nichts von der Frau und dem Kind.«

Er tritt mit verblüffendem Selbstvertrauen auf, gibt sich unbesiegt, es ist dies nur ein Zwischenspiel für ihn, bis er wieder auf freiem Fuß ist, ein freier

Mann, von ihnen verfolgt, die endlose Hetzjagd, sie und er, Jäger und Gejagter, der Sieg, den er sich erträumt und den er immer wieder durchgespielt hat in all den verhunzten Jahren.

Während sie ihn auf den Boden legen und seine Taschen durchsuchen, kommen weitere Polizisten herangestürmt, freudetrunken, alle Wut und Frustration wie ausgelöscht in diesem Gemenge aus Jubel und Vergeltung; Triumph, Stolz und Ehre, seine fluchende, strampelnde Gestalt dort unten auf dem Boden schließlich und endlich unterworfen, seinem Wüten ein Ende gesetzt. Aber wo sind die Vermissten. Wo sind die Vermissten. Wo ... sind ... die ... Vermissten. Sie fragen es aus unterschiedlicher Höhe, unterschiedlicher Perspektive, mit einem unterschiedlichen Maß an Verzweiflung, und jeder denkt, dass er derjenge sein wird, der es dem Schuft entlockt. Guard Garvey ist schon jetzt ein Held, sie boxen ihn in die Seite, gratulieren ihm für die Geistesgegenwart, mit der er hinter der Mauer hervorgesprungen ist, ein Hinterrad des Wagens außer Betrieb gesetzt und damit die Jagd beendet hat.

»Gut gemacht, Michael.«

»Reines Glück«, sagt Garvey mit stolz glühendem Gesicht.

»Wo sind die Vermissten?«

Sie kommt aus irgendeiner verborgenen Behausung, die barmherzige Frau, in Nachthemd und Gummistiefeln, das graue Haar offen, drängt sie sich zwischen den Männern hindurch, kniet neben ihm nieder und legt ihm die Hand auf die Stirn, muttergütig.

»Wo sind sie, mein Sohn?«

»Das kann ich Ihnen nicht sagen ... solange diese Scheißkerle hier sind.«

»Das Kind trägt noch Windeln ... es hat sicher einen wunden Po ... und seine arme Mutter ist kurz davor, den Verstand zu verlieren ... mir kannst du es sagen ... ich bin deine Freundin ... ich habe deine Familie gekannt.«

»Sie werden morgen Abend vor dem Laden abgesetzt.«

»Sind sie in Sicherheit?«

»Sie haben noch Essen für zwei Tage.«

»Sie leben also noch?«

»Sie sind in einem Haus ... Sie haben sogar einen Fernseher.«

»Sie sind in Sicherheit ... Sie sind in Sicherheit«, sagt sie, die Hände voller Dankbarkeit gefaltet.

»Hören Sie, gute Frau ... Ich muss Sie bitten, wegzutreten«, sagt ein Kriminalbeamter zu ihr.

»Bringen Sie ihn nicht weg ... geben Sie mir noch ein paar Minuten ... er will es mir sagen ... er muss es mir sagen«, und als sie ihn dann fortschaffen, erklingt ihre bittende Stimme weiter, wie das lange Seufzen der Todesfee, dort oben auf einer Straße, auf der noch nie etwas passiert war, nichts als die Jahreszeiten, die Sommer, wenn die Äste einander Licht und Sonne nehmen, und die feuchten Winter, wenn sie fahl in den Himmel ragen.

Er bekommt von zwei Kriminalbeamten Handschellen angelegt und wird unter einem Hagel von Beschimpfungen abgeführt, in seinen angespannten Armmuskeln die wahnsinnige, geschmeidige Wut eines Python, und selbst jetzt, wo sie ihn haben, noch die Angst, dass er ihnen irgendwie entwischen wird, dass irgendeine wundersame Instanz ihn wieder in den leeren Wald, in seine mörderischen Gefilde zurückbefördern wird.

Er riss heftig an den Handschellen und blieb dann

vor Kitty stehen, die in eine Decke gehüllt auf einer Mauer saß.

»Der Fuchs ist am Ende«, sagte er, seine letzte Äußerung in der Landschaft, die er geschändet hatte.

ABRECHNUNG

Superintendent McBride rührt die weiße Magenmedizin im Becher um, rührt und rührt, um den Moment des Trinkens hinauszuzögern, denn der Geschmack ist ihm absolut widerlich. Er ist ein stämmiger Mann, ein bisschen wabbelig, sein Haar vorzeitig ergraut, doch seine Augenbrauen sind dicht und schwarz glänzend dank eines Hauchs Schuhwichse, der ihm den Spott seiner Lieblingstochter Sile einträgt. Er kann es kaum fassen, was ihn da ereilt hat. Fünf Tage Suche, fünf Tage lang im Kreuzfeuer der Kritik seitens Presse und Öffentlichkeit, bis sie O'Kane schließlich am frühen Morgen auf einer Bergstraße geschnappt haben, ohne dass ein Tropfen Blut geflossen wäre. Doch die Euphorie über diese heldenhafte Gefangennahme war nur von kurzer Dauer, denn jetzt erwarten alle von ihm und seinem Team, dass sie die Vermissten finden, bevor Hunger oder Erschöpfung sie dahingerafft haben. Es gibt jede Menge Gerüchte. Und es gibt jede Menge Hinweise. Sie sind in der Nähe des Sees, sie sind im Wald, sie sind im Landesinnern, man hat sie zusammen Auto fahren sehen, die Frau, das Kind und den Priester. Er hat sechsunddreißig Stunden Zeit, sie zu finden, sechsunddreißig Stunden, in denen die Blicke aller auf ihn gerichtet sind, sechsunddreißig Stunden bohrender Magenschmerzen und vermutlich keine Minute Schlaf. Er kann sich glücklich schätzen, dass er O'Grady und Wilson hat, wahre Zauberer auf ihrem Gebiet, die beiden erfahrensten Vernehmungsbeamten im ganzen Land, berühmt für ihre Taktik, erst schön sanft und dann voll drauf. Ist noch jedes Mal aufgegangen. Ein kurzer Moment der Entspannung, als er sich vorstellt, wie er das Geständnis lesen wird, dann wird er auf den Tumult draußen auf der Straße aufmerksam. Durch die verschmierte Fensterscheibe sieht er einen Polizisten Schaulustige zurückdrängen, die versuchen, die Metallabsperrung zu überwinden. Er hat Anweisung gegeben, dass es keine hässlichen Szenen geben soll, keine Buhrufe, keine weinenden Frauen mit Rosenkränzen, die O'Kane anflehen, zu gestehen. Journalisten schwingen sich an Fenstern und auf Dächer hoch, um einen Blick auf das Scheusal zu erhaschen, und im Korridor hört er Türenknallen und eilige Schritte. Der »Fuchs« ist eingetroffen. Er geht nicht hinaus, um zu gucken. Er wartet, bis Francis, ein gewissenhafter junger Polizist, den Kopf durch die Tür streckt, und befriedigt dann seine Neugierde – »Wie sieht er aus, Flann?«

Er muss lächeln, als er die nüchterne Antwort hört: »Er sieht aus wie jeder x-beliebige junge Rüpel mit Anorak und einem schmierigen Fünftagebart.«

Der Superintendent brütet vor sich hin, zieht seine Uhr auf, horcht auf das leise wispernde Ticken, betrachtet die schlanken schwarzen Zeiger, die sich nähgarndünn auf der Elf überlagern. In drei Tagen sollten er und sein Team einander zum vorliegenden Geständnis gratulieren können, und er wird das mit einem weiteren Glas seiner milchigen Medizin feiern.

VERHÖR

Sie nennen sich beim Vornamen, Gerry, Frank und Michen. Ganz locker, sagt Gerry, der mit dem sanften Umgangston. Er ist der Jüngere, ganz ungezwungen, krempelt die Ärmel hoch, um zu demonstrieren, dass sie Kumpels sind, unter sich.

»War wohl etwas unangenehm, die Fahrt hierher?«, fragt er, und da er weiß, dass er keine Antwort bekommen wird, fügt er hinzu, die Jungs würden ein bisschen überreagieren, wenn die Presse da sei, Kameras überall, das müsse er schon verstehen. Sie sitzen um einen lackierten braunen Tisch und stützen alle drei die Ellbogen auf, sodass die Streuer in der Menage hin und her kippeln. Wie Gerry mit leiser, sachlicher Stimme erklärt, wollen sie einfach nur, dass das Ganze für alle Beteiligten so schmerzlos wie möglich abläuft.

»Wie lang werde ich hier noch festgehalten?«, raunzt O'Kane.

»Das liegt allein an dir«, raunzt Frank zurück.

»Wir helfen dir, wenn du uns hilfst«, fügt Gerry hinzu.

»Ich habe das Recht auf einen Anwalt«, sagt O'Kane, und dann hält er seine Handgelenke hoch, die von den Handschellen, die sie ihm für die Fahrt hierher angelegt haben, gerötet und zerfurcht sind. Er leckt daran.

»Natürlich hast du das Recht auf einen Anwalt … das verwehrt dir auch keiner … aber wenn du meinen Rat hören willst, dann regeln wir das lieber unter uns dreien ... ein Anwalt würde zu diesem Zeitpunkt alles bloß unnötig verkomplizieren. Du siehst ja, wir haben weder Stift noch Papier, keiner schreibt mit ... es ist eine ganz lockere, entspannte Atmosphäre ... du und Frank und ich«, sagt Gerry.

»Wo ist Father John?«, fragt Frank.

»Genau, fangen wir mit Father John an ... die ganze Diözese ist völlig hysterisch ... jeden Morgen wird eine Messe für ihn gelesen ... er ist sehr beliebt«, sagt Gerry.

»Was soll der Scheiß, wovon redet ihr?«

»Ich rede von drei Vermissten, einer Frau, einem Kind und einem Priester.«

»Wahrscheinlich machen sie eine kleine Spritztour.«

»Den Schwachsinn kannst du dir sparen«, sagt Frank.

»Ganz ruhig, Frank ... Unser Michen hier hat ein hartes Leben gehabt ... mit zehn oder elf ins Heim abgeschoben ... während die arme Mutter im Sterben lag. Willst du vielleicht über deine Mutter sprechen? Es wird dir helfen. So ein unterdrückter Kummer soll für Kinder ja gar nicht gut sein ... wie alt warst du damals?«

»Sie wurde in ihrem Sarg erstickt, und ich weiß auch, von wem.«

»Wo ist der Priester?«, fragt Frank und beugt sich ganz dicht zu ihm.

»Ihr habt den falschen Mann«, erklärt O'Kane.

»Aber du weißt, dass sie vermisst werden.«

»Ihr Arschlöcher habt mich in die Falle gelockt ... ich habe nie von diesen Leuten gehört.«

»Heute Morgen gegen neun Uhr fünfunddreißig hat man dir ein Gewehr abgenommen ... es war mehrmals abgefeuert geworden ... auf was hast du geschossen?«

»Wenn irgendwo eine Gewehrkugel einschlägt, heißt das noch lange nicht, dass gleich jemand tot ist ... Man kann auch in die Luft schießen.«

»Mich ... was ist da gelaufen? Je schneller du dir alles von der Seele redest, desto schneller bist du hier wieder draußen ... Der Superintendent dieser Einheit hier ist ein ausgesprochen anständiger Kerl ... ein Familienvater ... wenn du ihm entgegenkommst, dann kommt er dir auch entgegen ... er ist kein Sadist.«

»Ich habe auf Tiere geschossen.«

»Welche Gattung meinst du?« Frank, wie er sarkastischer nicht sein könnte.

»Du warst also im Wald ... vielleicht hast du ja im Wald irgendwelche Leute getroffen ... oder vielleicht hast du sie gehört ... hast sie vielleicht um Hilfe schreien hören.« Gerry ist immer noch eifrig bemüht.

»Ich brauch 'ne Zigarette.«

»Du kriegst deine verdammten Zigaretten, wenn du unsere Fragen beantwortet hast ... wo sind die Vermissten?«

»Ihr werdet meine Fingerabdrücke nicht auf ihnen finden, und ihr könnt mich hier auch nicht mehr lange festhalten. Ich kenne das Gesetz ... Ich bin nach Paragraph 30 hier.«

»Scheiß auf Paragraph 30 ... wo sind sie ... entweder du sagst es uns, oder wir kitzeln es aus dir heraus.«

»Na, na, Frank ... wir sind alle ein bisschen überreizt. Weißt du, Michen, auf uns lastet eine schwere Verantwortung. Das ganze Land fragt nach den Vermissten, nicht nur zwei Uniformierte. Sie müssen irgendwo hier in der Gegend sein, und du bist derjenige, der es weiß ... man hat dich mit der Frau und dem Kind gesehen ... du hast auf dem Rücksitz gekauert.«

»Sie hat mich ein paar Kilometer mitgenommen ... Und dann bin ich ausgestiegen, weil ich Ortschaften grundsätzlich meide.«

»Wo ist sie hingefahren?«

»Fragt doch die Arschlöcher im Ort. Sie hat überall mitgemischt ... Ihr müsstet sie längst gefunden haben ... Gebt mir endlich meine Zigaretten, verdammt noch mal.«

»Hör zu, wenn du nicht offen mit uns redest, dann werden die Jungs aus Dublin die Sache übernehmen, und die drehen dich durch die Mangel ... ein Stockwerk höher, wenn du verstehst, was ich meine.«

»Die Saftärsche haben sie.«

»Was für Saftärsche?«

»Sag ich nicht. Wenn ich es sage, krieg ich bloß alles angehängt.«

»Leben sie noch?«

»Die Frau und das Kind leben noch ... Ich habe sie am Mittwoch gesehen ... Sie hatten zu essen und haben Fernsehen geguckt.«

»Sie sind also in einem Haus.«

»Das sag ich nicht.«

»Sind sie hier in der Gegend?«

»Nein ... ein paar Hundert Kilometer von hier entfernt.«

»Und sie sind Geiseln?«

»Ich habe euch alles gesagt, was ihr von mir zu hören kriegen werdet.«

»Lebt der Priester noch?«

»Das war ein Raubüberfall, der in die Hose gegangen ist. Das Fenster zum Bad stand offen, und Joe und ich haben draußen gewartet … Joe hat ihm mit ’ner Eisenstange eins übergebraten.«

»Wer ist Joe?«

»Das kann ich euch nicht sagen.«

»Arschloch. Dich erwischt’s so oder so … du hast ja all die Leute gesehen, die draußen gewartet haben, als du hergebracht wurdest … da sind ein paar Männer drunter, die dir mit Freuden den Hahn zudrehen würden.«

»Ich mach deine Frau und deine Kinder fertig, du Drecksack.«

»Du Drecksack wirst die nächsten dreißig Jahre hinter Gittern verbringen.«

»Hör mal, Frank, wie wär’s, wenn du mal eine Tasse Kaffee trinken gingest … Michen und ich kriegen das schon klar … ach, und bitte schick doch einen der Jungs die Zigaretten holen.«

»Scheißkerl.«

»Frank ist ein harter Bursche, aber du solltest es dir nicht mit ihm verderben … Na, egal, zur Sache … Wenn Joe dem Priester eins übergebraten hat, heißt das, dass er ihn umgebracht hat?«

»Ich habe das Blut aus seinem Kopf sprudeln sehen … aber er hatte keine Angst vorm Sterben …«

»Er ist also tot?«

»Er ist nicht gleich gestorben … die haben ihn im Wald auf einen Weg gelegt und ihn mit den Scheinwerfern angestrahlt … er hat versucht wegzurennen, aber es ging nicht … Gottes Bruder.«

»Wer hat Gottes Bruder erschossen?«

»Die Saftärsche … Wenn die sie nicht bis morgen um Mitternacht vor einem der Läden abgesetzt haben, verpfeif ich sie alle.«

»Um Himmels willen, verpfeif sie jetzt!«

»Von der Rolle ... Völlig von der Rolle«, sagt Gerry und wirft frustriert seine Jacke hin.

»Dass er von der Rolle ist, wissen wir, aber was ist der neueste Stand?«

»Er hat den Priester erschossen ... Er hat auf einem Waldweg die Schweinwerfer eingeschaltet und ihn niederknien lassen ...«

»Wir haben ihn ... Er hat es zugegeben.«

»Er will es nicht unterschreiben ... will ums Verrecken nicht unterschreiben.«

»Er will ... nicht ... unterschreiben.«

»Geht wieder rein ... nehmt Kinsella mit, er soll sich mit seinen drei Zentnern Lebendgewicht daneben stellen, und dann drückt ihr dem Mistkerl einen Stift in die Hand ... sagt ihm, entweder wir oder die Jungs aus Dublin ... die machen nicht viel Federlesens. Das heißt, wenn ich es mir recht überlege – eigentlich ist das eine Sache für uns vom Land ... wir erledigen das selbst. Er kommt schließlich auch vom Land, da braucht er die entsprechenden Umgangsformen.«

ABSOLUTION

Der ältliche Priester und O'Kane geben sich die Hand, und dann stehen sie beide in dem kleinen Besuchszimmer und warten darauf, dass der andere sich hinsetzt. Auf einem Tablett Teetassen und ein Teller Kekse. Es ist ein alter Priester, Father Christoph, ein gütiger Mann mit leiser Stimme, der am glücklichsten ist, wenn er in seinem Messbuch liest, ein Großreinemachen der Seele zur Vorbereitung auf die Ewigkeit.

»Hallo, Michen … Wie geht es dir?«

»Schlecht … diese Scheißkerle … Ich kenne Sie aus Killarney …«

»Wohl kaum.«

»Sie haben am Totoschalter gestanden … Sie hatten Ihren Kragen nicht um.«

»Nun, ich bin jedenfalls froh, dich jetzt zu sehen – zu sehen, dass du den Kopf nicht hängen lässt.«

»Mir gehen ein paar Sachen durch den Kopf … ziemlich viele sogar.«

»Ja, Superintendent McBride hat mir gesagt, dass du um einen Priester gebeten hast.«

»Ja … genau.«

»Geht es ums Beichten, Mich, hast du deshalb um einen Priester gebeten?«

»Weshalb denn sonst.«

»Ja, also … bevor wir weiterreden, möchte ich dir etwas sagen. Es würde mich in eine sehr missliche Lage bringen … eine Lage, in die ich lieber nicht geraten möchte … wenn … wenn du mir womöglich etwas Bedeutsames erzählen wolltest.«

»Ist Gott so wie Sie?«

»Oh nein ... Gott ist Gott ... Er steht über allem ... und jedem.«

»Ist er verständnisvoll?«

»Ja ... Außerdem weiß er alles und sieht alles ... er ist allmächtig und allwissend.«

»Den Papst mag ich nicht ... der ist ein Dreckskerl, das hab ich ihm sogar mal geschrieben.«

»Betest du manchmal, Michen?«

»Ich habe ein Gebet für die Vermissten gesprochen ... Hat Gott gesehen, was ich getan habe?«

»Er sieht, was du tust, und was immer du auch getan haben magst, er wird es verstehen.«

»Wird er mir vergeben?«

»Ich glaube schon ... Denk nur an Jesus in seiner Seelenqual im Garten Gethsemane ... und wie er um Vergebung für seine Henker bat – Vater, vergib ihnen, denn sie wissen nicht, was sie tun.«

»Ich bin kein Psychopath ... Ich bin nicht verrückt ... Es sind diese Arschlöcher, die mich völlig verrückt machen.«

»Sag mal, Michen, kanntest du Father John?«

»Nicht gut.«

»Aber du bist zu ihm gegangen.«

»Er hatte eine goldene Uhr, auf deren Rückseite etwas stand ... jemand hatte sie ihm geschenkt ... Ich wollte sie ihm eigentlich klauen, aber dann hab ich's doch nicht getan, weil ich wusste, dass man mir dann alles anhängen würde ... er war ein guter Mann.«

»Möchtest du vielleicht, dass ich als Laie zwischen der Polizei, den Kriminalbeamten und dir vermittle?«

»Das sind alles Arschlöcher ... Ich will, dass Sie mir die Beichte abnehmen.«

»Das möchte ich lieber nicht.«

Aber O'Kane kniet bereits, bekreuzigt sich, spricht das Gebet, das er als Kind gesprochen hat, wenn er zur Beichte ging – »Vergib mir, Father, denn ich habe gesündigt.« Der Priester legt sich die purpurrote Stola um, die er immer dabeihat, für den Fall, dass er einmal unerwartet bei einem Unfall gebraucht werden könnte, kniet nieder und schließt die Augen, voller Angst vor dem bevorstehenden Bekenntnis.

»Es war letzten Donnerstag ... und zwar war das eine Gang, die einen Einbruch machen wollte, und der ging daneben ... es hat in Strömen gepisst ... der obere Teil des Badfensters stand offen, und die Vorhänge waren auch nicht zugezogen ... Der Priester hat den Wagen in die Garage gefahren und ist dann seitlich ums Haus herumgekommen ... Joe hat ihm mit einer Eisenstange eins übergebraten ... wir haben ihn gefesselt und ihn auf die Rückbank gelegt ... Ich bin mit ihm auf einen Parkplatz gefahren ... Joe ist in seinem Wagen nachgekommen, denn er wollte keinen Ärger ... Ich musste den Priester in mein eigenes Gebiet bringen ... wir haben die Nacht in einem Haus verbracht ... ich habe geschlafen ... morgens haben mich die Vögel aufgeweckt, und dann habe ich ihn rausgebracht.«

»Hat es lang gedauert, bis er tot war?«

»Nein, es ging ganz schnell.«

»Hat er irgendwas gesagt?«

»Er hat mich gebeten, ihn zu verschonen ... die Frau ist auch tot.«

»Und das Kind, lebt das Kind noch oder ist es tot?«

»Ich weiß nicht ... bei den Saftärschen weiß man nie ...«

»Wo sind die Leichen?«

»Das sage ich Ihnen nicht.«

»Du kannst es Gott sagen ... durch mich sprichst du zu Gott.«

»Sie dürfen das den anderen da draußen nicht sagen ... Sie dürfen das Beichtgeheimnis nicht verletzen.«

»Sie müssen es erfahren.«

»Das können Sie nicht machen ... Ich habe Gott gebeichtet ... Ich beichte nicht denen ... nicht denen nicht denen nicht denen.«

»Es geht auch um ein Kind, das vielleicht noch lebt ... stell dir nur Gottes Freude in dieser elften Stunde vor, wenn du ein kleines Lamm vor der Schlachtbank rettest ... stell sie dir vor.«

»Ich erinnere mich nicht daran, es erschossen zu haben ... vielleicht ist es weggerannt.«

»Warum hast du den Priester erschossen?«

»Ich musste es tun ... er wollte das Kind des Teufels taufen ... die Frau war auch ein Teufel, eine Teufelin ... eine Sünderin.«

Als der Priester ihm die Absolution erteilt, erscheinen ihm die Worte hohl, blasphemisch, und als er fertig ist, steht er wackelig auf und geht hinaus, hin- und hergerissen zwischen seiner Pflicht gegenüber Gott und seiner Pflicht gegenüber der Menschheit.

Der Superintendent und die anderen wissen, dass der Priester etwas weiß, es ihnen aber nicht sagen darf, denn er war so erschüttert, als er herauskam, dass man einen Polizisten losschickte, damit er ihm aus dem Pub einen großen Brandy mit Gingerale holte. Den trinkt er jetzt langsam, dreht das Glas in den Händen, schaut aus dem Fenster hinaus auf die

Menschen, die vorbeikommen, und es scheint ihm, als sähe er nur junge Mütter mit Kindern, und er kann an nichts anderes denken als an ein schreiendes Kind, das versucht, seine tote Mutter wieder zum Leben zu erwecken. Er sieht, dass die Polizisten ihn anschauen und seine Not respektieren.

»Es ist also schlimm«, sagt der Superintendent.

»Es ist ein Schocker«, sagt er leise.

»Ich habe nur noch zehn Stunden … dann muss ich ihn rauslassen.«

»Ich würde Ihnen alles erzählen, wenn ich dürfte.«

»Das weiß ich, Father. Das weiß ich … Können Sie uns sagen, ob Sie glauben, dass er töten würde …?«

»Ich glaube schon, aber andererseits kann das auch alles fantasiert sein … er sagt komische Sachen … zum Beispiel hat er behauptet, er habe mich in Killarney am Totoschalter gesehen, ohne Priesterkragen … ich war noch nie im Leben auf einem Rennen.«

»Das ist doch Quatsch«, sagt Frank, »das sagt er nur, um Sie auf die falsche Fährte zu locken … unser kleiner Schwindler O'Kane weiß genau, was er tut … der hat schon als Elfjähriger sein Spiel mit den Behörden getrieben … in einem der Heime hat man ihm mal ein Blatt vorgelegt, auf dem ›Meine Zukunft …‹ stand, und als er den Satz vervollständigen sollte, schrieb er ›ist düster‹. Man begegnet an jeder beliebigen Straßenecke in jedem beliebigen Slum dieser Welt Kindern mit einer düsteren Zukunft, und trotzdem werden die nicht alle zu Kriminellen.«

»Was verbiegt ein Kind bloß dermaßen … was macht aus einem Kind etwas anderes als ein Kind?«, fragt der Priester.

»Das kann ich Ihnen nicht beantworten, Father.

Aber wenn jemand dieses Bürschchen mal am Wickel gepackt hätte … sein Vater oder irgendein Onkel, und ihm ein für alle Mal Bescheid gestoßen hätte … dann würden wir nicht auf den Knien vor ihm herumrutschen und ihn anflehen, uns zu verraten, wo die Vermissten sind. Der Staat verwöhnt diese Leute … all das Gezimpere, das Händeringen … seine Kindheit, seine Einsamkeit, seine Mutter … es gibt eine Menge Kinder ohne Mutter, und trotzdem stehlen die nicht alle Autos oder fackeln Autos ab oder entführen mit vorgehaltener Waffe eine Frau … dieser kleine Schleimer, dieser kleine Feigling.«

»Die Zeit, meine Herren, die Zeit«, sagt der Superintendent und hält seine Armbanduhr hoch, die er neuerdings wegen eines Ausschlags nicht mehr am Handgelenk trägt. In seinen Eingeweiden ein bohrender Schmerz.

»Ich würde gerne etwas erzählen«, sagt der Priester und steht auf, die Hände hilflos erhoben – »Als ich ordiniert wurde, wir waren damals insgesamt zu fünft, wurden wir hinterher aufgefordert, uns alle an den Händen zu fassen. Das taten wir auch, wir hielten uns an den Händen, und jeder bekam ein weißes Tuch aus Leinen ums Handgelenk gewunden, wie eine Bandage, und das sollten wir mitnehmen, wir sollten es behalten und es einem besonderen Menschen geben, wenn sich einmal die Notwendigkeit ergeben würde. Meine Mutter ist letzten Herbst gestorben, und ich habe es ihr im Sarg in die Hände gelegt. Wenn ich es noch hätte, würde ich es dem Jungen geben, aber ich habe es nicht mehr, ich habe es nicht mehr … Ich teile mich Ihnen in der einzigen Sprache mit, die mir erlaubt ist.«

»Ich verstehe … verstehe«, sagte der Superintendent grimmig.

Dann erhob sich anfallartiges Gelächter, ein lautes, stumpfes Bellen, und ihre Köpfe drehten sich zur Tür.

»Das ist er … Es ist eine seiner Maschen«, sagt Frank, und sie warten in der Annahme, es werde wieder aufhören, bloß hört es nicht auf, es wird stärker, steigert sich, wird mit jeder neuen Lachsalve makaberer, bedrohlicher, und sie schauen einander bestürzt an.

»Er lacht jetzt schon seit siebzehn Minuten«, sagt der Superintendent und hält seine Uhr hoch.

»Nach meiner Uhr sind es sogar schon achtzehn, Sir.«

»Achtzehn Minuten Gelächter von einem Tier.«

»Grotesk.«

Das Lachen erklang unvermindert weiter, und es hatte etwas Schreckliches, etwas Unheimliches, so als würde es niemals enden und sie würden es immer weiter hören, und selbst, wenn es irgendwann nachließe, würde es wie ein Poltergeist durch die Korridore ziehen, O'Kanes Fluch über sie.

EINE INSTÄNDIGE BITTE

Seine Großmutter ist bei ihm. Durch den Spion sehen sie, wie die beiden sich weinend küssen und umarmen und sich dann ganz nah nebeneinander setzen, woraufhin die Großmutter saubere Socken und Unterhosen aus einem Kissenbezug zieht und sie ihm zärtlich auf den Schoß legt, als wären es Geschenke.

»Wie geht es dir, mein Sohn?«

»Gar nicht so schlecht«, sagt er und fängt plötzlich an zu lachen, und dieses Lachen macht ihr Angst, denn es ist, als lachte er seine Eingeweide aus sich heraus. Sie hält ihn fest, um ihn zu sich zu bringen, ihn zu beruhigen, was ihr schließlich auch gelingt.

»Warum lachst du denn, Michen … liegt es daran, dass du nicht genug geschlafen hast?«

»Ich hab ziemlich Scheiße gebaut mit diesem Gewehr … es hat nichts getaugt.«

»Du sagst es mir, nicht wahr … du sagst mir, was du getan hast.«

»Ich habe nichts getan.«

»Lüg mich nicht an. Es ist allgemein bekannt, dass du die Frau und das Kind in einem Auto entführt hast.«

»Es ist noch ein anderer Mann beteiligt … warum schnappen sie sich den nicht.«

»Hör zu, vor ihnen kannst du es abstreiten, aber nicht vor mir … es steht dir doch ins Gesicht geschrieben.«

»Das sind alles Arschlöcher … Wenn ich dran glauben muss, dann mach ich sie alle fertig.«

»Aber wo sind die Vermissten?«

»Ich will nicht über diese Leute reden …«

»Du musst auch gar nicht über sie reden. Du musst bloß sagen, sie sind in Meelic … sie sind in Mohara, sie sind in Derrygoolin oder in Derrycon … Clonoila, Clonrush, Coose, Allendara …«

»Das wären alles Orte, wo sie sein könnten.«

»Leben sie noch, mein Sohn?«

»Oh ja.«

»Woher weißt du das?«

»Weil eine Gang sie in ihrer Gewalt hat, und die haben ein Lösegeld gefordert.«

»Was für eine Gang?«

»Profis … Dublin, England …«

»Erzähl mir mehr … wenn du mit mir nicht reden kannst, dann kannst du mit niemandem reden …«

»Ich habe keinen Menschen auf dieser Welt.«

»Du hast mich, mein Sohn, und deine Schwester, und deine arme Mutter, die aus dem Himmel auf ihren armen Jungen herunterblickt.«

»Mein Kopf funktioniert nicht mehr, Gran.«

»Wie denn? Ich meine, kannst du mich sehen? Kannst du erkennen, welche Farbe meine Augen haben? Weißt du, welcher Wochentag heute ist?«

»Warum bist du nicht schon früher gekommen?«

»Ich bin früher gekommen … Ich bin sofort gekommen, als ich es erfahren habe … Ich wollte in deiner Nähe sein … Ich habe darum gebeten, dass man mir für nachts ein Bett zu dir reinstellt, aber das wollten sie nicht … Ich habe die ganze Nacht wach gelegen, wegen der Glocken … Hast du sie auch gehört?«

»Ja.«

»Es sind die von der Abtei … die armen Nonnen stehen zwei- oder dreimal pro Nacht auf, um zu beten … dreihundert Jahre Buße und Gebete … jetzt beten sie für dich, Schatz, und ich frage dich als deine treueste Freundin: Wo sind die drei Vermissten?«

»Ich kann dir nicht sagen, was ich nicht weiß.«

»Doch, du kannst es mir sagen. Sprich dich aus … Ich weiß doch, dass du dich quälst … Ich sehe es an deinen Augen, an der Art, wie du rauchst, wie du herumzappelst, wie du auf den Zigaretten herumkaust.«

»Die denken, dass sie mich mürbe machen können … aber das wird ihnen nicht gelingen.«

»Wir sind alle mürbe, Kind … Diese ganze Geschichte hat uns alle zermürbt, und wir werden uns nicht mehr davon erholen … davon werden wir uns nicht mehr erholen.«

»Verdammte Scheiße … die haben dich umgepolt«, und damit springt er hoch, reißt die nur angelehnte Tür ganz auf und schubst sie hinaus, schreit, sie solle sich nach Hause verpissen, Verräterin. Sie schaut zu den beiden Polizisten hinüber, die vor der Tür gestanden haben, und schüttelt den Kopf. Sie muss ihnen nicht erzählen, was sie ohnehin mitgehört haben.

ALTE ZEITEN

Die Stadt lag in dumpfem Schlummer, die kleinen Fenster über den Geschäften und Pubs von den heruntergelassenen Rollos gleichsam versiegelt. Die Kalksteinfestung des Klosters massiv wie ein Gebirgszug. Unter den Seitentoren der Gärten lagen Hunde und knurrten im Schlaf, und kleine Bäche rauschten wie aus dem Nichts herab.

Eine zylindrische Lampe leuchtet kaltblau über der Tür der Wache, und drinnen tigern uniformierte Polizisten und Kriminalbeamte aus dem ganzen Land hin und her, grübeln und disputieren, während sie darauf warten, dass O'Kane einknickt. Dreißig der sechsunddreißig Stunden sind verstrichen, und die Nerven der Männer sind zum Zerreißen gespannt. Sie wechseln sich ab, gehen paarweise zu ihm hinein, und zweimal haben sie die Zelle sogar nur betreten, um ihn mit der Frage zu wecken: »Wo sind die Vermissten ... sag uns einfach bloß, wo sie sind.« Manchmal hat er sie angebrüllt, manchmal bedroht, und manchmal hat er gelacht, diese Lachanfälle, die ihnen Schauer über den Rücken jagten und sie um ihre Frauen und Kinder zu Hause bangen ließen. Sie setzen jetzt ihre ganze Hoffnung auf O'Mara, einen der Polizisten, die ihm in seiner Kindheit versucht haben zu helfen.

»Bitte entschuldigen Sie meinen Aufzug«, sagt Guard O'Mara, der wie ein Prophet empfangen wird, und schüttelt einigen von ihnen die Hand. Unter seiner Hose rutscht sein Schlafanzug, und er trägt weder Kragen noch Schlips. Er ist freudig erregt. Seit einigen Jahren pensioniert, verbringt er seine Tage damit, vor dem Fernseher zu sitzen, ins Kaminfeuer zu starren und zu viel zu essen, vor allem Cremeschnitten, und nun plötzlich wird er wieder gebraucht, ist Vermittler und Held. Superintendent McBride informiert ihn über den bisherigen Verlauf, den Besuch des Priesters, den Besuch der Großmutter, Eingeständnisse, die im nächsten Moment widerrufen werden, begleitet von Drohungen und Beschimpfungen à la »Ihr seid alle die letzten Scheißer«.

»Ich weiß ihn zu nehmen, ich habe ihn schon als Kind gekannt, als kleinen Knirps.«

»Einer der Jungs wird mit Ihnen reingehen.«

»Meine Güte, nein.«

»Meine Güte, doch ... der hat Sie doch niedergeschlagen, eh Sie sich's versehen.«

»Lassen Sie mich das auf meine Art machen ... wir kennen uns schon ewig, er und ich.« Er trinkt eine Tasse Kaffee, und dann geht er hinein.

»Du erinnerst dich doch an mich?«, fragt er O'Kane, der auf dem Boden kauert und Selbstgespräche führt. Als er keine Antwort bekommt, setzt sich Guard O'Mara hin, wiegt den Oberkörper vor und zurück und begibt sich auf die Erinnerungsreise, die er sich auf der Fahrt hierher überlegt hat, vierzig Kilometer über dunkle Straßen, vorbei an Häusern, deren verängstigte Bewohner alle Lichter angelassen haben. Er spricht leise und gedehnt, väterlich. »Du hast mal ein Fahrrad aus dem Schuppen des Arztes genommen, weißt du noch, ein Damenfahrrad, nicht, um dich zu bereichern, du hast nie irgendetwas getan, um dich zu bereichern, das muss ich dir lassen, es war eher ein Spiel, ein

Streich. Als Nächstes bist du in das Ferienhaus einer Niederländerin eingebrochen, dort hast du Farbtöpfe gefunden, und die hast du auf den Boden, auf die Stühle und auf das Sofa geleert. So bin ich an deinen ersten Fingerabdruck gekommen. Er war unten auf einer Dose, und ich habe ihn mit einem Stück Klebstreifen abgenommen und ins Hauptquartier nach Dublin geschickt. Du bist in Häuser eingebrochen und hast Polster und Kissen gestohlen, die du oben im Wald versteckt hast. Du wolltest dort leben, hast du gesagt. Dein Vater bat mich, mit dir zu sprechen, dir ins Gewissen zu reden, und das habe ich auch getan, aber du hast einfach weitergemacht mit deinen Gaunereien.

Du warst nicht zu halten. Als du damals die Fenster eingeschlagen hast, hätte ich dich festnehmen können, aber ich tat es nicht, ich ließ dich laufen und sagte, wenn du versprächest, dich nicht mehr herumzutreiben, sondern nach Hause zu deinem Vater zurückzugehen, würdest du keine Vorladung erhalten. Ich fuhr dich heim und sah zu, wie du den Weg hinaufgingst, ein prächtiger kleiner Kerl warst du mit deinem Lockenschopf, ein bisschen ängstlich, aber trotzdem ein prächtiger Kerl. Ich fuhr nach Hause, es regnete in Strömen und blies gewaltig. Ein paar Bäume waren umgestürzt. Es war eine von diesen stürmischen Nächten. Ich sehe es noch genau vor mir, jeden einzelnen Moment, die Scheibenwischer krochen nur noch über die Windschutzscheibe.

Dann stehe ich zu Hause in der Küche vorm Ofen und trockne mich ab, und als Mary, meine Frau, den Hund rauslässt, so wahr mir Gott helfe, da sitzt du draußen unter der Esche wie ein begossener Pudel, sagst nichts, fragst nichts, schaust einfach nur in unser erleuchtetes Haus. Mary kommt wieder rein und sagt: ›Da draußen sitzt dieser Junge, der holt sich noch eine Lungenentzündung‹, ich nicke ihr zu, und sie holt dich herein. Sie gibt dir ein großes Handtuch und schickt dich ins Bad. Später trocknet sie dir die Haare ab und stellt dich neben mich vor den Ofen, wir sind beide in Handtücher gewickelt wie römische Senatoren, wie Nero; meine Frau kann gar nicht genug für dich tun, sie macht dir Kakao, bäckt ein paar Scones auf und fleht dich geradezu an, zu sprechen. Aber du wolltest nicht sprechen. Du wolltest uns nicht sagen, warum du zu uns gekommen warst. Vielleicht dachtest du, du könntest bei uns bleiben. War es das, Michen, hast du das damals gedacht?«

»Diese Drecksäcke, diese Schweine, die machen mich nach Strich und Faden fertig.«

»Das sind keine Drecksäcke ... Sie machen nur ihre Arbeit ... Sie wollen unbedingt diese drei Menschen finden.«

»Ihre Zeit ist rum ... Ich bin nicht mehr lange hier ... Die können mich nicht festhalten ...«

»Du kennst mich ... und wenn du mir vertraust, würde ich gern etwas mit dir vereinbaren: Wir zwei fahren zusammen in den Wald, suchen die drei Vermissten und bringen sie zu ihren armen, todunglücklichen Familien zurück. Das alles dauert jetzt schon Tage, und diese Menschen haben sicher furchtbaren Hunger und Durst ... sind Geiseln, nehme ich an ... der junge Priester versucht, Trost zu spenden, so gut es geht, das Kind schreit ... du hast uns bewiesen, dass du uns Angst einjagen kannst, Mich, jetzt ist es an der Zeit, uns die Angst wieder zu nehmen.«

»Man wird sie niemals finden ... niemals ... keinen von ihnen.«

»Warum denn nicht, mein Sohn?«

»Das kann ich Ihnen nicht sagen. Ich geh nicht für etwas in den Knast, was ich nicht getan habe.«

»Aber wenn du es nicht getan hast, musst du doch wegen gar nichts in den Knast. Dann wird deine einzige Straftat in unerlaubtem Waffenbesitz und der Entführung der jungen Boland bestehen ... das sind keine schrecklichen Verbrechen ... Man wird dich gegen Kaution freilassen ... die Leute hier aus der Gegend werden für dich bürgen.«

»Schwachsinn.«

»Eine enorme Wut hat sich in dir angestaut, seit du ein kleiner Junge warst, aber denk daran – diese Frau, dieses Kind und dieser Priester haben dir nie etwas getan ...«

»Das weiß ich.«

»Es freut mich, das zu hören. Wie wäre es, wenn ich jetzt ein Paar Stiefel und Kleidung für dich besorgen würde, und dann fahren wir beide los?«

»Ich komme mit, wenn nur wir zwei fahren.«

»Meine Güte, Mich, nur wir zwei, das geht nicht ... auf diesen Fall sind vierzig Mann angesetzt.«

»Arschloch ... Das ist alles bloß Show.«

»Das ist keine Show. Ich werde dafür sorgen, dass du in meinem Auto sitzt, neben mir und ohne Handschellen.«

»Morgen komme ich mit, aber nicht heute Abend.«

»Morgen könnte es schon zu spät sein.«

»Der Priester ist tot ... er liegt einen Meter tief unter der Erde ... Ich habe eine Lederjacke aus seinem Auto mitgenommen ...«

»Allmächtiger Gott, wo liegt er?«

»Das kann ich Ihnen nicht sagen ... sonst bringen die mich noch mit dem Mord in Verbindung ... Werden die ballistischen Berechnungen zeigen, dass die

Kugel aus dem Gewehr gekommen ist, das ich hatte?«

»Wo liegt er?«

»Ganz schön übel, zu sehen, wie jemandem das Blut aus dem Hals fließt ... spritzt.«

»Sind die Frau und das Kind noch am Leben?«

»Ich gehe mal davon aus.«

»Versuchen wir es mit einer hypothetischen Frage.«

»Was ist denn das?«

»Sagen wir, du wärst nicht du, sondern ein Außenstehender – wenn irgendjemand im Wald eine Leiche verstecken wollte, was wäre dann wohl die beste Stelle, kannst du mir da einen Tipp geben ...?«

O'Kane zeigte zum ersten Mal ein gewisses Interesse, er dachte über die Frage nach, und dann bat er darum, die Tür zu schließen.

Er flüstert es – »Man fährt an der Kreuzung in Richtung Derrygoolin, an den ersten beiden Schranken vorbei, dann kommt man zu einer dritten, da geht man ein Stückchen rein, und dann kommt eine alte Hütte, in der mal eine tote Ziege lag ... da gibt es Gräben ... das wäre eine gute Stelle, um eine Leiche zu verstecken.«

DAS BÖSE

Sie sind früh aufgebrochen, um den Schaulustigen zuvorzukommen, fünf Männer in der stickigen Enge eines Zivilfahrzeugs der Polizei, dessen Fenster nicht geöffnet werden dürfen, O'Kane zwischen zwei Beamten, die sich angewidert von ihm wegkrümmen.

»Geht's dir besser ... bist du ein bisschen entspannter?«, fragt Detective Morgan, der sich dann und wann umdreht, doch O'Kane antwortet nicht. Solon, der junge Fahrer, schaut immer wieder im Rückspiegel auf diesen Irren, der in sich zusammengesunken dahockt, wie betäubt, die Pranken im Schoß. Morgan hat sich bereit erklärt, ihm keine Handschellen anzulegen. Zwischendurch wird O'Kane unerwartet wach, sieht einen Laden, ein im Wind schwankendes Blechschild über einer Tankstelle oder ein Feld mit Ginstersträuchern und sagt: »Da hab ich mal Sardinen gekauft ... Da hab ich mir mal Brötchen gekauft ... Da hab ich mal ein Ei gelegt ...«, und dann versinkt er wieder in Apathie.

»Du warst ein ausgezeichneter Hurleyspieler ... hast damals die O'Donohoe-Medaille für deine Schule gewonnen ... hast beide Tore erzielt ... das war erstklassig«, sagt Morgan, doch O'Kane ist wieder teilnahmslos.

Als sie an einem gläsernen Schrein mit einer Statue der Heiligen Jungfrau und einer Krone aus künstlichen roten Rosen vorbeikommen, fragt Detective Lahiffe, um die angespannte Atmosphäre etwas aufzulockern: »Wer stellt diese Dinger eigentlich auf … der Staat?«

»Nein, nicht der Staat … die Einheimischen … an dieser Stelle hat es mal einen schrecklichen Unfall gegeben … fünf Tote … wirklich tragisch«, antwortet Brophy voller Stolz auf seine Ortskenntnis, ihm ist hier jedes Haus vertraut, jeder Heuschober, jedes Auto, jeder Traktor.

»Und unter der Glashaube steht immer die Heilige Jungfrau?«, fragt Lahiffe.

»Oh nein … Wenn Sie Richtung Mayo fahren, werden Sie feststellen, dass es dort der heilige Patrick ist«, sagt Solon.

»Ach ja?«

»Sieht sehr schön aus … besonders nachts … von Lichtern umgeben wie von einem Heiligenschein.«

»Wir haben ja einigen Vandalismus hier, aber diese Schreine rührt nie jemand an … ist das nicht erstaunlich?«, sagt Detective Morgan.

»Erstaunlich.«

»Ich will zum Grab meiner Mutter«, sagt O'Kane schroff.

»Da kannst du später hin … Zuerst erledigen wir, was wir zu erledigen haben«, sagt Morgan, über die Maßen freundlich.

»Ich will aber jetzt hin … Ich muss mit ihr reden da oben im Himmel … Sie hat mir zugeflüstert, dass sie eine Nachricht für mich hat.«

»Pass auf … Wir fahren jetzt erst mal in den Wald, und danach fahren wir zu ihrem Grab.«

Unter angespanntem Schweigen fahren sie weiter, bis sie an die Kreuzung mit dem Wegweiser in Richtung Cloosh Wood gelangen und Morgan einen Schwall wilder Flüche ausstößt, als er all die Autos und Kameras und Menschen sieht und den

Helikopter, der gerade auf einem Feld in der Nähe landet.

»Ihr Dreckskerle … Ihr verdammten Dreckskerle … ihr habt gesagt, keine Presse und keine Kameras«, schreit O'Kane.

»Die werden dich nicht zu sehen bekommen … Ich werde dem Dienst habenden Superintendent sagen, dass er das Gebiet absperren lassen soll. Halt du dich hier bei den Männern versteckt«, sagt Morgan zu ihm.

»Ihr Arschlöcher … Ich mach euch fertig … Wenn ich dran glauben muss, dann ihr auch, ich mach euch alle fertig«, er wirbelt herum, stößt Lahiffe mit einem Fausthieb zur Seite, tritt gegen die Autotür und will fliehen. Brophy packt ihn erst an der Jacke, dann am Rumpf und zieht ihn nach hinten, und während O'Kane ihm mit schnellen Schwüngen den Kopf in den Körper rammt, ertönt das schrille Piepen, das die Morgennachrichten ankündigt, und eine erstickt klingende, emotionsgeladene Frauenstimme sagt: »Gerade hat uns die Nachricht erreicht, dass die Leiche einer Frau gefunden worden ist. Sie lag in einem flachen Grab in …« Dann ist der Empfang weg, da sie mittlerweile im Wald sind, Solon sucht hektisch den Sender, dreht fieberhaft an den Knöpfen, während die anderen mit gerecktem Hals horchen, doch sie hören nur ein Rauschen und ihr eigenes entsetztes Keuchen. O'Kane fängt an zu weinen, erst leise, dann nicht mehr ganz so leise, schluchzt, ein Herausquellen von Tränen, als bestünde er aus nichts anderem mehr als seinen Tränen, sein Leib, seine Wut, sein Gebrüll, alles fort, nur noch Tränen, und er streckt eine Hand aus, damit jemand sie hält. Doch keiner hält sie.

»Wir sollten zurückfahren, Jungs«, sagt Morgan,

und als Solon gerade das Auto wenden will, kommt ein Polizist auf einem Motorrad angerast und bedeutet ihnen mit der Lichthupe, zu warten.

»Was gibt's, Pakie?«, fragt Morgan, während er das Fenster herunterkurbelt.

»Die haben das Mädchen gefunden, in einem Graben zwischen den Bäumen, unter Zweigen und Gestrüpp«, stößt er atemlos hervor.

»Jesus und Maria«, entfährt es Brophy mit erstickter Stimme, und er muss daran denken, wie sein Bruder ihm erzählt hat, dass er ihr Steine aus dem Steinbruch angeliefert habe und sie ganz außer sich geraten sei, weil der Boden sie alle verschluckte.

»Wer hat sie gefunden? Einer von unseren Jungs?«

»Nein, ein Förster ... er ist ein paar hundert Meter weiter gegangen und über die Sicherheitsabsperrung gestiegen ... allein.«

»Und das Kind?«

»Von dem Kind keine Spur ... Die Suche ist intensiviert worden«, sagt Pakie.

»Bringt mich zum Grab meiner Mutter«, ruft O'Kane.

»Du elender Mistkerl ... Du hast wohl gedacht, du würdest damit durchkommen ... hast gedacht, in ein paar Monaten hätten die Tiere und Insekten sie aufgefressen ... vermisst bis in alle Ewigkeit.«

»Lasst mich raus ... lasst mich raus ... Ich will zu meiner Mutter ... Sie weiß, dass ich unschuldig bin.«

»Legt ihm Handschellen an«, sagt Morgan barsch.

»Um ihm Handschellen anlegen zu können, müssen wir ihn irgendwie auf den Boden kriegen ... und sobald wir die Tür aufmachen, ist er weg ... dann ist er wieder im Wald, und das war's«, erklärt ihm Lahiffe.

»Drücken Sie auf die Tube, Solon«, sagt Morgan, und als sie eben gewendet haben, taucht am anderen Fenster ein weiterer Polizist auf, Cleary, mit gerötetem, tränenüberströmtem Gesicht – »Man hat das Kind gefunden … als sie die Frau hochgehoben haben … es lag unter ihr.«

»So eine Bestie«, sagt Solon.

»Die Personifizierung des Bösen.«

»Schafft ihn so schnell wie möglich hier weg … da draußen stehen Leute, die nach seinem Blut lechzen … und das sind Leute, die ihn von früher kennen … die ihm zu essen gegeben haben«, sagt Cleary.

»Am liebsten würde ich ihn denen vorwerfen … den Gladiatoren … das wäre nicht mehr als recht und billig«, sagt Pakie.

»Nein, Jungs … wir bleiben schön ruhig … Wir halten uns an die Spielregeln … das hat sonst Auswirkungen auf die Verhandlung«, ruft ihnen Morgan in Erinnerung.

»Ist Ihnen klar, was er getan hat … eine Frau, ein Kind«, sagt Lahiffe.

»Selbstverständlich, und mir schaudert vor ihm … ›Rühre den Mörder nicht an, auf dass auch du nicht angerührt werdest‹«, sagt Morgan ernst.

»Das ist doch nicht wahr … das ist doch nicht wahr«, sagt Brophy immer wieder.

»Und ob es wahr ist«, sagt Cleary, dessen Finger sich um die Griffe seines Motorradlenkers krallen, nein, er schreit es heraus, schließt den warmen Tag ein, die sanfte Landschaft, junge Knospen, Weißdornblüten, und ein paar Hundert Meter weiter eine Szene derartigen Grauens, dass er sich übergeben musste.

»Du hast sie gesehen«, sagt Solon hilflos.

»Ich habe sie gesehen.«

»In was für einem Zustand befinden sie sich?«

»Sie stinken. Sie stinken.«

»Stellt euch das nur mal vor … stellt euch ihn vor … er hat das Mädchen umgebracht, hat nachgeladen, und dann hat er das Kind erschossen … er ist ein Tier …«

»Kein Tier würde so etwas tun … ein Tier tötet, um zu überleben … das ist reine Mordlust …«

»Ich will zu meiner Mutter«, sagt O'Kane und wirft sich über Lahiffe.

»Du elender Mistkerl … deine Mutter wird dir nicht helfen, weder jetzt noch sonst irgendwann … du bist erledigt.«

»Nimm die Seitenstraße, Joe … Es wird sich inzwischen herumgesprochen haben …«, sagt Morgan und dankt den beiden Boten mit einem grimmigen Nicken.

Es ist eine schmale, kaum mehr benutzte Straße, ausgefahren und grasbewachsen, die Fahrt so wild, dass sie einer Halluzination gleicht – aufwirbelnder Staub, die vorbeirasende Landschaft, hier und da ein Garten, Pferde, ein Fernsehmast, O'Kane ganz in sich selbst zurückgezogen, in eine bodenlose Höhlung, wie ein trauerndes Tier. Gleich würde das Chaos losbrechen, aber das wussten sie noch nicht, und vielleicht wusste auch er es noch nicht, denn er saß mit gebeugtem Kopf da, Schluchzer stiegen aus der Tiefe seiner Eingeweide auf, und dann schleudert das Auto plötzlich auf die andere Straßenseite, Solon begreift erst nicht, was los ist, aber dann spürt er, dass er gewürgt wird, O'Kane hat seinen Schlips gepackt und zerrt mit aller Kraft daran. Das Auto schlingert und kommt mit einem Ruck auf einer Böschung zum Stehen, wo ein paar Gänse mit ihren Küken am Gras rupfen. Das enge Wageninnere ist jetzt von Schreien erfüllt, drängenden, bedrängten, ängstlichen Schreien, auf der Rückbank haben sich die beiden Beamten und O'Kane ineinander verklammert wie Ringer auf der Matte, seine Kraft scheint unerschöpflich, und ihre Fausthiebe bleiben ohne Wirkung, so als gingen sie auf Leder nieder.

»Drückt ihn runter.«

»Fesselt ihn.«

»Legt ihn auf den Boden.«

»Legt ihm Handschellen an.«

»Es geht nicht.«

»Schafft ihn mir vom Hals ... Er beißt mir ins Ohr«, brüllt Brophy.

»Herrje, als wäre ein Irrer nicht genug«, sagt Morgan, hievt sich über die Sitzlehne, packt O'Kane an den Haaren und reißt mit lang erprobtem Zug daran, bis die Zähne sich von dem blutigen Ohr lösen und O'Kanes Gesicht weiß und weißer wird – »Sie brechen mir das Genick!«

»Und wenn wir dir jeden einzelnen Knochen brechen, das kümmert keinen Menschen«, sagt Morgan, während Lahiffe O'Kane die Arme hinter den Rücken biegt und ihm Handschellen anlegt und der immer noch mit dem Kopf um sich stößt und schwört, dass er sie alle fertigmachen wird.

Das Auto schaukelt hin und her, während Solon versucht, es wieder unter Kontrolle zu bekommen, die Räder rutschen auf der moosigen Böschung ab, draußen die völlig verstörten Gänse, deren Junge niedergemetzelt wurden, leblose gelbe, flaumige Fetzen, ringsum verstreut.

O'Kane sitzt jetzt zwischen ihnen, tödlich, die einzige ihm noch verbliebene Waffe seine Finger, der eine Daumen rupft am anderen, reißt das Fleisch herunter, und dann pult jeder Finger das Fleisch seines Gegenübers ab, zerfetztes Fleisch, spritzendes Blut und von den Handschellen ein Schaben, als würden sie gleich aufspringen, ganz von allein.

Als sie sich der Stadt nähern, schauen sich die beiden Polizisten auf der Rückbank an, vergleichen ihre zerrissenen Jacken, ihre blauen Flecken, ihre aufgeplatzten Lippen.

»Das waren die längsten 27 Kilometer meines Lebens.«

»Wie geht's deinem Ohr?«

»Miserabel ... Ich darf meiner Frau nicht erzählen, dass er mich gebissen hat.«

»Versteckt ihn, Jungs ... die werden nach seinen Hörnern Ausschau halten«, sagt Morgan, und sie werfen eine Decke über ihn, um ihn vor der Menge zu verbergen.

Sie drängen sich vor der Wache, ernst und von Entsetzen erfüllt, doch als er aus dem Wagen geführt wird, erheben sich ihre Stimmen sofort zu einem Geheul der Rache und Abscheu, wieder und wieder die gleichen Worte: »Mörder ... Kindsmörder ... Schlächter.«

Das Bild der toten Frau starrt von Plakaten auf ihn herab, von verschiedenen Stellen aus starrt es ihn an, ihr Gesicht ungewohnt friedlich, die Augen sanft wie Wolken, ein langer Strang Haare, unter der hochgeklappten Krempe eines Strohhuts blickt sie hervor, auf sie alle, auf ihn, in den Sommertag hinein. Er sieht es nicht, hört nicht die Rufe, er hat sich wieder in sich selbst zurückgezogen, in wuchtige Erstarrtheit.

Mengen von Polizisten scharen sich um ihn, und er wird vorwärts gestoßen, eine zusammengekrümmte, verdammte Silhouette, die eintritt in die Düsternis des Flurs. Und dann, in einer grässlichen, bizarren letzten Aufwallung, dreht er sich um, schüttelt mit einem Kopfstoß die Decke ab und fängt an zu lachen, ein irres, höhnisches Lachen, und sie weichen zurück, von einem Blitzstrahl des Grauens durchzuckt, Zeugen einer mittelalterlichen Groteske, seine grinsende Visage, seine abstoßenden Augen mit ihrem toten und doch mörderischen Blick.

Sie haben jetzt Angst vor ihm, dem Kinderschreck, einem ihrer eigenen Söhne, ihrem eigenen Boden entsprungen, ihr eigen Fleisch und Blut, außer Kontrolle geraten.

BART GLYNN

Es war, als träumte ich es. Es ist, als ob ich es mein Lebtag träumen werde. Anscheinend wusste ich, wohin ich ging, meine Schritte führten mich in schlichter, geordneter Bewegung dorthin. Ich grüßte niemanden aus der Menge rund um die Kreuzung, sie waren unsichtbar für mich, genau wie ich für sie. Ich war ein Phantom auf der Suche nach einem Phantom, und ich würde es finden. Das Ganze seltsam zu nennen wäre eine Verharmlosung. Ich glaube, ich stellte mir sogar vor, in welchem Zustand die Frau sein würde. Ich hatte sie einmal in Boyce's Bar Pool spielen sehen, und da war so ein Leuchten um sie herum gewesen, bernsteinfarben, vielleicht wegen ihres rotgoldenen Haars. Sie spielte wie ein Profi, und die Männer triezten sie. Ich hatte es schon vor dem Aufwachen gewusst. Zu meiner Frau sagte ich: »Koch erst heute Abend«, und sie fragte nicht nach. Das tut sie nie, wahrscheinlich sind wir deshalb zusammen. Ich gelte als Einzelgänger. Am liebsten bin ich in meinem Wohnwagen am Meer, fünfundvierzig Kilometer von hier. Ich laufe und laufe und brauche niemanden. Ich bin nie ein Mensch gewesen, der an Zeichen oder Omen oder Träume glaubt. Ich bin ein Rationalist. Nachdem ich die zwei Absperrungen und ein paar da und dort postierte Polizistengrüppchen passiert hatte, schien mir, dass jeder irgendwo anders hinlief, ohne aber so recht zu wissen, wohin. Sie kannten den Wald alle nicht. Es war ein warmer Tag, und in dem leichten

Wind hing der Duft des Frühlings, ein ganz zarter Duft. Im Wald war es ziemlich dunkel, und ich musste unter niedrigen Zweigen und halb umgekippten Bäumen hindurchkriechen. Abgestorbenes Moos hing in Strängen von den Ästen herunter. Ich spürte etwas, kurz bevor ich irgendetwas sah. Dann diese plötzliche Kontraktion in der Brust, dieser heftige Adrenalinstoß. Die bloßliegende Wade des einen Beins war weiß, wie es weißer nicht geht, der Mantel war schwarz, und sie trug dicke hellviolette Socken. Sie lag bäuchlings in einem Graben, und die Kiefernnadeln waren wie zur Dekoration auf sie gerieselt, feine, dünne Nadeln, rostfarben. Ich wusste, dass sie tot war, schon allein der Geruch sagte mir das. Aber sie wirkte dem Leben so unglaublich nahe, dass es wohl verzeihlich war zu denken, man könne sie mit einer Berührung wieder zum Leben erwecken. Fliegen krabbelten auf ihrem Haar herum, hinein und wieder hinaus, hockten auf dem angetrockneten, verkrusteten Blut. Sie waren erbarmungslos. Sonst bewegte sich nichts. Sie nicht. Ich nicht. Am schwersten zu ertragen fand ich den Frieden, den sie ausstrahlte, diese Weisheit, so als hätte sie in jenen letzten Momenten erkannt, was auf sie zukam, und dem Tod ins Auge geblickt. Das Bild drang tiefer und tiefer in mich ein, ein grausiges Gemälde, für immer in meinem Kopf.

»Hierher … hierher.« Ich schrie es, während ich hinauslief. Ich schrie wie ein Irrer, aber Cornelius meinte, als er auf mich zuging, seien mein Gesicht und mein Bart fahl gewesen wie bei einem Geist.

TRAUER

»Warum hat er den Scheißkerl nicht überwältigt? Warum hat er ihm nicht das Gewehr abgenommen? Warum ist er nicht in den Wald gerannt? Warum ist er wie ein Lamm auf der Schlachtbank gestorben?« Es ist Jack, ein zweiter Förster, und er richtet diese Fragen an den Kriminalbeamten, der gerade aus dem Helikopter heruntergelassen worden ist. Erbarmungslos fragt er es wieder und wieder, wie schon seit jenem Moment, als er in der Abenddämmerung, man hatte die Suche bis zum nächsten Tag ausgesetzt, allein auf ihn gestoßen war, Father John, den Kopf auf einer Kalksteinplatte, die Hände zum Gebet gefaltet, der Priesterkragen fleckenlos.

»Warum bloß, warum hat er sich nicht gewehrt?«

»Es hat keinen Zweck, nach dem Warum zu fragen … die Menschen sind tot«, erwidert der Kriminalbeamte und beugt anstelle eines Gebets kurz das Knie, und dann folgt die kalte und finstere Pflicht, die Leiche zu identifizieren und jedes kleinste Detail für den Bericht festzuhalten.

Derselbe Wald, das gefilterte Grün, das unablässige Gewisper der Nadeln, und doch nicht mehr derselbe, nicht mehr der harmlose Ort, der er einst war, sondern gezeichnet durch seine Schändung, wie ein Mensch gezeichnet wäre, Stätte ihrer entsetzlichen Wallfahrt, ihres vergeblichen Schreiens, sein Holz Erinnerung; drei Leichen, die bald in Plastik gehüllt zu den wartenden Leichenwagen hinuntergebracht werden.

WIESENGLOCKENBLUMEN

In der kleinen Landkirche riecht und raschelt es wie in Wald und Feld. Kränze aus Farn und Efeu, Krüge voller Wiesenglockenblumen, ihre Blüten ein gedecktes Blauviolett, dicht an dicht, als könnten sie im nächsten Moment unverhofft zu klingeln beginnen; Blumenteppiche entlang des Mittelgangs und an den Stufen zum Altar, der von zwei Särgen flankiert wird, der größere, braune Sarg für Eily, der kleinere, weiße für Maddie. Die Kirche ist überfüllt, die Predigten, Grabreden und Lieder werden zusammen mit dem Geruch von Geißblatt und Wiesenglockenblumen hinausgetragen auf das Grundstück und die Felder daneben, wo Hunderte von Trauernden stehen, fassungslos und in Tränen.

Cassandra sprach für ihre ganze Familie, als sie sagte, man solle die Seelen der beiden nun ziehen lassen, und sie sah dabei die Särge an, so als spräche sie eigentlich mit den Leibern darin, Leibern, die zerschnitten und zersägt, skalpiert und gewogen, abgetupft und wieder zusammengefügt worden waren und die jetzt die Gewänder des ewigen Himmelreichs trugen.

»Lasst sie ziehen«, sagte sie, legte die hohlen Hände aneinander und hielt sie empor, und die Leute blickten zu den Dachbalken hinauf und glaubten, der Wanderung der beiden Seelen zusehen zu können.

Ein Stück abseits stand der entfremdete Vater. Das war sein Kind dort in dem kleinen weißen Sarg, doch seine Gefühle waren in seinem schroffen schweigsamen Wesen verschlossen. Sie und das Kind waren eins gewesen, unteilbar, und O'Kane, der Ausgestoßene, hatte das erkannt und es ebenfalls gewollt, und in seinem Hunger danach, dazuzugehören, hatte er es zerstören müssen. Der totale Verlierer. Ein entfremdeter Vater, der gern geweint hätte, es aber nicht tat, nicht dort. Er würde noch Tränen vergießen, aber an anderer Stelle, da sie doch in seiner Vorstellung für immer im Wald waren, ihrer eigentlichen Ruhestätte. Er dachte *Was kann ich tun, um mir zu beweisen, dass ich zumindest ein kleines bisschen gewachsen bin, seit das geschehen ist. Ich kann sie nicht zurückholen. Ich kann an diese letzten wahnsinnigen Minuten denken, bis mein Denken völlig gedankenleer geworden ist, aber ich kann sie nicht zurückholen, niemals.*

Was er tat, war, zu O'Kanes Vater zu gehen und ihm die Hand zu schütteln, und der Mann sah ihn verwirrt und verständnislos an, seine tief liegenden Augen wie Löcher in seinem Gesicht, zwei Väter außerhalb des Bundes von Mutter und Kind, ihre Hände kurz einander berührend, an Dinge rührend, die niemals ausgesprochen werden konnten.

BLUT

»Sag mir, dass du sie nicht vergewaltigt hast, Mich … sag mir nur dieses eine.«

Es ist Aileen, die übernächtigt und in Tränen aufgelöst seit Tagesanbruch darauf wartet, eingelassen zu werden, sie ist fast hundertfünfzig Kilometer weit gefahren, denn man hat ihn in ein Gefängnis auf halber Strecke zwischen zu Hause und der Hauptstadt verlegt. Sie hat ihm saubere Wäsche, ein Stück Seife und die Bananen mitgebracht, um die er gebeten hat. Der Polizist draußen hat ihr erklärt, dass er sich geweigert habe, sich Blut abnehmen zu lassen, und sie gebeten, ihm zu sagen, so wie sie es selbst auch schon getan hätten, dass man ihn dazu zwingen könne. Er schaut sie an, als würde er sie am liebsten umbringen.

»Sag es mir«, bittet sie ihn flehentlich.

»Die haben dich reingelegt … Die wollen mir sämtliche Verbrechen dieser Welt anhängen.«

»Dann sag mir, dass du die Frau nicht vergewaltigt hast, Mich, ganz einfach, ganz einfach.«

»Diese Scheißstimmen … wollen nicht aufhören … besorg mir ein Radio … besorg mir irgendwas … besorg mir ein Gewehr … hol mich hier raus.«

»Mich … Michen.«

»Sie hat mich geliebt … sie war meine Freundin … sie hat mir im Wald den Schwanz gelutscht … wir hatten da oben ein Zelt … sie war verrückt nach mir.«

»Sie war nicht deine Freundin. Das bildest du dir

alles nur ein, und jetzt bist du für den Rest deines Lebens mit deiner verdammten Einbildung allein … mein Gott.«

Während sie streiten, kommt ein junger Vollzugsbeamter mit blasser, fast albinoheller Haut herein; glatt rasiert, Bürstenschnitt, seine Augen ein verwaschenes Kornblumenblau, in der Hand eine Spritze, mit der er imaginäre Einstiche in die Luft macht, während er um O'Kane herumtanzt.

»Wir brauchen dein Blut nicht, Drecksack … wir haben es schon. Du hast dir nämlich an der Glastür in die Eier geschnitten, als du in das Haus eingestiegen bist … Wir haben deine DNA in den Akten … im Leichenschauhaus haben sie dich ganz aus ihr rausgespült … Sie ist tot, aber sie ist rein, und du bist unrein und stinkst.«

»Geht es um die Frau am Seeufer?«, fragt er.

»Nein, es geht nicht um die Frau am Seeufer, Drecksack … Es geht um die Frau, mit der du in den Wald gefahren bist. Wie kommt es, dass du die wichtigsten Sachen vergisst? Du vergisst nicht, um Bananen oder frische Unterwäsche zu bitten, aber das vergisst du, wie kommt das, du bist ein Monster, aber jetzt kannst du dich nicht mehr hinter dem Schürzenzipfel des Teufels verstecken … Und willst du auch wissen, warum? Weil du selbst der Teufel bist, mit Pferdehuf und Hörnern und allem Drum und Dran … Das war eine Farce, bestes Wandertheater … alle wollten dir helfen … sogar ein Bischof, Priester, Würdenträger, VIPs, alle haben sie die Hände gerungen … du Armer … hattest nie eine Chance … das System hat versagt … Wir haben versagt … St. Michael's, St. Joseph's, St. Bridget's, St. Finian's, St. Teresa's, St. Anne's, Spike Island, Clonmel Rugby, Featherstone, Wolverhampton, alle haben versagt gegenüber diesem kleinen Feigling, der seine Mutter so sehr liebte, dass er eine unschuldige Frau entführen und ficken und dann umbringen musste, und dann auch noch ihr Kind umgebracht hat, um das Bild abzurunden, und schließlich den Priester, der ihnen die letzte Ölung spenden sollte. Aber in deinem dicken Dez ist es zappenduster ... Es ist dir irgendwie entfallen ... aber ich verrate dir was, die Bischöfe und Priester und VIPs werden jetzt wie die Ratten vor dir davonlaufen, völlig angewidert ... deine Besucher sind von jetzt an WIR ... staatlicher Besuch ... staatliche Teller ... eine staatliche Decke ... ein staatliches Begräbnis ... willkommen in der Hölle, O'Kane ... sie erwartet dich schon.«

»Das ist ein verdammter Lügner ... ein verdammter Lügner«, sagt er, als sie allein sind.

»Ich glaube, du hast sie tatsächlich vergewaltigt, Mich ... Ich glaube, du hast es getan.«

»Willst du etwa, dass die mich einsperren?«

»Es ist das einzig Vertretbare ... Nach dem, was du getan hast.«

»Deinen eigenen Bruder.«

»Du bist nicht der Bruder, den ich von früher kenne ... du bist ein fremdes Wesen«, sagt sie, furchtlos und verzweifelt zugleich.

»Geh nicht weg«, er läuft zu ihr, klammert sich an ihr fest.

»Ich muss ... Ich kann keine Sekunde länger hier bleiben.«

Er versuchte nicht, sie zu halten, wich in eisiger Erstarrung zurück, als er die Scham sah, die ihr in die Augen stieg.

O’KANE

Nachdem ich mit ihr Sex gehabt hatte, kam ich in die Küche runter. Sie hatte Wasser aufgesetzt. Ich hörte die Stimme des Teufels sagen *Bring sie um, bring sie um*. Ich sagte, wir müssen in den Wald. Sie versuchte, sich mir zu widersetzen. Das Gewehr war draußen hinter einem Busch versteckt. Das hat ihr nicht gefallen, sie wollte kein Gewehr in der Nähe des Kindes haben. Ich sagte, ich habe es gerade erst besorgt. Ich will ein Postamt überfallen. Vorher hatte ich nicht die Absicht gehabt, sie umzubringen. Es gab keinen Grund. Sie ist alle zwei Tage zu meinem Zelt im Wald gekommen und hat mir Essen gebracht, und wir haben jede Menge Sex gehabt. Sie hat meinen Schwanz gelutscht. Sie wollte nicht, dass ich nach Tullamore gehe.

Ich befahl ihr, zum Cloosh Wood zu fahren, und als wir angekommen waren, fragte sie, wo ist denn dein Zelt. Ich sagte, ich habe es verbrannt, ich brauche es nicht mehr. Und dann sagte ich, ich muss dich umbringen. Sie sagte, red keinen Mist. Ich zwang sie mit vorgehaltener Waffe, von der Straße in den Wald hinein zu gehen, ziemlich weit. Sie war nervös, panisch. Sie hielt das Kind an der Hand. Ich sagte, wenn sie versuchen würde, wegzurennen, würde ich sie beide erschießen. Sie ließ die Hand des Kindes los und schickte es spielen. Ich führte sie zu der Stelle, wo die Bäume im Hufeisen stehen, und sie sagte, du machst mir Angst, du erschreckst mich, gib mir das Gewehr. Sie nahm es mir ab. Sie entlud es. Das war, während wir kämpften. Sie kam ans Schloss, und es entlud sich ganz von selbst. Ich stellte ihr ein Bein. Sie fiel auf den Boden, und ich lud das Gewehr wieder. Sie versuchte aufzustehen. Ich schoss ihr ins Gesicht. Es war eine ziemliche Sauerei. Ich hatte ein Problem mit dem Jungen. Was sollte ich mit ihm machen. Er brüllte. Er hatte keine Mutter mehr. Ich ertrug es nicht, ihn zu sehen. Ich schoss ihn seitlich in den Kopf, oder zumindest ungefähr in die Gegend. Ich weiß es nicht mehr. Ich konnte nicht mehr denken.

Ich kam aus dem Wald und setzte mich in ihr Auto. Die Schlüssel waren nicht da. Ich ging wieder in den Wald, um die Schlüssel aus ihrer Tasche zu nehmen. Sie war ganz grün geworden. Die Farbe machte mir Angst. Ich bedeckte sie mit Kiefernnadeln und verließ den Wald wieder. Ich schlief lange im Auto, vielleicht einen Tag. Ich brannte das Auto irgendwo ab und ging zu meiner Großmutter. Ich schwitzte. Ich übergab mich. Ich hörte die Stimme des Teufels. Er sagte, brenn das Eisentor von deiner Großmutter nieder, brenn ihren Heuschober nieder. Ich erinnere mich nicht daran, dass ich weggegangen bin, aber ich bin wohl weggegangen, denn plötzlich lief ich mit dem Gewehr die Straße entlang. Ich hörte eine Stimme sagen, brenn das Haus des Schleusenwärters nieder. Er war nicht da. Ich nahm mir eine Decke. Es wurde langsam dunkel, deshalb ging ich auf die Lichter des Dorfes zu, und da sah ich die Kirche. Das Haus des Priesters war neben der Kirche. Es war kein Licht an, und ich wartete. Als er kam, habe ich ihn mit vorgehaltener Waffe gekidnappt. Er sagte, oh Gott. Er fragte mich, was ich wollte. Ich sagte, mir sei danach, jemanden umzubringen. Er sagte, entspann dich, und bring mich nicht um, ich fahr dich hin, wo immer du hinwillst. Ich fuhr mit ihm zu einem Haus im Wald, wo ich als Kind gewohnt hatte. Da hab ich mich mal in einem Wandschrank versteckt und reingepisst. Meine Mutter fand das sehr lustig. Irgendjemand hatte einen Brunnen gegraben, seit wir weggezogen waren. Der Priester fragte, was hast du mit mir vor. Ich sagte, ich warte auf Anweisungen. Er sagte, ich sei ein kranker Mann. Er sagte, er würde meine Großmutter kennen, würde sie manchmal besuchen, ihr die Beichte abnehmen. Er hatte ein Portemonnaie in der Innentasche. Er ging auf die Toilette und versteckte es in seiner Hosentasche. Ich aß Kuchen mit Puderzucker drauf. Ich schlief ein.

Es war sechs Uhr früh, und die Vögel sangen. Ich sagte zu ihm, los, Zeit zum Aufstehen. Ich nahm ihm seine Armbanduhr ab. Ich hab sie irgend so einem Arsch in Limerick für ein bisschen Hasch gegeben. Ich lachte, als ich das Blut aus seinem Kopf sprudeln sah wie aus einer Wasserpumpe. Das hat mir richtig Spaß gemacht, hat mir einen Kick gegeben. Das Zucken hat mir gefallen. Ich bin besessen.

WEIHNACHTEN

Er lag in seiner eigenen Scheiße. Er lag in seiner eigenen Dunkelheit, schimpfte und schmiedete Pläne. Er hasste die Schließer. Die Schließer hassten ihn. Er machte ihnen das Leben zur Hölle, weigerte sich, den Eimer zu benutzen, den sie ihm hineinreichten, und schiss auf den Boden, um sie zu ärgern. Schwang die Arme durch die Luft wie Ruder oder Speere und erklärte den Dreckskerlen, er werde demnächst verschwinden, und zwar durchs Dach. Die »Heiliger-Drecksack-Show« nannten sie das. Sie hatten Angst vor ihm. Er brüllte und redete wild auf sie ein, und sie glaubten, selbst wenn ihm vor lauter Brüllen der Kopf von den Schultern fiele, würde der abgefallene Kopf sie weiter verfolgen. Er nannte sie Ambrose. Sie nannten ihn Dickwanst. »Keine Hamburger für Mr. Dickwanst.« »Kein Radio für Mr. Dickwanst.« »Kein Gassigehen für Mr. Dickwanst.« Er hielt vier Finger hoch und ließ sie kreisen, und sie wussten, was das bedeutete. Er hatte drei Menschen getötet, und ein vierter würde folgen. Manchmal saß er da wie in Trance, lutschte am Daumen, starrte vor sich hin. Auch sein Gelächter war eine Art von Gebrüll. Er konnte es stundenlang aufrechterhalten.

Die Wärter erschossen den Fasan, der ihm Gesellschaft leistete, weil sie neidisch waren. Er rächte sich. Vögel kamen durchs Fenster zu ihm herein und pfiffen Melodien, und er pfiff zurück. Eines Tages kamen sieben rote Hennen von zu Hause, und er redete mit ihnen und fragte, ob sie auch gut legten. Er hatte viel Spaß mit ihnen. Er lernte »Gaaackgackgackgackgackgack« zu machen, so wie sie, wenn sie ein Ei gelegt hatten. Dann eines Tages kamen sie nicht mehr, und er weinte. Ein paar Schweine kamen, doch sie blieben zwischen den Gitterstäben stecken, verkeilten sich und konnten nicht mehr vor noch zurück. Sie brachten ihm Grunzer bei, und die Schließer hörten draußen vor der Zelle zu, guckten durch den Spion hinein und schlossen Wetten ab, ob er nun ein Schwein sei oder nicht. Statt Dickwanst nannten sie ihn jetzt Schweinchen, und er nannte sie Ambrose.

Er hatte jeden Tag Hofgang, in einem geschlossenen Hof mit einer hohen Mauer und einem Baum mit abgestorbenen, papierartigen Blättern. In einer Ecke stand eine Kloschüssel ohne Spülvorrichtung, und da schiss er hinein, obwohl er es nicht sollte. Er sparte seine Scheiße extra dafür auf, damit sie fluchend mit Eimer und Besen ankamen und ihn zwangen, die Schüssel zu putzen. Eines Tages kam ein neuer Pfleger und guckte ihn irgendwie komisch an, und da holte er weit aus und schlug ihn zu Boden, und dann begann er seinen Kopf auf den Rand der Kloschüssel zu hauen, das Gesicht von Scheiße verschmiert. Danach war die Gummizelle angesagt. Er warf sich gegen die Lederwände, prallte ab und warf sich erneut dagegen, weil nichts ihn davon überzeugen konnte, dass sie nicht nachgeben würden.

Da rief man Dr. Macready. Dr. Macready zeichnete sich dadurch aus, dass er der Einzige war, der keine Angst vor diesen Durchgeknallten hatte, er hatte vor niemandem Angst. Er vereinbarte mit dem Gefängnisdirektor, dass er sich mit O'Kane treffen werde, aber nur unter der Bedingung, dass sie sich wirklich persönlich trafen. Er wollte nicht in einem Zimmer sitzen und durch eine Glasscheibe auf O'Kane in einem anderen Zimmer schauen – »Ich will den echten Menschen erleben«, sagte er, und der Gefängnisdirektor lächelte das Lächeln der Desillusionierten. Erst beim fünften Treffen gelang es Dr. Macready, das Eis zu brechen. Er war zu spät gekommen, setzte sich, zog sein Taschentuch hervor, begann seine Brille zu putzen und sagte: »Im Bus war ein betrunkener Schotte, der dauernd ›Kein Problem, John, kein Problem, John‹ gesagt hat, er ist im Gang hin und her gelaufen, hat den Leuten ins Gesicht geschaut und gesagt: ›Bauern‹, und dann hat er sich neben mich gesetzt, mich gemustert und noch mal gesagt: ›Bauer‹.«

»Sind Sie öfter in Amerika?«

»Nein ... warum?«

»Ich will nicht hier vor Gericht. Die Leute werden mich auslachen ... Sie werden mich auslachen und meine Mutter auch. Könnten Sie mich hier rausholen? Vielleicht durch eine Hintertür? Ich werde niemandem etwas tun ... Ich werde mir kein Gewehr besorgen ...«

»Nicht die allergeringste Chance, Michen. Ich kann dir nur helfen, indem ich hierher komme und dich besuche.«

»Schwachsinn.«

»Genau, und mir von dir Schwachsinn unterstellen lasse.«

»Ich schmeiße Essen auf den Boden ... Ich mache auf den Boden.«

»Ich weiß ... Ich habe es gesehen.«

»Ich bin ein kranker Mann, stimmt's?«

»Ja, du bist ein kranker Mann.«

»Und was werden Sie für mich tun?«

»Nicht viel ... aber irgendwas schon ... wir werden es versuchen ... zusammen.«

Dr. Macready ist bei ihm im Krankenhaus, schon über eine Stunde sitzt er da und hört ihm zu, wie er in seinem Dämmerzustand vor sich hin redet – »Da ist ja ein kleines Gewehr in deinem Auspuff, ich hab als Baby dauernd Koliken gehabt, mit drei Monaten hab ich gelächelt ... mit sechs hab ich gezuckt« – seine Seufzer werden schwächer und schwächer, ein Schleier liegt über seinen Augen, plötzlich ruckartige Bewegungen, als würden die Sicherungen in seinem Gehirn durchbrennen, noch ein kurzer wirrer Satz, dann ein Lächeln.

Das Licht aus dem Korridor ist gedämpft, im Gegensatz zu dem grellen Licht im Zimmer, O'Kanes Gesicht ist hager, die Haut gelb, der leicht erhobene Kopf ist an die Eisenstäbe gelehnt, seine Handgelenke hängen schlaff in den Handschellen, scheuern sich nicht mehr wund, der Polizist, an den er festgeschlossen ist, döst vor Langeweile. Am Fußende des Betts zwei weitere Polizisten und einer an der Tür, alle mit gedrungenen, leicht obszön wirkenden Revolvern an den Hüften, die ihnen etwas Watscheliges geben, wenn sie auf und ab gehen, um sich die Zeit zu vertreiben.

Dr. Macready hält das Geschenk in der Hand, das er O'Kane mitgebracht hat, zu Weihnachten. O'Kane befindet sich seit über zwanzig Tagen im Hungerstreik, er kämpft nicht mehr, ist still, fröstelig, spricht davon, dass er in den Himmel emporgehoben wird, dann wieder sieht er Orangemen auf seinem Bett herumtanzen. Er sagt, er wolle seine Sünden auf seinem Grabstein aufgelistet haben, alle sollten wissen, dass es ihm Leid tue. Er beharrt darauf, dass sich das Blatt für ihn gewendet habe, als man den Karton mit den Oblaten für die heilige Kommunion in Father Johns Auto gefunden habe, und dass das gut gewesen sei, weil es dazu geführt habe, dass man ihn fasste. Er sagte, sie sei eine schöne Frau gewesen, seine Traumfrau in seiner Traumwelt, und deshalb habe er sich in sie verliebt. Er bat den Doktor, sich stellvertretend für ihn von seinem Zuhause zu verabschieden, denn das Zuhause sei der wichtigste Ort im Leben eines Jungen, ein Junge trage den Wald mit sich in die Welt hinaus. Er sagte, sein Vater hätte kommen und ihm vergeben sollen, und er hätte seinem Vater vergeben sollen, denn ein Sohn müsse auch ein Vater sein. Doch er kam immer wieder auf die Frau zurück, die in irgendeinem Teil von ihm noch am Leben war, sie war in Cloosh Wood, wurde von Tieren angegriffen, und er versuchte sie zu retten, drehte sie um, hob sie hoch. Hob sie hoch.

»Willst du denn nicht dein Geschenk auspacken?«, fragt der Doktor.

»Geht nicht«, sagt er und hält lächelnd die Hände in den Handschellen hoch. Still, traumartig, wie von einem Trank eingelullt, der ihm nicht verabreicht worden, der nicht von außen gekommen ist, sondern aus ihm selbst, sein Stoffwechsel verändert, sodass er entrückt ist, gelassen, seine Dämonen verschwunden. Dr. Macready wickelt das Krepppapier ab und hält die Zigarrenkiste mit dem beigefarbenen Bild eines südamerikanischen Potentaten in die Höhe.

»Wer ist das, der Mann und die Frau?«, fragt O'Kane und starrt auf die Kiste.

»Da ist nur ein Mann drauf ... siehst du das nicht?«

»Ist das Schokolade?«

»Nein, es sind Zigarren ... Ich dachte, es ist Zeit für eine Zigarre.«

»Ich höre nicht auf zu fasten ... also versuchen Sie

gar nicht erst, mich darum zu bitten«, sagt er sehr sanft.

»Ich lasse dich nicht sterben ... was glaubst du, was passiert, wenn man stirbt?«

»Man kommt an den anderen Ort.«

»Und was machst du, wenn es dir da nicht gefällt?«

»Ich frage, wie ich wieder zurückkomme.«

»Michen, hör mal zu.«

»Nein, hören Sie mir zu ... Ich bin nicht mehr verrückt und habe keine Wut mehr in mir ... ist das nicht eine schöne Art zu sterben?«

Die Tür wird aufgestoßen, und die Oberschwester verkündet mit Falsettstimme – »Hoher Besuch«, woraufhin Dr. Macready aufsteht und sie bittet, noch einen Moment zu warten, und dann beugt er sich über O'Kane und sagt: »Ich glaube, ich habe es dir erzählt ... Ich habe meinen Freund Bischof Cormac gebeten, vorbeizukommen ... er ist ein sehr liebenswürdiger, mitfühlender Mensch.«

»Ist er ein Orangeman?«

Der Bischof steht neben dem Bett und legt O'Kane abwechselnd die Hände auf die bebende Stirn.

»Können wir ihm die Handschellen abnehmen, Oberschwester ... damit er unter vier Augen mit Bischof Cormac sprechen kann?«, fragt Dr. Macready.

»Nein.«

»Nein?«

»Das kann ich nicht verantworten ... Wenn er ihn angreift und tötet, wird man mir die Schuld geben.«

»Er kann doch keiner Fliege etwas zu Leide tun ... Er liegt im Sterben.«

»Ich muss erst den Gefängnisdirektor anrufen ... wahrscheinlich ist er gar nicht da ... immerhin ist

Weihnachten«, und sie deutet mit bösem Blick auf den Strang Lametta, der in einem Bogen über O'Kanes Bettstange aufgehängt ist.

»Großer Gott, wo sind bloß die mutigen Menschen auf dieser Welt«, sagt Dr. Macready und schaut von ihr zu den Polizisten und wieder zurück.

»Sie haben ja keine Vorstellung, Doktor, wie aufmüpfig, wie gefährlich dieser Mann sein kann.«

»Oh doch, das habe ich.«

»Dann schätzen Sie sich glücklich, dass Sie nicht im Leichenschauhaus liegen.«

»Ich werde das vor dem Direktor verantworten, und Bischof Cormac ebenfalls ... dieser Junge muss dazu gebracht werden, wenigstens ein Schlückchen Nahrung zu sich zu nehmen ... sonst liegt demnächst er im Leichenschauhaus.«

Sie nickt widerwillig, die Handschellen werden geöffnet, und dann verlassen die Polizisten einer nach dem anderen den Raum, ein bisschen verlegen in der Anwesenheit eines Bischofs.

Dr. Macready und Miriam, eine junge Schwesternhelferin, sitzen in der Küche und warten. Auf einem Tablett steht ein Teller mit belegten Broten, die mit einem Tuch abgedeckt sind, sowie Teegeschirr.

»Man darf es ja eigentlich nicht sagen, aber ich sterbe vor Hunger«, sagt der Doktor.

»Ich auch ... das ist einfach die Vorstellung, dass sich die Leute jetzt überall den Bauch mit Truthahn, Bratkartoffeln und Rosenkohl voll schlagen ... Und dann der Plumpudding, die Brandybutter, ein Klacks Schlagsahne ...«

»Nicht, bitte«, sagt er und lupft einen Zipfel des Tuchs, um zu schauen, was für Brote man ihnen gebracht hat.

Von Zeit zu Zeit geht Miriam an die Tür, die immer noch geschlossen ist, und kommt mit dem Zeigefinger auf den Lippen zurück.

Sie hören den Bischof nicht kommen, denn er trägt Schuhe mit Kreppsohlen, er tritt lächelnd ein und hebt in bescheidenem Triumph die gewölbten Hände – »Er wird ein Schlückchen trinken ... Er wird ein Schlückchen Zuckerwasser trinken.«

»Fantastisch. Wie haben Sie das gemacht?«, fragt Macready.

»Ich musste gar nicht viel machen ... er ist ein gebrochener Mann, ein gebrochener Junge, sollte ich sagen, wir haben darüber gesprochen, was er getan hat ... es lässt ihn nicht los ... der Ort, die schreiende Frau, das schreiende Kind ... es geht alles durcheinander ... also haben wir eine Art Pakt geschlossen. Ich habe ihm gesagt, dass ich ihm seine Gedanken jeden Tag für eine Stunde abnehmen werde ... dass ich beten und meditieren werde und er sich solange von ihnen erholen kann ... so bin ich an ihn herangekommen.«

»Das heißt, wir sollen ihn füttern?«, fragt Miriam missmutig.

»Nur schlückchenweise, verstehen Sie ... in kleinen Schritten ... so wird er wieder zu Kräften kommen.«

»Mein Vater hat gesagt, er würde den Dreckskerl erschießen ... und wir sind im Begriff, sein Leben zu retten ... das ergibt doch keinen Sinn.«

»Doch, Miriam ... auf eine bestimmte Weise ergibt es Sinn ... Sie wären nicht freiwillig Krankenschwester geworden, wenn Sie kein Mitgefühl hätten ...«, sagt Dr. Macready leise.

»Na gut ... Ich gebe ihm seine Schlückchen, aber draußen werde ich niemandem davon erzählen ...

und zu Hause auch nicht, denn er hat das schlimmste Verbrechen begangen, das es hier je gegeben hat, und keiner wird es je vergessen ...«

»Was glauben Sie wohl, warum nicht?«, fragt der Bischof.

»Wir werden nie wissen, was für ein Martyrium diese Menschen erlitten haben ... und deshalb stellen wir es uns immer wieder vor.«

»Er weiß das auch nicht.«

»Natürlich weiß er es«, antwortet sie scharf.

»Da täuschen Sie sich, Miriam ... er unterscheidet nicht zwischen Leben und Tod ... zwischen Ich und Du ... zwischen Innen und Außen ... für ihn ist das alles das Gleiche ... alles Traum.«

»Traum«, sagt der Bischof und blickt in den Abendhimmel, ein zartviolettes Wunder, Gottes Schöpfung, genauso, wie auch der junge Mann dort im Bett, der gleich ein Schlückchen Nahrung zu sich nehmen wird, Gottes Schöpfung ist.

GERICHT

Ein Jahr ist vergangen, und O'Kane ist von seiner Gefängniszelle ins Krankenhaus und wieder in die Zelle verlegt worden, manchmal in Isolationshaft, manchmal nicht, mal ist er ausfallend, mal wirr, indes zu Hause sein Gespenst umgeht und diejenigen, die vor der Polizei aussagen mussten, in Angst vor seiner Rückkehr leben, der Angst davor, dass er zurückkommen und sich an ihnen rächen wird.

Dann ist die Zeit für die Anhörung gekommen, und draußen drängen sich, so wie es jetzt jeden Tag der Fall sein wird, die Schaulustigen und beschimpfen ihn, wenn er in Handschellen vom Gefangenenwagen herübergeführt wird, fluchend oder unter lautem Geschrei, dass man ihn im Gefängnis schikaniere, ihn senil mache.

Am ersten Tag bat sein Anwalt den Richter, ihn in O'Kanes frühe Lebensjahre zu begleiten, zu dem verschlossenen, schüchternen Kind, das den größten Teil seines Lebens in Heimen verbracht habe, mit Straftätern aus der Stadt zusammengeworfen, das immer wieder begutachtet worden sei, aber keine Hilfe erhalten habe, weil niemand, kein Mensch auf dieser Welt, ihm habe helfen wollen. Er beschrieb die Abgründe, in denen O'Kane gelebt habe, ja, noch immer lebe, seinen gequälten Geist, Würmer, die in seinen Schädel hinein- und wieder herauskröchen, Stimmen, die ihn verfolgten, ein Gefühl nicht nur der Entfremdung, sondern der Hölle auf Erden. Er rief dem Richter und dem zahlreichen Publikum sehr eindringlich ins Bewusstsein, dass in diesem emotionsgeladenen Fall ein wahrer Rachefeldzug im Gange sei, dann wandte er sich der Jury zu und erinnerte sie an ihre heilige Pflicht. Er sagte, der junge Mann stehe zu Unrecht allein hier, denn eigentlich sitze der Staat mit auf der Anklagebank, er habe versagt, das System habe versagt, seit seinem zehnten Lebensjahr sei O'Kane von einer Anstalt in die nächste weitergereicht worden, mutterlos, vaterlos, nie bei ihnen und nie ohne sie. Neugierige und empörte Blicke zu O'Kane, der in Handschellen dasaß, aufgeschwemmt, mit ausdruckslosem Gesicht, die Stunden verdösend, so als sei er schon tot.

Der Anwalt der Gegenseite malte ein ganz anderes Bild, das Bild eines verschlagenen, eigennützigen Lügners, der von Blutdurst erfüllt sei, von der Lust am Töten, ein Mann, dem vollkommen bewusst sei, was er getan habe, und der jetzt Irrsinn vortäusche, um Strafmilderung zu erlangen. Es sei von Stimmen die Rede, die den Angeklagten angeblich plagten, doch man solle sich nicht täuschen, das seien alles Tricks, Geschichten aus *Alice im Wunderland*, Ammenmärchen über irgendwelche Teufel, die ihm etwas ins Essen mischten, Voodoo-Priester, die seine Handlungen steuerten, oder vermeintliche Maden, die aus seinem Gehirn kröchen.

Und so wurde in einem endlosen, scharfen Schlagabtausch seine geistige Verfassung durchleuchtet und diskutiert, doch O'Kane registrierte die meiste Zeit gar nichts, nur manchmal lachte er unkontrolliert, was zu nervösem Kichern im Publikum führte.

Tag für Tag wurde das Ganze aufs Neue durchgespielt, der Wald, der Weg, die Zweige, die kleinen Äste, das Gestrüpp, die halb bedeckten Leichen, die

Schmeißfliegen, die Eier der Schmeißfliegen, der linke Fuß, der rechte Fuß, die gebeugten Knie, der schwarze Anorak, der blaue Anorak, die mit gespreizten Gliedmaßen über dem Kind liegende Mutter, und die Zuhörer waren gefesselt und abgestoßen zugleich.

Tränen flossen, als die Beweisstücke hochgehalten wurden, die goldene Uhr des Priesters mit dem Elastikarmband, ein hölzerner Anhänger, den die Frau getragen hatte, das Sweatshirt des Kindes mit einem Motorrad vorne drauf. Eine Nachbarin von Father John sprach von dessen letztem Vier-Augen-Gespräch, das bei ihr zu Hause stattgefunden habe, von dem halben Brandy, den sie ihm, mit der doppelten Menge Wasser vermischt, gegeben habe, von dem Stück Cremetorte, das er gegessen, und der Schachtel heiliger Oblaten, die er dabeigehabt habe, weil drei Tage später die Erstkommunion einiger Kinder anstand. Ein mitleidsvoller Schrei aus vielen Kehlen stieg auf, als man erfuhr, dass er sein Portemonnaie aus der Jackentasche genommen und es sich in die Hintertasche gesteckt hatte, so als habe er befürchtet, von seinem Entführer beraubt zu werden.

Als schließlich O'Kane ins Kreuzverhör genommen werden sollte, schien er aus einem langen Koma zu erwachen, er brannte darauf, zu erzählen, wie er sich mit Eily angefreundet habe, wie sie sich auf der Couch bei ihr zu Hause zum ersten Mal geküsst, gemeinsam Haschisch geraucht, sich in seinem Zelt im Wald getroffen hätten, und dann jene letzten Minuten, als sie sich ihm widersetzte. Er schilderte, wie erst sie ihm und dann wiederum er ihr das Gewehr aus der Hand gerissen habe, wie er abgedrückt und ihr ins Auge geschossen habe und das Blut gesprudelt sei und wie das Kind herbeigerannt sei und »Mummy, Mummy!« gerufen habe. Er stritt im Kreuzverhör ab, dass das Erschießen des Kindes eine böse Tat gewesen sei. Nein, sagte er. Er habe nicht gewollt, dass das Kind so wie er ohne Mutter aufwachse. Er beschrieb und spielte nach, wie er das Kind unter der Mutter versteckt und sie mit Kiefernnadeln bedeckt hatte, um sie vor Regen zu schützen.

Cassandra wusste nicht, dass sie es tun würde, erinnerte sich nicht einmal daran, aufgestanden zu sein, als sie nun zu O'Kane im Zeugenstand vorging. »Das letzte Bild, das meine Schwester gemalt hat, trug den Titel ›Trauer‹. Es zeigt eine Frau und ein Kind ... und am Rand der Leinwand einen Mann, der zu ihnen hereinschaut.«

O'Kane starrte sie verwirrt an, geistesabwesend, und bat dann den Schriftführer, noch einmal vorzulesen, was sie gerade gesagt habe. Er hörte es, schüttelte dann wiederholt den Kopf, wie um etwas wieder zu fassen zu bekommen, was in seinem Innern verloren gegangen war. Und dann:

»Ich habe nur eine Frau beobachtet.«

»Warum haben Sie sie beobachtet?«

»Ich war in sie verliebt – das ist die Wahrheit.«

Man hörte Leute nach Atem ringen, empört zischen.

»Sie glauben mir nicht ... oder?«

Sie hielt inne, der Schmerz, der Horror, der Kummer, die Wut, der Verlust, alles gebündelt in diesem einen, klar umrissenen Moment.

»Gott steh uns allen bei, auch dir«, sagte sie, ihre Stimme kalt und gefühllos, und sie stand da, zerbrechlich und doch auch nicht zerbrechlich, jenseits von Zeit und Ort, jenseits der schockierten, gaffenden Gesichter, ohne zu wissen, ob er sie gehört hatte.

BESUCHSZEIT

Er hält zwei Löffel in der Hand, die seine Freunde sind. Sie haben Namen. Er schlägt sie fest gegeneinander. Das stetige hohle Scheppern von Metall auf Metall, immer lauter und von einer seltsamen Hysterie in dem nüchternen kleinen Speiseraum. Aileen sitzt ihm gegenüber. Er hat noch kein Wort zu ihr gesagt, ist in seiner »Mattscheibenstimmung«, wie sie angemerkt hat. Die anderen sind aufgestanden, sobald sie hereinkamen, er wird von allen gemieden, sogar von dem schwarzen Retriever, der herüberkommt, um sie zu beschnuppern, und dann wieder weggeht. Er hat zugenommen, und nur seine Augen erinnern noch an den Jugendlichen, der er einmal war, vor gerade erst einem Jahr.

»Wie geht's dir?«

»Das ist die Hölle hier.«

»Es ist nicht die Hölle. Es ist ein psychiatrisches Krankenhaus, und du bist lieber hier als im Gefängnis. Du magst das Essen hier lieber, die Spaziergänge, den Sport.«

»Der Koch vergiftet mich ... die haben's alle auf mich abgesehen, die quälen mich.«

»Soll ich mit dem Arzt sprechen?«

»Du bist dämlich ... ein Dämlack.«

»Hör zu, die Fahrt hierher dauert drei Stunden ... die Züge sind eine Katastrophe ... Ich musste einen Babysitter für Ben besorgen ... und du fragst nicht einmal, wie es ihm geht ... also, er ist Klassenbester, und sein Lieblingsfach ist Englisch ... so.«

»Ich will ein …«

»Ein was?«

»Ein Medaillon.«

»Ach, bist du jetzt religiös geworden, haben sie das mit dir gemacht?«

»Den heiligen Christoph. Und zwar in Gold. Ich brauche ihn für eine Reise.«

»Wo willst du denn hin?«

»Nach Tullamore … Ich werde mir einen kleinen Bungalow bauen … mein Gleichgewicht wieder finden.«

»Ich weiß nie, ob du wirklich verrückt bist oder ob du nur so tust.«

»Bricht es dir das Herz?«

»Manchmal.«

Da weint er, beißt auf den Tränen herum; jämmerliche Laute steigen aus seinem Innern auf, die Verzweiflung eines Kindes, eingeschlossen in dem aufgeschwemmten Wesen, das er geworden ist. Sie beugt sich vor und nimmt ihm die Löffel ab, und dann, ganz sanft: »Was ist los, Mich? Wenn du es nicht sagst, kann ich es nicht wissen, und dann kann ich dir auch nicht helfen.«

»Keiner will mit mir ins Zimmer … die haben alle Angst vor mir.«

»Du hast Pfleger angegriffen … zweimal.«

»Warum habe ich diese Leute umgebracht?«, fragt er ausdruckslos.

»Das weiß niemand außer dir und Gott.«

»Sie ist da«, sagt er und weicht entsetzt zurück.

»Sie ist nicht da … Nur ich bin da.«

»Gott spricht nicht mit mir … er behauptet, ich wäre ein Tier … bin ich ein Tier?«

»Ich habe dir etwas mitgebracht, um dich ein bisschen aufzuheitern … ein Gedicht, das du für mich geschrieben hast … Du hast es in der ersten Einrichtung geschrieben, in der du warst. Es hat all die Jahre in einem Krug gelegen. Ben hat es gefunden:

Jeden Abend vorm Lichtausschalten
Hoff ich, du wirst mein Herz festhalten

»So ein Schwachsinn«, sagt er, reißt es ihr aus der Hand und zerfetzt es.

»Das war kein Schwachsinn … damals hattest du noch nichts Böses in dir …«

»Ich will sterben.«

»Sterben kannst du erst dann, wenn du stirbst … das ist bei allen Menschen so.«

»Würdest du mir helfen, wenn ich dich darum bitte?«

»Das weißt du doch … Ich liebe dich, trotz allem. Ich bin deine Schwester, und das wird immer so bleiben.«

»Bring mich irgendwie zurück in den Wald … ich werde niemandem zur Last fallen … Ich werde von Beeren leben.«

»Das ist doch dummes Gerede.«

»Wer jagt da jetzt?«

»Ich weiß nicht … Ich bin noch nie dort im Wald gewesen, und ich will auch nie hin, und denk bloß nicht, ich würde mir keine Vorwürfe machen wegen dem Abend bei Granny … wie du dieses Gewehr aus- und wieder eingepackt hast … du warst auf einem anderen Stern, und ich habe nichts unternommen.«

»Da war sie schon tot, und das Kind auch.«

»Du kannst das nicht immer wieder durchspielen.«

»Tust du das für mich … Fragst du die Saftsäcke?«

»Schau her … es besteht nicht die allergeringste Hoffnung … hier gibt es Tore, Schlösser, einen Wachtturm, Hunde, Polizisten …«

»Du willst, dass ich lebenslänglich eingesperrt werde … Du bist eine von denen … Du hast vor den Drecksäcken ausgesagt.«

»Ich hab ihnen nur erzählt, dass du ab und zu ausgerastet bist … die haben nicht locker gelassen, die sind zu mir nach Hause gekommen.«

Es geht schneller als ein Gedanke, der Becher fliegt durch die Luft, Tee und Teebeutel tropfen die Wand hinab, eine Zuckerdose fliegt hinterher, und dann kommen zwei Pfleger herein, leise und vorsichtig, damit sie ihn erst ansehen können – »Komm, Michen … Schluss jetzt … wir machen einen kleinen Spaziergang«, jeder nimmt einen Arm, und sie steht auf, um ihnen zu folgen.

»Bleiben Sie zurück, Miss … halten Sie Abstand … das könnte gefährlich werden«, und das war der einsamste Moment überhaupt, ihn so in sich selbst verkrochen zu erleben, ohne Verbindung zu der Welt um ihn herum.

HIMMEL

Sie hatten ihn für die Nacht fertig gemacht. Er hatte seine Ration Pillen geschluckt, die blaue, die gelbe, die violette und die weiße. Der Pfleger wünschte ihm eine geruhsame Nacht.

Es kam herab wie Hagel, und er setzte sich begeistert auf, dachte, die Gang wäre gekommen, um ihn zu befreien. Er hatte zu ihnen gebetet, und jetzt waren sie endlich gekommen. Doch es waren gar nicht sie. Es war ein großer Fernseher, so groß, dass er die ganze Zelle ausfüllte. Er richtete sich auf, und das Bild erschien, erst ein Schneesturm, dann Bäume und niedriges Gebüsch. Es war die Schule, dieser Eamonn, der mit dem Mist, und die Frau mit dem Blech voller kleiner Brotlaibe. Hinter den Bäumen und Fertighäusern kamen Leute hervor, Leute, die er kannte, und er wollte ihnen die Hand geben, doch seine Finger waren zu Teig geworden, seine Finger klebten zusammen. Keiner erkannte ihn.

Dann veränderte sich das Bild und wurde zum Himmel. Er wusste, das es der Himmel war, wegen der goldenen Wände und Lampen. Jesus war da, und sein kleiner zahmer Fuchs. Engel flogen mit Tabletts voller Plätzchen und Orangen umher. Musik erklang. Es war Pause im Himmel, und sie waren alle da, die Frau, das Kind, der Priester und seine Mutter. Das Kind nahm Schaufel und Eimer und begann, auf einem Sandfleck am Ufer des Sees zu spielen. Er wollte, dass sie mit ihm redeten, doch sie taten es nicht. Der Priester hatte Shorts an und war braun gebrannt. Seine Mutter saß in einem Liegestuhl, strickte und hatte ein Auge auf das Kind. Er versuchte, durch den Bildschirm des Fernsehers zu gelangen, doch er war nicht aus Glas, zerbrach nicht, sondern war zäh wie Kitt. Dann kam die Frau aus einer Tür und drehte ihm den Rücken zu. Ihr Haar war offen, und es war länger geworden, es ging ihr bis zu den Knöcheln. Es waren Tiere da und Vögel, Drosseln und eine Menge Amseln. Sein Fuchs trabte zu der Stelle, wo das Kind spielte, und er rief nach ihm, »Ruben, Ruben«, doch der Fuchs spuckte ihn an.

Als es zu dämmern begann, wurde der Himmel marineblau, die Leute begannen zu gähnen, und weiße Gewänder für seine Mutter, die Frau und das Kind schwebten herbei, und für den Priester ein Pyjama. Betten mit Eicheln auf dem Kopfteil wurden hereingerollt. Das Kind legte sich in ein kleines Bett, und die Frau beugte sich zu dem Kind herunter und küsste es und streichelte ihm den Bauch, so wie sie das auch unten, zu Hause, immer gemacht hatte. Wenn seine Mutter und der Priester erst ins Bett gegangen wären, das wusste er, würde sie mit ihm reden. Er ging näher und noch näher heran, damit sie ihn hören konnte.

»Komme ich in den Himmel?«, fragte er. Er fragte es dreimal. Sie drehte sich um und schaute ihn an. Er dachte, sie würde irgendetwas Nettes sagen. Ihre Augen waren fruchtig grün, so wie die Lichter in einem Spielautomaten. Plötzlich schrie sie, und eins ihrer Augen rutschte nach hinten in ihren Kopf, und ein Engel, der wohl Chirurg sein musste, drückte die beiden Lider zusammen und begann sie mit rehbraunem Faden zusammenzunähen. Jetzt liefen ihr Tränen übers Gesicht, und dann waren es keine Tränen mehr, sondern Blutstropfen, und sie wischte sie mit ihren Haaren ab. Sie legte sich neben das Kind ins Bett, und die Musik hörte auf, und es war niemand mehr im Zimmer, nur er, und er war jetzt hellwach.

Er fing an, Stücke aus der Matratze zu beißen, riss die Stücke in winzige Streifen und flocht sie zusammen, das Guckloch stets im Auge behaltend, und er war froh, denn er war wieder unterwegs, fort von hier.

Das Gericht erfuhr es am nächsten Morgen als Allererstes. Dr. Macready stellte sich vor den Richter und sagte, es gebe unerfreuliche Nachrichten, der Angeklagte habe in der vergangenen Nacht einen ernsthaften Selbstmordversuch unternommen, er habe versucht, sich mit dem Bettzeug aufzuhängen, nachdem ihm die weinende Eily Ryan erschienen sei. Er habe Michens Hals untersucht, und Strangfurchen seien deutlich zu erkennen, sie zögen sich um drei Viertel des Halses, außerdem sei es zu Hautblutungen gekommen. Aus diesem Grunde erscheine der Angeklagte heute nicht wie sonst in Schlips und Kragen; und dann bat er, man möge dem Angeklagten erlauben, der Verhandlung künftig fernzubleiben, denn es sei eine große Belastung für ihn, zu hören, wie andere über ihn redeten und über seine Mutter und deren Selbstmordversuch. Während er das alles sagte, hatte O'Kane angefangen zu lachen, und nun schüttelte es ihn vor Lachen über die Leute, die ihn neugierig oder entsetzt anstarrten, während Dr. Macready versuchte, ihnen klarzumachen, dass dies kein »Lachgelächter« sei, nicht bedeute, dass der junge Mann fröhlich sei, ganz im Gegenteil, und dass sie nicht angewidert sein, sondern es vielmehr als das Gelächter der Verdammten betrachten sollten.

»Er ist nicht verhandlungsfähig, Euer Ehren«, sagte er, und der Richter überlegte kurz und verfügte dann eine Unterbrechung, um sich angemessen mit dieser Frage befassen zu können.

Auf dem Weg durch den Saal blieb der Richter stehen und sagte, er hoffe von ganzem Herzen, dass dieser Fall sich nicht weiter so hinziehen werde wie bisher, es seien Wunden aufgerissen worden, die einfach zu tief seien, zu schrecklich, zu schmerzhaft, die Menschen seien emotional ausgeblutet, das ganze Land sei erschöpft.

Er erschien noch ein einziges, letztes Mal vor Gericht, als sein Urteil verlesen wurde, doch er saß da wie tot, nahm die Frau in der Jury nicht wahr, die auf das Urteil hin unverhohlen weinte, nahm die Mutter nicht wahr, die zweiundfünfzig Tage lang mit der Reglosigkeit eines Archetyps dagesessen hatte, in braunen Kleidern, das braune Haar zu einem Knoten zusammengefasst, und die zu denen, die sie trösten wollten, bloß sagte: »Jetzt kann ich nach Hause gehen und allein sein.«

AILEEN

Ja, es war am Donnerstag, denn ich war spät dran, weil ich beim Bingoabend gewesen war. Ben spielte Lego, da klingelte es, und Queenie, die Vermieterin, rief von unten an: »Die Polizei wartet hier unten im Flur auf Sie.« Ich wusste, dass sie stocksauer darüber war, dass die Polizei schon wieder da war, denn sie hatte gedacht, das alles sei vorbei und abgehakt und wir seien jetzt normale, anständige Leute. Ich springe also auf, ziehe mir was über, und Ben folgt mir auf den Treppenabsatz hinaus.

»Hat das Kind vielleicht ein paar Spielsachen, mit denen es spielen kann?«, ruft der Polizist hoch. Er sieht verlegen aus, ein Neuer.

»Natürlich hat er Spielsachen«, sage ich.

»Vielleicht könnten Sie ihm die geben«, sagt er, und ich kapiere, schiebe Ben zurück ins Zimmer und mache die Tür hinter ihm zu.

Händeringend versucht er es mir mitzuteilen – »Ich habe schlechte Nachrichten für Sie. Wir haben es schon in den Neun-Uhr-Nachrichten gehört, aber wir dachten zuerst, es sei eine Ente … man hat Ihren Bruder am frühen Morgen tot aufgefunden … Sie müssen zum Sergeant mitkommen.«

»Reden Sie kein dummes Zeug … Ich habe ihn vor weniger als einer Woche besucht, und da sah er völlig okay aus, bis auf die Tatsache, dass er statt Kleidergröße 50 inzwischen 58 trägt …«

»Er ist ganz friedlich gestorben.«

»Hat er Tabletten in die Finger gekriegt, oder hat

er sich bei dem Versuch, aus dem Fenster zu steigen, die Pulsadern aufgeschnitten?«

»Er ist im Schlaf gestorben … Man hatte seine Medikation verändert, und anscheinend hat er darauf reagiert … das passiert einmal in einer Million Fälle.«

»Jetzt sind sie ihn also los«, sagte ich.

»Anscheinend handelt es sich um ein ausgesprochen seltenes Phänomen«, faselte er weiter.

»Die haben ihn voll gepumpt, so war das.«

»Sein Herz ist stehen geblieben … Miss … Man hat versucht, ihn wiederzubeleben.«

Als wir über den Anger gingen, linsten die ersten Neugierigen zwischen den Vorhängen hervor, die beiden Terrier waren wie üblich am Kräftemessen, und diese Minnie kam auf ihrem neuen Fahrrad angeflitzt, um mitzuhören, was er sagte. Er wiederholte den gleichen Mist von wegen friedlich gestorben und dass das mit dem Herz meines Bruders ein außerordentlich seltenes Phänomen sei.

Als ich ins Krankenhaus kam, wollten sie mich nicht zu ihm in die Leichenkammer lassen. Ich bestand darauf. Ein Wärter hielt mich am Arm – »Lassen Sie mich los … Lassen Sie mich los …«, sagte ich. Die Hände von meinem Bruder steckten unter der Decke und alles andere auch, ich konnte nur sein aufgeschwemmtes Gesicht sehen. Ich beugte mich über ihn und redete mit ihm: »Hast du noch Arme, hast du noch Beine, haben sie dich voll gepumpt?« Der Wärter stand direkt hinter mir, für den Fall, dass ich irgendetwas Extremes tun würde.

Als ich wieder rausging, sagte ich dem Arzt, der letzte Wunsch meines Bruder sei es gewesen, eingeäschert zu werden. Der Arzt sagte, von ihnen aus sei eine Einäscherung in Ordnung. Ich wartete ewig auf die Asche, und als sie einfach nicht kam, rief ich an, woraufhin man mir sagte, dass es gewisse Unklarheiten gebe. Ich rief immer wieder an, und schließlich erfuhr ich, dass unser Vater die Asche haben wollte. Ich schrie ins Telefon: »*Ich* habe ihm nahe gestanden, sein Vater und er waren sich schon seit Jahren spinnefeind.« Sie sagten, sie würden darüber nachdenken. Zu guter Letzt musste ich noch mal hinfahren, um die Asche abzuholen. Sie war in einer kleinen Schachtel. Sie hatten sie halbiert. Das war das Los meines Bruders, halbiert im Leben wie im Tod.

GROTTE

Die Sonne brach durch die Schauer und gab ihnen ein Regenbogenleuchten, und die Schauer fielen weiter, festlich, übermütig, bläuten die Straße und ließen wässrige Diamanten auf die Plastiksäcke rund um den Feldsilo und auf die oberen Stangen der Eisentore platschen. Der Himmel war rosa und lila und taubenblau; Steinmäuerchen und ein Flickenteppich aus Feldern, dann wieder raues Hügelland, Haselnusssträucher, Pappeln, alte Eichenkreise, Erdbuckel. O'Kane-Land.

Seit Dr. Macready vor einer Woche wegen einer Gerichtsverhandlung in den Westen des Landes gekommen war, musste er immer wieder an O'Kane denken, den verlorenen Sohn, den er, wie er glaubt, hätte retten können, wenn er genug Zeit gehabt hätte. Er dachte oft an ihn, an seinen verwirrten Geist, der hin und her zuckte wie über glühenden Kohlen, von Hass zu Liebe, von Mord zu Reue, Fantasie und Wirklichkeit ein und dasselbe. Einmal hatte er in einem Moment schmerzlicher Klarheit den Wunsch geäußert, man möge ihm das Gehirn herausnehmen, es waschen und dann viele Tausend Meter tief in irgendeinem Moor vergraben, aus dem weder Mensch noch Maschine es je wieder würden herauslösen können.

»Aber dann hättest du doch gar nichts mehr«, hatte er zu ihm gesagt.

»Das wäre mir lieber ... Ich will aus meinem Schädel raus ... Ich will leer sein«, hatte er gesagt, immer wieder, in den endlos vielen Stunden, in denen sie versuchten, das Stückwerk seines Lebens zusammenzusetzen, die großen und kleinen Meilensteine auszumachen, die ihn letztlich in den Abgrund geführt hatten. In weniger heftigen Momenten erzählte er von all den Häusern mit ihren ulkigen Namen und von den Landestegen, wo ihm die Leute aus der Gegend, die ihn nicht hassten, sich aber nicht trauten, ihn ins Haus zu lassen, Tee und Brot hingestellt hatten. In Gedanken sieht Dr. Macready ihn wieder in der Zelle vorführen, wie er rückwärts durch den Wind gelaufen war, rückwärts, weil es ein so starker und schneidender Wind gewesen sei. Jetzt war er selbst in dem Gebiet, das er nur aus O'Kanes Erzählungen und den Unmengen von Beweismaterial kannte.

Es war Freitag, und er war auf dem Weg nach Hause. Er bemerkte, dass er falsch abgebogen war, machte sich jedoch nicht die Mühe umzudrehen, da er glaubte, auch so irgendwann auf die vierspurige Schnellstraße und damit in die Hauptstadt zu gelangen.

Als er an eine Kreuzung kam, sprang ihm der Name ins Auge – Cloosh Wood. Seine Geistesabwesenheit hatte ihn hierher geführt. Als er das Auto an der Schranke abstellte, verspürte er keine Angst, wohl aber die Fassungslosigkeit des Stadtbewohners angesichts des Stoizismus jener Menschen, die an einem so freudlosen Ort leben, sich mit ihm auf immer verbunden fühlen konnten. Es war leicht, dem Pfad zu folgen, er war von Erinnerungsstücken gesäumt, wie die Stationen auf dem Weg zu einem Grabmal. Spiegelscherben, Bänder, kaputte Rosenkränze, Muscheln, und alle flüsterten sie es – »Hier entlang, hier entlang, meine Damen und Herren.«

Am Ziel angelangt, stellte er zu seiner Überraschung fest, dass er nicht allein war. Eine Frau kniete mit geneigtem Oberkörper auf dem Boden, ins Gebet vertieft, und manchmal beugte sie sich vor, um die Erde zu küssen. Er hustete kurz, damit sie nicht erschrak, und winkte ihr beruhigend zu. Es war ganz offensichtlich die Stelle, an der die Frau und das Kind ermordet worden waren, sie hob sich vom Rest des Waldes ab, und der Anblick bewegte ihn. Man hatte einen Garten angelegt, Rosensträucher, Zwergbäume, Wildblumen und dazwischen ihre kleinen Habseligkeiten – ein Gartenzwerg, ein Schildpattkamm, ein Spielzeugoldtimer und eine Nagelbürste mit Froschgriff. Die beiden kleinen weißen Kreuze, auf die ihre Namen gepinselt waren, wirkten kindlich und schienen nicht dem Tod, sondern Mondlicht und Verzauberung zugehörig. Auf einem steinernen Fenstersturz eine Schnitzerei aus Mooreiche. Ein paar Kiefern in einem Halbkreis, ihre sanft schwankenden Zweige weich und mitfühlend. An einem der Äste hing ein Satz Glöckchen.

Die Frau drehte sich schließlich um und schaute in seine Richtung, und er fragte flüsternd, ob sie vielleicht eine Verwandte sei. Sie schüttelte den Kopf. Sie trug ein Kopftuch, das sie sich ins Gesicht gezogen hatte, und eine derbe Jacke, einer Männerjacke ähnlich. In ihren Augen jener verschreckte, nervöse Ausdruck, den er oft bei Patienten gesehen hatte.

»Ein trauriger Ort«, sagte er.

»Die Frauen Irlands fordern sein Blut«, sagte sie sehr rasch und wiederholte es mit solcher Heftigkeit, solchem Nachdruck, dass er dachte, sie wolle ihn schlagen, als sie nun aufstand.

»Und was wollen sie mit seinem Blut anfangen … es taufen … es in Flaschen füllen … es verspritzen … es ins Tabernakel stellen?«, fragte er über die Maßen ruhig.

»Wer sind Sie? Irgendein Gutmensch?«

»Nein … Ich habe O'Kane behandelt … Ich war einer der Ärzte bei der Verhandlung … Ich war einer der wenigen, die zu seiner Beerdigung gegangen sind.«

»Sein Tod war viel zu gut für ihn … man hätte ihn an einem dieser Bäume hier aufhängen sollen.«

»Sie werden es nicht glauben, aber ich habe ihn einmal sagen hören, dass er große Trauer empfinde … dass er starke Schuldgefühle habe wegen allem, was hier geschehen ist.«

»Trauer!«, kreischt sie; sie hat sich mit hängenden Armen vor ihm aufgebaut, ihre blauen Augen stechend, und fordert ihn auf, sich an die Blutergüsse auf den Gliedmaßen der Frau zu erinnern, an ihre zerfetzte Unterwäsche, an ihre Schändung vor dem Tod, bevor sie vor ihren Schöpfer trat, und hundert Meter weiter ein Priester mit dem Kopf auf einer Steinplatte, einem Schlachtblock.

»Daran erinnere ich mich sehr wohl … aber ich möchte, dass Sie wissen, dass er damals bereut hat … er hat über zwanzig Tage lang weder gegessen noch getrunken … er war ein ganz anderer Mensch.«

»Blödsinn!« Sie kreischt es heraus.

»Gnädige Frau, ist es nicht besser, Reue zu zeigen, als keine Reue zu zeigen? Ist es nicht besser, eine Minute lang Buße zu tun, als in einem Strudel der Verzweiflung zu versinken?«

Sie wandte sich ab, murmelte etwas vor sich hin, ihr Atem ging kurz und keuchend. In der angespannten Stille erhob sich eine Brise und löste ein Stück Papier aus dem Spalt zwischen den beiden miteinander verbundenen Kreuzen. Es flatterte mal hierhin, mal dorthin, als müsse es sich erst noch entscheiden, wo es landen wolle. Schließlich fiel es ganz in seiner Nähe zu Boden, und er faltete es auf und las es. Dann reichte er es ihr, damit sie es lesen konnte, doch sie wollte nicht. Er las es vor, wollte, dass sie es hörte – »Das Dunkel wird vom Licht angezogen, doch das Licht weiß es nicht, das Licht muss das Dunkel in sich aufnehmen und löscht sich so selber aus.«

Er schaute hinüber, um zu sehen, ob ihre Gesichtszüge, ihre Haltung ein wenig sanfter geworden waren, aber nein. Die Stille war mörderisch. Er spürte, wie sie wuchs, sich in ihrem jeweiligen Innern, ihren unvereinbaren Naturen festigte. Plötzlich streckte sie die Hand aus, schwankte, und er dachte, sie würde gleich fallen – »Ich stelle sie mir immer vor, als wäre sie noch am Leben, wenn ich hier hochkomme … als wäre sie in Rufweite«, sagte sie mit gedämpfter Stimme.

»Ich weiß … ich kenne das«, sagte er und streckte die Hand aus, um sie zu beruhigen, ohne sie jedoch anzufassen, wissend, dass sie sich schmerzlich nach irgendeiner Art von Trost sehnte, so wie Wüstenboden sich nach Regen sehnt. Dann begannen die Glocken zu läuten, dreist, willkürlich, ihre Schläge aufeinander treffend, einander streifend, plötzlicher Jubel an diesem geweihten Ort.

Er ging voran auf dem Weg zurück, durch Licht- und Schattenflecken unter einem herbstlichen Vollmond, der ihnen zu folgen schien. Bald würde es Winter sein, der Platz dort viel zu matschig, der steile Pfad noch schroffer durch Eis und Schnee, sodass sich für einige Monate keine Trauernden hinaufwagen würden.

Und danach kam der Frühling.

SCHLINGEL

Es gab einmal einen Jungen, der war etwa vier, und dieser Junge hatte einen Plan, von dem er niemandem erzählte, nicht einmal seinem Freund Elmer. Ein großes Abenteuer. Er war ein Einzelkind und spielte allein mit Stöckchen. Er ging jeden Tag ein kleines Stückchen weiter von zu Hause weg, und eines Tages konnte er nur noch das Ziegeldach sehen, und am nächsten Tag nur noch die kupferfarbene Buche, die das Dach berührte, und dann kam er zu einem Baumkreis, und da wuchsen dunkelrote Blumen, die waren fast so groß wie er, und er pflückte sie und spielte Krieg mit ihnen, aber sie zerbrachen, denn sie waren nicht sehr kräftig.

In der Nacht, als er sich davonschlich, standen Tausende von Sternen am Himmel, und er überquerte die Felder und kletterte über das Tor der Gemarkung und ging immer immer weiter, bis er zu einem großen Wald kam, in dem eine Menge los war. Es ging hoch her. Fledermäuse und Wildvögel und Dachse waren unterwegs und taten das, was sie nur nachts tun können: Sie jagten einander Angst ein und kämpften und aßen zu Abend und wälzten sich genüsslich im Laub und hatten einen Riesenspaß. Heiho, heiho, wir sind vergnügt und froh.

Als es Schlafenszeit war, legte er sich in ein großes Bett aus Kiefernnadeln und dachte: Ich bin jetzt eine Kartoffel und mache hier drin ein Schläfchen. Er schlief ganz wunderbar, und er hatte keine Ahnung, wie lange er schlief, und es war auch ganz egal.

Zu Hause herrschte unterdessen große Aufregung, seine Mutter, sein Vater, die Polizei, ja, das ganze Land suchte nach ihm. Sie ließen Taucher kommen, denn er machte liebend gern Picknick am See, konnte aber nicht ohne Schwimmflügel schwimmen. Sie waren völlig außer sich.

Er kam aus dem Wald spaziert, seine Kleider zerknittert, Kiefernnadeln in seinem dicken braunen Haarschopf. Er konnte das Haus ohne Dach sehen, und vorn im Garten Brennnesseln und Kühe, die zwischen den kaputten Statuen grasten. Rehbraune Kühe und gefleckte Kühe. Sie grasten einfach weiter und beachteten ihn überhaupt nicht. Manchmal gucken Kühe böse und haben mürrische Gesichter, aber diese nicht. Er lief zwischen ihnen herum. Sie waren viel größer als er, hatten seidiges Fell und große, weiche, rosa Zipfel. Es war erstaunlich, wie viel Gras sie ins Maul nehmen konnten, aber natürlich fiel eine Menge wieder raus. Ihre Zungen waren wie Gummi. Ein Farmer kam und fragte: »Bist du der vermisste Junge?«

»Weiß nicht.«

»Na klar bist du das, du Schlingel.«

Als seine Mutter und sein Vater mit einem Polizisten und einem Mann kamen, gab es ein großes Wiedersehen mit Küssen und Tränen, und seine Mutter legte ihm eine Decke mit Schottenkaros um, falls er sich erkältet hatte. »Wo warst du bloß?« »Brasilien.« »Hast du denn gar keine Angst gehabt?« »Nein.« »Haben wir dir gefehlt?« »Nein.« »Sag doch wenigstens, dass wir dir ein ganz kleines bisschen gefehlt haben.« »Ein ganz kleines bisschen.«

Sie würden es nie wissen, würden es nie ganz ergründen, und das war auch gut so.

Nur den Auserwählten folgt ein Zauber.

ANMERKUNG DER AUTORIN

Im April 1994 verschwanden die neunundzwanzigjährige Imelda Riney und ihr dreijähriger Sohn Liam aus ihrem einsamen Cottage im County Clare. Ein paar Tage später wurde auch Father Joe Walshe, Kurat im County Galway, vermisst, und als man ihre ausgebrannten Autos fand, fiel der Verdacht auf Brendan O'Donnell, einen Jugendlichen aus der Gegend, der, auf Bewährung aus der Haft entlassen, aus England zurückgekehrt war. O'Donnell wurde nach sechs Tagen gefasst, nachdem er ein weiteres junges Mädchen, Fiona Sampson, entführt hatte. Später wurden die Leichen der drei Vermissten im nahe gelegenen Cregg Wood gefunden; sie waren alle aus nächster Nähe erschossen worden. Brendan O'Donnell wurde der drei Morde angeklagt, und 1996 wurde ihm im Central Criminal Court in Dublin der Prozess gemacht. Er wurde zu lebenslänglicher Haft verurteilt. Im Juli 1997 wurde er vom Pflegepersonal im Central Mental Hospital in Dublin tot aufgefunden.